「我が名はセルケト。
安息の地の守護者、偉大なる
アーケンに仕えるものです」

黒いローブを脱ぎ捨てると、優美な曲線を描いた肢体が露わになった。

JN018951

魔弾の王と凍漣の雪姫(ミーチェリア) 9 川口士

イラスト／美弥月いつか

Lord Marksman and Michelia

Presented by Tsukasa Kawaguchi / Illust. = Itsuka Miyatsuki

「私は祖母に槍を
向けたことだって
あるわ」

「美しい
瞳をしているな。
亡き妻を思いだす。
おまえ、名は？」

「もっと私を感じてください、ティグル」
上気した顔で、
リュディが笑いかけてくる。
形のよい乳房は湯に濡れて、
吸いよせられそうな
艶めかしさを放っている。

ダッシュエックス文庫

魔弾の王と凍漣(ミーチェリア)の雪姫9

川口 士

リュドミラ＝ルリエ

ジスタート王国のオルミュッツを治める戦姫で『凍漣の雪姫』の異名を持つ。18歳。愛称はミラ。ティグルとは相思相愛の仲。

ティグルヴルムド＝ヴォルン

ブリューヌ王国のアルサスを治めるヴォルン家の嫡男。18歳。ベルジュラック遊撃隊の副官を務め、リュディとブリューヌのために奮戦する。

ミリッツァ＝グリンカ

ジスタート王国のオステローデを治める戦姫で『虚影の幻姫』の異名を持つ。16歳。エレンとともにブリューヌに向かう。

エレオノーラ＝ヴィルターリア

ライトメリッツ公国を治める戦姫で、愛称はエレン。18歳。『銀閃の風姫』の異名を持ち、長剣の竜具、銀閃アリファールを振るう。ミラとは険悪な間柄で有名。

Character / Lord Marksman and Michelia

リュディエーヌ＝ベルジュラック

ブリューヌ王国の名家ベルジュラック公爵家の娘で、レグナス王子の護衛を務める騎士。18歳。ベルジュラック遊撃隊の指揮官を務める。

ロラン

ブリューヌ王国西方国境を守るナヴァール騎士団の団長で『黒騎士』の異名を持つ。29歳。国王から宝剣デュランダルを貸与されている。

ガヌロン

ブリューヌを代表する大貴族。約三百年前に魔物を喰らい、死とも老いとも無縁となった。よみがえったシャルルの腹心として活動する。

シャルル（ファーロン）

ブリューヌ王国を興した始祖。約三百年前の人物だが、ガヌロンのほどこした術法によって現代によみがえる。国奪りを宣言し、戦を起こす。

プロローグ

目を覚ましてまず思ったのは、「まだ死んでいないのか」ということだった。

ただし、身体は重い。ベッドに沈みこんでしまったかのようだ。ぼんやりと天井を見つめていると、「起きたか」という声が聞こえた。ひとりの男が現れ、自分を見下ろす。

白絹のローブをまとったその男は、ひどく小柄だった。顔つきは四十代後半というところで、目が異様に細く、つるりとした禿頭に小さな帽子を載せている。奇相といってよい。

この男は最古参の部下であり、もっとも苦楽をともにしてきた仲だった。自分と同じ六十代後半のはずだが、ある出来事によって不死の力を得て以来、老いとも無縁となっている。

この国の王である自分に対して、「起きたか」などとぞんざいな言葉をかけてくるのは、この男――ガヌロンだけだ。それをとがめる者もいるが、王は笑って許している。息子にさえ気を遣われる立場なのだ。彼のこうした態度はありがたいぐらいだった。

「そろそろ死ぬと言ってから、何日過ぎたかな」

横になったまま尋ねると、「十日だ」という短い答えが返ってきた。

「なかなか死なないものだな」

笑うと、呆れたようなため息が聞こえた。

死が迫っていると察したのは、いつだったろう。馬に乗れなくなったときか。眠りが極端に不安定になったときか。スープの味がよくわからなくなったときか。身体から徐々に力が抜けていると感じられたときか。剣を持った手が、その重さに耐えかねて震えたときか。

ともかく死が近いと感じたので、おもだった者を集めて「そろそろ死ぬぞ」と、告げた。

自分が死んだあとのことなど知ったことではない。そう思っていたが、驚き、慌てふためく部下たちへ指示を出していくうちに、自分はどうやらこの国や、この国に生きる者たちに愛着を持っていたらしいとわかった。おもわず笑ってしまった。

息子は、まずまず立派に育った。優秀な部下も数多くいる。自分が興したこの国が、あっさり滅ぶということはないだろう。

四日ほどで指示を出し終えると、疲労からか、あるいは安心感からか、王は倒れた。

ベッドに運ばれ、いまに至る。何度か目を覚まして食事をとったり、排泄をすませたりした気がするが、夢かうつつかという感じでよく覚えていない。

「死ぬのか」

ガヌロンが聞いてきた。「死ぬ」と、王は楽しそうに答えた。

「何かほしいものはあるか」

「地図」

身体を起こしながら言うと、ガヌロンはすぐに地図を持ってきた。

死を予感する前から、王は寝室に地図を置いていた。地図を見ながら考えを巡らせるのは、王の務めであり、楽しみでもあった。

膝の上に地図を広げる。王国全土を描いたものだ。国を興してから今日までに何度も形が変わったので、そのたびに新しくつくらせた。

――でかくなったものだ。

王は、ヴォージュ山脈で生まれた。山の民と呼ばれる、山の中で暮らして一生を終える少数の部族のひとりだった。狩りにも戦いにも長け、弓も剣も得意だった。

だが、家族や友人たちのように、山の中だけで生きて死ぬことには不満があった。

「見上げれば、空がどこまでも広がっている。見下ろせば、大地がどこまでも続いている。なぜ気にならない。なぜ行ってみようと思わない」

そう主張すると、古老のひとりが諭すように言った。これまでにも多くの者が山を下りていったが、誰もが傷つき、疲れ果てて帰ってきた。大地にはつらく、苦しいことしかないと。

「俺はそうはならない」

「皆、山を下りるときはそう言った」

古老の返答に鼻白んで、王は山を下りた。

のちに王がブリューヌと名づける大地にはいくつもの豪族がいて、己こそが覇者たらんと毎日のように争っていた。とくに力を持っていた豪族は五つあった。

山を下りた王は傭兵をやって生きていたが、そのうちのひとつに雇われた。いくつかの出来事を経て、乗っ取った。このまま雇われていたらいっしょに死ぬことになるという危機感と、野心と、成り行きによるものだった。

そうして兵を手に入れた王は、他の豪族を次々に討ち滅ぼして、ついに国を興した。

そのときの国は、まだ小さかった。王都ニースとその周辺、ルテティア、ネメタクム、他に小さな領地がいくつかあるというていどだった。

王は戦い続け、勝ったり負けたりしながら領土を広げていった。平野を駆け、森を駆け、山を越え、谷を抜けて、海原や砂漠をその目で見た。想像以上に空も大地も広かった。

——我ながらよくやったもんだ。

その結果が、自分の生きた軌跡が、膝の上の地図に刻みこまれている。

領地どころか、ひとつかみの土すらその手になかった身から、一国を築きあげたのだ。誇らしい、充実した人生だったというべきだろう。

「他に、何かほしいものは？」

ガヌロンが聞いてきた。

「剣と、馬」

地図を見つめたまま、無意識のうちにつぶやいていた。覇気を帯びた声で。

ブリューヌのまわりにはいくつもの小国や都市国家がある。東でも、西でも、南でも戦って

いるのが王国の現状だ。

それらをたいらげると、東ではジスタート王国に、南東ではムオジネル王国にそれぞれ接することとなる。

また、北の海をおさえようとすれば、ジスタートに加え、北西にあるアスヴァール王国とも戦うことになるだろう。ジスタートとアスヴァールは、ブリューヌと同じく新興の国家だ。

身体が動けば、王は各地の戦場へ足を運び、自ら兵を指揮して勝利をつかみとっただろう。

短いつぶやきは、直前の思いと相反(あいはん)する未練だった。心の奥底では満足などしていない。死を受けいれて、己の人生をまとめようとしただけだ。

――そうするしかあるまい。もはや剣も握れぬのだから。

苦笑する。地図から顔をあげて、再び横になった。

ガヌロンが無言でこちらを見ている。ふと、昔、彼とかわした約束を思いだした。

『もしも、私の懸念した通りになったら……おまえの手で滅ぼしてくれ』

そう頼まれて、承諾した。いまから思うと無用の約束だった。

ガヌロンに話しかけようとしたら、睡魔が襲ってきた。

目を閉じる。王の意識はたちまち暗闇に呑みこまれていった。

それから二日後に、初代ブリューヌ国王シャルルは息を引き取った。享年六十七歳。

1　帰還

　レギン王女率いるブリューヌ軍が王都ニースに凱旋を果たしたのは、夏も半ばにさしかかったある日の朝のことだった。庶子の王子バシュラルと雌雄を決したオージュールの戦いから、十日が過ぎている。

　兵の数は、実に三万一千余。これに二万四千弱の捕虜が加わっている。王都の城壁上から様子を見守っていた兵たちは「人馬が地の果てまで埋めつくしているかのようだった」と、のちに語ったものだった。

　王女の命令によって、兵たちは王都の北西に広がる草原に整列する。烈しい陽光が城壁に遮られているため、かなり涼しかった。心地よい風が兵たちの間を吹き抜ける。

　おもだった者たちを自分の後ろに控えさせて、レギンは兵たちに語りかけた。

「私は――レギン＝エステル＝ロワール＝バスティアン＝ド＝シャルルは、皆の勇戦にあらためて感謝します。王家の名誉と、あなたたちの武勲のために、よく戦ってくれました。この中には引き続き戦場に立つ者もいれば、故郷に帰る者もいるでしょう。先日の戦いをあなたたちがいつまでも誇れるよう、私も微力を尽くします」

　ブリューヌ軍はニースに二万三千の兵を残して、他の部隊を解散する。一部の諸侯と兵士は恩賞を受けとったあと、己の領地へ帰ることになっていた。

　兵を多くそろえるのは大事だが、それを維持するには充分な食糧と武器がいる。残る敵がガヌロン公爵だけとなったいま、兵力を調整する必要があった。

　それに、諸侯の率いる兵の大半は民だ。戦がなければ、この季節は畑を相手に奮闘しているはずだったのだ。いまからでも町や村に帰してやらねば畑が荒れ、収穫が減ってしまう。

「王女殿下の御為(おんため)に剣を振るったことを、我々は生涯の名誉とするでしょう。殿下の御身に神々の恩寵(おんちょう)と、始祖シャルルの加護があらんことを。勝利と安寧(あんねい)、平和が約束されますよう」

　故郷に帰る者たちを代表して、諸侯のひとりがレギンの前に膝をついた。兵たちは勢いよく槍を突きあげ、軍旗を打ち振るって歓呼(かんこ)の声をあげる。

　次に、レギンは捕虜たちに呼びかけた。

「あなたたちは、指揮官に従って己の役目をまっとうしたに過ぎません。それゆえに、許しましょう。あなたたちは捕虜ではなく、敗者でもなく、私たちと同じブリューヌの民です。兵としての義務は課しません。己の領地に、故郷に帰って、為(な)すべきことを為すように」

　捕虜たちの代表が進みでて、レギンの前に膝をつく。

「王女殿下の慈悲と寛容(かんよう)に、深く感謝いたします。ご命令通り、我々の大地を守ることに専念いたします。そして、いつか殿下が紅馬旗(バヤール)を掲げて戦場に臨(のぞ)まれるとき、誰よりも早く馳(は)せ参(さん)じることをペルクナスとラジガストに誓います」

ペルクナスはブリューヌ王国で信仰されている十の神々の主神であり、ラジガストは名誉を司る神だ。ラジガストの名を用いてかわされた約束は、非常に重いものとして扱われる。

ちなみに、捕虜たちの中には約四千人の元奴隷がいる。敵将バシュラルがムオジネル人の商人から買いとった者たちだ。ブリューヌ、ジスタート、アスヴァール、ザクスタンの人間で構成されているのだが、ブリューヌ人はレギンが引き取り、他の国の者たちは、それぞれの国の代表らに従って、故国へ帰ることになっていた。

そうして一部の諸侯と兵たちが去ると、残った者たちは幕営(ばくえい)の設置にとりかかった。二万三千もの兵が王都に入れば混乱は必至だからだ。

レギンは後ろに控えていた者たちを振り返る。そこにはティグルとリュディ、『黒騎士』の異名を持つロラン、ジスタートの戦姫たち、さらに救援に駆けつけたアスヴァール王国のギネヴィア王女やザクスタン王国の傭兵隊長サイモンらが立っていた。この中の誰が欠けても、レギンが勝利することはかなわなかっただろう。

そして、四頭立ての馬車がレギンの前まで進んでくる。随所に黄金の装飾をほどこし、女神の彫刻を飾った豪奢(ごうしゃ)なつくりで、両側面には黒いたてがみと紅の皮膚を持つ馬が色鮮やかに描かれていた。始祖シャルルが駆っていたとされる魔法の馬バヤールである。

御者台に座っているのはレギンの護衛を務めるジャンヌだ。彼女は地面に降りて、レギンに一礼する。レギンと、そしてギネヴィアは、彼女の手を借りて馬車に乗った。ティグルたちもそれぞれ馬上のひととなる。

ギネヴィアを同じ馬車に乗せるのは、政治的な配慮によるものだ。彼女は友軍の中で唯一、レギンと同格の存在なのである。アスヴァールの実質的な統治者であることを考えれば、レギンより上かもしれない。粗略(そりやく)な対応はできなかった。

「それでは行きましょう」

レギンの言葉に応えて、馬車が動きだす。

王都の城門をくぐったレギンたちは、盛大な拍手と歓声に包まれた。

大通りの両端に、万を超える人々が押しあうように並んでいる。手を振り、花を投げ、レギンやブリューヌの名を叫んで、彼らは王女たちを出迎えた。

数日前まで、ニースの主はガヌロン公爵だった。彼は国王ファーロンとベルジュラック公爵を王宮の一室に幽閉し、ファーロンや宰相ボードワンらと親しくしていた者たちを処刑しようとするなど、恐怖によって王都を支配していたのだ。

ガヌロンの目がいつか自分に向けられるのではないかとおびえながら過ごしていた王都の民にとって、レギンはまさしく解放者だった。

街路には、一定の距離ごとに葡萄酒(ヴィノー)と果実水(クヴアース)をそれぞれ満たした樽が置かれ、人々に振る舞われている。これはレギンの指示によるもので、王都の民は喉を潤し、陽気に騒いで、王家や神々への感謝を叫んだ。

賞賛の声はレギンだけでなく、護衛として先頭で馬を進めるリュディや、馬車の後ろについているティグルやロランにも降り注いでいる。ただし、鞍に黒弓を差しているティグルには、怪訝な目を向ける者も少なくなかったが。

リュベロン山のふもとの広場にも、多くの人々が集まっている。そこには神殿長や職人、商人たちの代表らの姿もあった。レギンは馬車から降りて、彼らを見回す。

「皆、我が父ファーロンがガヌロンに捕らわれてから今日までの間、よく耐えてくれました。ですが、苦渋と不安を強いられる日々も終わりです。私たちはバシュラルを討ちました。諸悪の根源たるガヌロン公爵は己の領地であるルテティアへ逃げましたが、もはや彼を支持する者はなく、従う兵もわずかです。私たちは遠くないうちに、あの男を討ちとるでしょう」

ことさらに勇ましいもの言いを、レギンはした。父王の安否が絶望的な以上、ガヌロンを討ったあとも、彼女はこの国の統治者であり続けるのだ。いまのうちから彼らの信頼を勝ちとっておかねばならず、自信のある態度を示す必要があった。

歓声があがり、それがおさまるのを待って、レギンは再び口を開く。

「重要なのはそのあとです。我々は一日も早くこの王都に平和と繁栄を取り戻し、王国全土に安寧をもたらさなければなりません。そのために皆の力を貸してください」

神殿長や代表たちが次々に忠誠と協力を誓う。それを確認して、レギンはさらに告げた。

「皆も覚えておいてください。私を助けるために駆けつけてくれた戦友たちです」

まず、アスヴァールの王女ギネヴィアを、次にジスタートの戦姫たちを、最後にザクスタンから来た傭兵隊長サイモンを、レギンは紹介する。

神殿長たちは驚嘆の目でレギンを見た。かつて、ファーロン王は狩猟祭を催して、諸国の王侯貴族を招いたことがある。国境付近での小競り合いこそ絶えなかったが、その外交手腕は見事なものだった。だが、そのファーロン王であっても、三ヵ国から援軍を送ってもらうことなど不可能だったろう。それを、レギンは成し遂げたのだ。

リュディやティグル、ロランが馬から下りる。ギネヴィアも、ロランの手を借りて馬車から地上に降りたった。王宮へ至る山道に、馬や馬車は入れないからだ。

戦友たちをともなって歩き去る王女を、神殿長たちは深い敬意をこめて見送ったのである。


山道をのぼる間、ティグルはロラン、リュディ、ジャンヌとともに、レギンのそばについていた。山道も、この先にある王宮も、事前にロランが部下を放って、怪しげな者が潜んでいないか調べさせている。要所に見張りを立たせてもいた。だが、数日前までガヌロンが王宮を支配していたことを思えば、どれほど用心してもしすぎるということはない。

王宮が見えてきたところで、レギンがそっとため息をついた。額に汗がにじんでいる。それを見たティグルは、腰に下げている革袋を彼女に差しだした。

「殿下、水です。どうぞお飲みください」

「ありがとうございます」

レギンは素直に受けとり、革袋に口をつける。喉を鳴らして一気に飲み干した。革袋を空にしてからそのことに気づいて、彼女は恥ずかしそうに顔を赤くする。

「ご、ごめんなさい。私ひとりで全部……」

そこにあるのは王都の民を前に堂々たる振る舞いを見せた王女の姿ではなく、十八という年相応の娘の素朴な表情だった。

「お気になさらないでください。それだけ喉が渇いていたということですから」

ティグルは首を横に振る。レギンは朝から演説を行い、大通りを馬車で進んでいる間は、強い陽射しを浴びながら笑顔で人々に手を振っていたのだ。疲れていないはずがない。革袋ひとつ分の水で少しでも気が楽になるなら、喜んで用意するつもりだった。

──それにしても……。

ティグルは視線を転じて、自分たちの前を進むリュディの背中を見つめた。

──殿下も、リュディも、強いな。

ガヌロンがファーロン王とベルジュラック公爵を連れ去ったと聞いたとき、二人の受けた衝撃と悲しみはどれほどのものだったろう。

だが、レギンはその日のうちに王都へ向かうという決断を下し、リュディも翌日からはいつも通りに振る舞っていた。

　二人を支えたいと、ティグルは思う。

「そういえば」と、いくらか表情を緩めて、レギンが聞いてきた。

「ティグルヴルムド卿は八年ぶりにニースを訪れたのでしたね。どうですか？」

　どう答えたものか迷って、ティグルは髪をかきまわす。

「正直に申しあげると、あのころの王都のことはあまり覚えていないのです。ヴァンセンヌの狩猟場での出来事は覚えているのですが……」

　ヴァンセンヌの狩猟場は、八年前にティグルがレギンとはじめて会った場所だ。すなわち、鳥を仕留め、さばき、焼いて、彼女に食べさせた場所である。忘れられるわけがない。

「それでは、今日あなたが見たニースの印象について聞かせてもらえますか」

　どことなく楽しそうなレギンに難問を出されて、ティグルは小さく唸る。彼女をあまり待たせるわけにもいかず、王都に入って真っ先に思ったことを答えた。

「ええと、その、迷ってしまいそうなほどに広くて、大きくて、すごい人出でしたね」

　子供でももう少しましな返答をするだろう。レギンはくすりと笑った。

「道はしっかり覚えておくように。大事なことですよ」

　ティグルは恐縮して頭を下げながらも、内心で首をかしげる。レギンの言葉はとてももっともなものだが、何か含みがあるように思えたのだ。

――考えすぎだろう。

頭(かぶり)を振って、疑問を消し去る。ただの青年貴族ではなく、将のひとりとして王宮を訪れるという状況に緊張しているから、深刻に受けとってしまっているのだ。

ほどなくして、一行は王宮に到着した。

†

ブリューヌでは、昨年の秋から混乱が続いている。

ことのはじまりは、バシュラルという青年が、自分はファーロン王の子であると名のり出たことだった。ガヌロン公爵の仲介によってバシュラルは国王と会い、息子と認められた。

庶子ながら王子となったバシュラルは、後見役を務めるガヌロンの助けを得て武勲を重ね、その武勇を国内に轟(とどろ)かせた。このときまでは、混乱もささやかなものだったといえる。

冬の終わりごろ、バシュラルは幾人かの諸侯と多数の兵を従えて、王国の西方国境を守るナヴァール城砦を襲った。そのとき、ナヴァール城砦にはレギン王女がいた。まだこのときは性別を偽って、レグナスと名のっていたが。

バシュラルは、レギンと、ナヴァール騎士団の団長ロランが自分の暗殺をたくらんだと叫び、レギンの引き渡しと騎士団の降伏を要求した。むろん、レギンも騎士団もそのような要求を呑むはずがなく、両者は激突した。

ティグルヴルムド＝ヴォルンがブリューヌ王国に帰ってきたのは、その十数日後である。彼はザクスタン王国にいたのだが、ナヴァール城砦で異変が起きたことを知らされて、馬を走らせてきたのだ。

同行者は四人。想い人であり、『凍漣の雪姫（ミーチェリア）』の異名を持つミラことリュドミラ＝ルリエ、側仕えのラフィナック、ミラの側近である初老の騎士ガルイーニン、そして『羅轟の月姫（バルディッシュ）』の異名を持つ戦姫オルガ＝タムである。

ティグルはバシュラルに捕らえられるも、幼いころからの友人であるリュディことリュディエーヌ＝ベルジュラックに助けられて自由を取り戻し、彼女が指揮するベルジュラック遊撃隊（ファルタス）の一員としてバシュラルと戦った。

ガヌロン公爵が手勢を率いて王宮を急襲し、ファーロン王と、王の護衛を務めていたベルジュラック公爵を捕らえたのは、春の半ばごろだ。王都ニースと国王を手中におさめたことで、バシュラルとガヌロンは一気に優勢となったかに見えた。

だが、ティグルたちは引かず、レギンもまた対決する姿勢を崩さなかった。ティグルとミラの進言を容れて自分が本当は王女であることを公表し、バシュラルとの戦いに臨んだのだ。

十日前、両者はオージュールの平原で激突した。

勝者となったのは、レギンだった。レギン軍はずっと劣勢だったが、アスヴァール、ザクスタンの援軍が到着して盛り返したのだ。バシュラルはロランとの一騎打ちに敗れ、その身を怪物に変えて戦場から姿を消した。バシュラル軍の兵たちは降伏した。

残る敵はガヌロンだけとなったが、彼はファーロン王とベルジュラック公爵を人質として、己の領地たるルテティアに逃げ去った。

レギンがガヌロンを追わずに王都への帰還を優先した理由は二つある。

ひとつは、ブリューヌの統治者として民を安心させ、王都の治安を回復するため。

もうひとつは軍を再編制して、確実にガヌロンを討つためだ。

ティグルにとっても、ガヌロンはただ倒すべき敵というだけではない。

彼は父ウルスを葬り去ろうとしたばかりか、故郷であるアルサスに兵を差し向けた。『銀閃の風姫（シルヴフラウ）』の異名を持つ戦姫エレンことエレオノーラ＝ヴィルターリアの助けがなければ、アルサスは容赦なく焼き払われていただろう。とうてい許すことはできない。

加えて、ガヌロンは魔物と関わりがある。

何としてでも滅ぼさなければならない相手だった。

†

王宮に入ったティグルたちは、それぞれ客室を用意された。他国の賓客（ひんきゃく）に対しては当然の対応であったし、ティグルやロランはブリューヌ軍において重要な地位を占めているからだ。ティグルやラフィナックは、室内を飾る調度の絢爛さに目を丸くしたものである。

あまり落ち着かないながらも休息をとり、日が傾いていくらか涼しくなってきたころ、ティグルはレギンに呼ばれて会議室へと足を運んだ。

そこにはレギンの他に、五人の男女がいた。ミラとリュディ、ジャンヌ、ギネヴィア、サイモンだ。これから話しあうのは、ブリューヌが友軍たちに贈る謝礼についてであった。

――それにしても、俺が出席するのは場違いに思える顔ぶれだな。

何しろ一国を治める王女が二人、そして大貴族に相当する戦姫がひとりいる。サイモンも、ザクスタンを代表する立場だ。ティグルは地方領主の息子でしかない。

だが、アスヴァールとザクスタンに助けを求めたのは、他ならぬティグルである。正確にいえば、ザクスタンを頼ったのはラフィナックとガルイーニンなのだが、二人は口をそろえてティグルの功績だと言うだろう。ジスタートも、アルサスとの友好を口実に介入している。何よりレギンに望まれた以上、ティグルとしては出席しないという選択肢はなかった。

皆に会釈して椅子に腰を下ろしながら、ティグルはそっとミラの様子をうかがう。

本来、戦姫の中でこうした交渉の席に立つのは、『光華の耀姫』の異名を持つ戦姫ソフィーことソフィーヤ＝オベルタスだ。しかし、ソフィーは、「あなたの方が、この件に長く関わっているでしょう」と言って、ミラに任せたという。

ティグルと目が合うと、ミラはにこりともせず目礼だけを返してきた。その反応に、ティグルは気を引き締める。彼女がジスタートの代表として振る舞っているように、自分もブリューヌの将としてふさわしい言動をしなければならない。

侍女が入ってきて、テーブルに人数分の銀杯を置いていく。中身はよく冷えた葡萄酒だ。彼女が退出するのを待って、レギンは一同を見回した。

「あらためて、ジスタート、アスヴァール、ザクスタンの方々にお礼を申しあげます。あなたがたの協力がなければ、今日という日を迎えることはかなわなかったでしょう」

「レギン殿下、感謝してくれるのは嬉しいけど、最後に勝利をつかみとったのは、間違いなくあなたの力よ」

ギネヴィアがにこやかな笑みを浮かべた。彼女は純白のドレスに身を包んでいるため、活動的な絹服を着ているレギンよりもよほど王女らしく見える。

「奮戦した兵たちも、優れた部下たちも、私たちが間に合ったという幸運も、あなたのもの。それを覚えておきなさい」

「ありがとうございます、ギネヴィア殿下」

「気にしなくていいわ。あなたとは長いつきあいになるもの。ところで――」

楽しそうに瞳を煌(きら)めかせて、ギネヴィアは続けた。

「我が国への謝礼についてだけど、この戦が終わったあと、ロラン卿を一年ほど我が国で預からせてくれないかしら。ロラン卿にとってもいい経験になると思うの」

「検討しておきますね」

計算され尽くした微笑を浮かべて、レギンはすげなくあしらった。ギネヴィアがロランを預かりたいと言ったのは、これがはじめてではない。王都に到着するまでの間に何度も話を持ちかけており、そのたびにレギンはこのような返答をしていた。

「ギネヴィア殿下、あなたは昨年の内乱でブリューヌの協力を得ているでしょう。そのことを思えば、いささか過大な要求ではないかと」

なだめるように、ミラが牽制する。

「それじゃあ、ジスタートはどのような謝礼を求めるつもりなのか、教えてもらえる？」

ギネヴィアの目がミラに向けられた。二人のやりとりに、ティグルは緊張を覚える。状況次第では、中立を装いながらミラを助けなければならない。

ギネヴィアの視線を、ミラは落ち着いた態度で受けとめる。レギンに視線を移した。

「まず、この戦にかかった戦費を殿下に求めます。次に、私を含めた六人の戦姫にそれぞれ恩賞を。私とオルガ、ソフィーヤ、エリザヴェータの四人は、ベルジュラック遊撃隊の一員として何度も戦場に出ています。エレオノーラとミリッツァは兵を率いて、ガヌロン公の軍勢からアルサスの地を守り、ヌーヴィルの町でも奮戦しました」

まっとうな申し出に、レギンは気を取り直した。

「話は聞いています。戦費として金貨三万枚、戦姫の方々にはそれぞれ金貨と、宝石飾りの短剣を用意しましょう。ジスタート王へも感謝の書状を。他には？」

「貴国もこれから何かと大変でしょう。我が国の人間で奴隷となっていた者を無償で引き取らせていただいたこともありますし、いまのところ、これ以上を望むつもりはありません。欲をかいて友情を壊すような真似(まね)は避けたいので」

葡萄酒を口につけて間を置いてから、ミラは微笑とともに言葉を返す。

実際、元奴隷たちを引き取ることができたのは、各国にとってありがたい話だった。

奴隷は、ムオジネルとの戦で捕虜になったか、ムオジネル兵にさらわれたか、あるいは何らかの事情で奴隷商人に売られた者たちだ。彼らを助けようと思ったら、ムオジネルと戦をして勝つか、金銭を支払って買いとるしかなかった。自国に連れ帰ることができただけでも、立派な功績になるのである。

——さすがミラだな。

顔に出さないようにしつつ、ティグルは感心した。ミラが過度に報酬を要求しないのは、両国間の友情を壊したくないからではない。無欲だからでもない。「貸し」にしておいて、何かあったときに使うためだ。その振る舞いは、まさしくジスタートの戦姫だった。

だが、ミラはこれで話を終わらせることはしなかった。

「ただ……ティグルヴルムド卿に充分な恩賞を与えていただけませんか」

部屋にいる者たちの視線がティグルに集中する。レギンが笑顔でミラに尋ねた。

「もちろんそのつもりですが、どうしてあなたがそのようなことを？」

「ご存じでしょうが、ティグルヴルムド卿の故郷であるアルサスと、我がオルミュッツとは、四年前から交流があります。彼が重要な地位につくのは、我々にとってもありがたいのです」

「そうですね。ティグルヴルムド卿は本当によい関係を築いてくれました」

おたがいに笑顔を保ったまま、二人の間に不穏な空気が漂いはじめた。

ティグルは黙って二人を眺めている。ミラの意図はわかる。自分に恩を着せつつ、レギンの反応を見ているのだろう。レギンが不機嫌そうなのは、ティグルを通じてジスタートが干渉してくることを警戒しているのかもしれない。

——当事者の俺が何か言うべきかもしれないが……。

しかし、何を言ってもよけいなことになりそうな気がしてならない。どうしたものかと考えていると、リュディが口を開いた。

「殿下、ティグルヴルムド卿に輝星章を授与してはいかがでしょうか。有力な貴族の推薦が必要ならば、僭越ながら、ベルジュラック家の私がその役目を務めさせていただきます」

「それはいいですね。ティグルヴルムド卿の功績は戦場での活躍に留まりませんから、資格は充分にあります」

思いもよらない話に、ティグルは頬が熱くなるのを自覚した。輝星章は優れた騎士や戦士に授与されるもので、下級貴族や騎士にとっては望みうる最上位の勲章といってよい。

　昨年の春、ムオジネルを攻めたときのことを思いだす。総指揮官のテナルディエ公爵は、武勲をたてた者に輝星章を与えると言った。だが、あの戦で与えられた者はいなかった。

──輝星章を、俺が……。

　もしも賜ったら、初代ヴォルン伯爵以来の誉れとなるだろう。

　感慨にふけっていると、ギネヴィアがミラに話しかけた。

「どうかしら。リュドミラ殿も、ティグルヴルムド卿を預かってみたら？　以前にも一年ほど預かったことがあったと聞いたけど」

「だめです」

　ミラが何か言うよりも先に、レギンがことさらに呆れたような顔で、首を横に振った。

「ギネヴィア殿下、仲間を増やそうとなさらないでください。そんなことをされては、ロラン卿の件について検討することさえ難しくなります」

「たいした強情だけど、いつまで続くかしらね。私は諦めないわよ」

　ギネヴィアは余裕たっぷりに胸を張って、銀杯に口をつける。そんな彼女を横目で見て、かなり手強くなったという感想をミラは抱いた。

──気ままに振る舞いながら、主導権を狙ってる。統治者らしくなってきたわね。

　一方、ティグルは部屋の中に満ちていく剣呑な雰囲気を変えるべく、リュディとジャンヌに視線で助けを求めた。しかし、リュディは笑顔で、ジャンヌは無表情で、眉ひとつ動かさずに黙っている。レギンが不利になるような事態が起きないかぎり、一言も発さないだろう。

ティグルはサイモンへと視線を移した。この男も会議がはじまってから無言でいるが、その表情は路上の喧嘩を見物する野次馬そのものだ。頼りになるとは思えないが、彼はザクスタンの王子アトリーズの代理であり、話をする必要はある。

「サイモン殿はどうだ。アトリーズ王子はどのような要望を？」

ティグルが聞くと、サイモンは内心を見透かすような皮肉っぽい笑みを浮かべた。今年で三十一になるというこの男は童顔なのだが、普段は左頰にある大きな傷跡のせいでそのような印象を与えない。だが、こういう顔をすると、いたずらをたくらむ子供のように見える。

「あんたがザクスタンに遊びに来ると言ったら、アトリーズさまは歓迎してくれると思うが」

ティグルはサイモンを軽く睨みつけた。これ以上、事態をややこしくしないでほしい。

「殿下にはいずれ必ずご挨拶にうかがうが、先の話だ。それより謝礼について聞きたい」

サイモンは、「あいよ」とうなずき、真面目くさった口調で答えた。

「ザクスタン――俺たち傭兵隊を派遣したアトリーズ王子の要望は、三つだ。ひとつめは、ブリューヌとの間に三年間の不可侵条約を結びたい。結んだところで国境付近での小競り合いが完全になくなることはないだろうが、極力減らしたいというところだな」

この発言に、ティグルだけでなくレギンも姿勢を正してサイモンを見つめる。ミラとギネヴィアも興味深そうな視線を彼に向けた。彼女らを気にするふうもなくサイモンは続ける。

「二つめは他の国と同じ、戦費だ。ふっかけるつもりはないと言われてるので相応に頼む」

思っていた以上にまともな要求だ。ザクスタンにいるアトリーズに感謝しながら、ティグルは「三つめは？」と、尋ねた。サイモンは口の片端を吊りあげる。

「まだ敵は残っているんだろう。そいつを仕留めるまで俺たちを雇ってくれ。色をつけてな」

これにはティグルも意表を突かれた。おもわず問いかける。

「この話がまとまったらザクスタンに帰ると思っていたんだが、違うのか？」

「元奴隷たちは明朝、出発させる。だが、俺たちは可能なかぎり手を貸してこいと王子から言われていてな。つまり、できるだけ外で食わせてもらってこいということだが」

いかにも傭兵らしいもの言いだ。ティグルは吹きだしそうになるのをこらえた。

「ありがたい申し出ではあるが、今朝、多くの諸侯や兵たちを帰らせたのを見ただろう。とにかく兵がほしいという状況ではなくなった。戦闘以外には何ができる？」

質問を投げかけたのは、義理立てが半分と、期待が半分というところだ。待っていたとばかりに、サイモンは悪党のような笑みを浮かべた。

「今日までの間にだいたいの状況は聞いている。俺なら敵の士気をさらに下げ、兵を減らすことができるぞ。戦わずにな」

レギンたちが驚きの視線をかわす。サイモンの笑みにティグルは不吉なものを感じたが、ここで話を終わらせる気にはなれなかった。うなずくことで続きを促す。

　こともなげにサイモンは言った。

「敵は領地を持つ貴族なんだろう？　つまり、配下の兵は領内の村や町の人間というわけだ。だったら、村や町を片っ端から襲って焼き払い、そのことを大声で知らせてやればいい。家を襲われれば、誰だって動揺するもんだ。兵の士気は下がって、逃亡が相次ぐ」

　室内の空気が一変した。レギンは不快さを隠さずにサイモンを睨みつけ、ギネヴィアは呆れた顔になり、ミラも眉をひそめる。リュディとジャンヌはそれぞれ椅子から腰を浮かせた。レギンが命じれば、すぐさまサイモンを外へ連れていくだろう。

　サイモンはといえば、悠然と背もたれに寄りかかって、下卑た笑みを浮かべている。

　ティグルも顔をしかめはしたが、彼を怒鳴りつけるような真似はしなかった。サイモンの提案を冷静に受けとめ、考えを巡らせる。

「サイモン殿に聞きたいんだが」

　そう言うと、皆が驚愕の眼差しをティグルに向けた。ティグルの声音に否定的な響きがなかったからだ。サイモンの提案に乗り気なのかと、何人かが思った。

　だが、そうではないことがすぐにわかった。

「その手を敵に使われたら、どうやって防げばいい？」

　レギンたちの目が、再びサイモンに向けられる。たしかにそれは気になることだった。サイモンは提案したときと同じように、あっさりと答える。

「敵に襲われる前に、こちらが襲うしかない。食糧を取りあげ、住人を逃がし、すべての井戸に毒を投げ入れ、家をことごとく焼き払う」

ティグルは自分の膝を強くつかんだ。この話を続けるのは忍耐力を要求される。

「それができない場合は……？」

「さっさと敵将の首を落として戦を終わらせるか……。でなけりゃ、いくつか村や町を犠牲にして敵の動きをつかみ、奇襲か待ち伏せで叩き潰す。そんなところだな」

「アトリーズ殿下は頼りになる傭兵をよこしてくれたよ」

ティグルはようやく笑みを浮かべて、おおげさに肩をすくめた。

――殿下には感謝しないとな。俺やミラではおそらく考えつかなかった。

敵は残虐非道で知られるガヌロンだ。サイモンが提案したようなことなど、むしろ積極的にやってくるだろう。防げないとしても、事前に予想していれば心構えはできる。

ティグルは表情を引き締めて、レギンに向き直った。

「殿下、彼の率いる傭兵隊を、私に預けていただけませんか」

レギンは渋面(じゅうめん)をつくったものの、ティグルの願いをはねのけることはしなかった。

「……わかりました。あなたを信じましょう。食糧などはこちらで用意します」

ティグルは深く頭を下げて礼を述べる。

その後、会議はあらためてアスヴァールへの謝礼の内容に移った。

ギネヴィアはなおもロランを預かることに執着したが、レギンも折れず、またミラも説得したので、ついに諦めた。戦費の負担、連れてきた兵たちへの恩賞、北の海での交易におけるいくつかの譲歩という形で話がまとまる。

「あとは……王宮の方々に、ぜひ我が国の紅茶を嗜んでいただきたいわ」

明るい笑みを浮かべて、ギネヴィアが言った。一瞬、彼女がミラを一瞥したのをティグルは見逃さなかったが、それだけで話を遮ることはできない。黙って様子を見守った。

「紅茶を嗜む、とは？」

レギンが不思議そうな顔で尋ねる。ギネヴィアはわずかに身を乗りだした。

「我が国では、紅茶に山羊の乳を入れて飲むのよ。それを殿下にご馳走したいの。きっと気に入ってくれると思うわ。どこかの国にはジャムを入れる変わり者がいるそうだけど、やはり王族たる者はちゃんとした紅茶を飲まなければ」

ティグルとリュディは顔を強張らせて、ミラとギネヴィアへ交互に視線を走らせる。ミラは感情の消え去った顔でギネヴィアを見つめていたが、ティグルには、彼女が怒りをおさえこんでいるのが容易に想像できた。

――すまん、ミラ。

ギネヴィアがレギンを誘うことは何の問題もない。それに、彼女の嫌味はジスタート人のミラに向けたものだ。ブリューヌ人の自分がとがめれば、事態が面倒になる。下手をすればロランの件を蒸し返されかねない。ここは黙っているしかなかった。

——あとで殿下にお願いしてみよう。ミラの紅茶を飲んでくれるように。

とうてい円満にとは言い難かったが、こうして会議は終わったのである。

†

ティグルがミラの部屋を訪ねたのは、夕食をすませてから半刻ばかり過ぎたころだった。

「ちょうどよかったわ。あなたを呼びに行こうと思っていたところだったの」

笑顔で出迎えたミラは、会議のときと変わらず軍衣に身を包んでいる。ただ、装飾品のいくつかは外して、襟も緩めており、くつろいでいるのがわかった。

扉を閉めると、二人は優しく抱きしめあう。そっと口づけをかわした。やわらかな唇と身体のぬくもりを伝えあってから、どちらからともなく抱擁を解く。

「紅茶を淹れるから、ちょっと待ってて」

ミラの言葉にテーブルを見ると、火を灯した燭台の他に、紅茶を淹れるための道具一式と、いくつかの茶葉が置かれている。自分のために用意してくれたのだろう。

二つの白磁の杯に手際よく紅茶を淹れると、ミラは壁に立てかけていた槍を手にとった。

全体に青と金の装飾をほどこし、氷塊を削って紅玉を埋めこんだかのような穂先を持つこの槍は、『凍漣の雪姫』である彼女のみが振るうことのできる竜具だ。名をラヴィアスといい、冷気を操る力を備えている。

ミラがラヴィアスをテーブルに近づける。その穂先からごく微量の冷気が振りまかれた。熱を帯びた夜気の中でもおいしく飲めるように、冷やしたのだ。

「せっかくだからそっちで飲みましょう」

ミラが視線でベッドを示した。二人はそれぞれ白磁の杯を手に取ると、ベッドに並んで腰を下ろす。「いただくよ」と言って、ティグルはさっそく白磁の杯に口をつけた。

独特の香りと、かすかな甘みをともなった冷たい液体が喉を通過する。満足感とともに、ティグルは息を吐いた。身体に溜まっていた余分な熱が抜けて、疲労感が消えていく。甘みの正体は葡萄（ぶどう）のジャムだろう。ほんの少しだけ溶かしたのだ。

紅茶は冷たいのに、心はあたたかくなっていく。ゆっくり味わおうと思っていたにもかかわらず、ティグルは二口目で飲み干してしまった。ミラは笑顔で空の杯を受けとると、紅茶を注いですぐに戻ってくる。

「夕方の会議ではお疲れさま。立派だったわ」

肩を寄せて、ミラがこちらを見上げた。ティグルは照れたように頭をかく。

「そうかな。あまり気のきいたことは言えなかったが」

「それでいいの」

腰まで届く青い髪を揺らして、ミラは首を横に振った。

「ああいう会議でだめなのは、格好つけようとして思ってもいないことを言ったり、過激な言葉を口にしたりすることよ。あなたは失言せず、言うべきことを言った。合格点よ」

「最高の褒め言葉だな」

笑顔を返してから、ティグルは「そういえば」と、思いだしたことをミラに告げる。

「会議のあと、君の淹れる紅茶を飲んでほしいとレギン殿下にお願いしてみたんだ。明日や明後日は無理だが、近いうちに時間をつくると殿下は言ってくださった」

「わ、わざわざそんなことしてくれなくていいのに……」

ミラは頬を赤く染めて視線をそらした。白磁の杯を口につけて、「ありがと」と消え入りそうな声で礼を言う。話題を変えた。

「私はソフィーたちと食事をすませたんだけど、あなたはどうしたの？」

「俺はラフィナックとガルイーニン卿、それからハミッシュ卿と食べたよ。サイモン殿も誘ったんだが、断られた」

ハミッシュは、ギネヴィア王女に仕えている巨躯の長弓使いだ。ティグルたちにとっては、アスヴァールで肩を並べて戦った戦友だった。

オージュールの戦いのあと、ティグルはギネヴィアに会って、戦場で助けられた礼をあらためて述べた。その際、王女のそばにいたハミッシュとも再会を喜びあったのだが、よく見ると彼はだいぶやつれていた。驚くティグルに、ハミッシュは穏やかな顔で言ったものだった。

「ティグルヴルムド卿、もしも王女殿下と二人で旅をするなどという事態になったら、くれぐれも気を強く持つことです。旅の間、歩きはじめの幼児の面倒を見る方がはるかにましだと何度思ったことか……」

それから今日までは、おたがいに多忙でなかなか顔を合わせられなかったのだが、ようやくゆっくりと話す機会を設けられたのである。

ティグルの話を聞き終えたミラは、自分たちのことについて話した。

「殿下が用意してくださった食事はおいしかったわ。戦姫たちだけで食事をするなんてはじめてだったけど、思ったより楽しかったわね。ミリッツァとオルガが食事の作法を身につけていなかったから、私たちが教えながら食べる形になって」

『虚影の幻姫（ツェルヴィーデ）』の異名を持つミリッツァ＝グリンカは寒村の生まれであり、戦姫となってからまだ二年に満たない。多くのことを学んでいる最中であり、王宮で出される食事の作法など身についていなかった。

『羅轟の月姫』に加えて、『斧姫（タポレーサ）』という異名まで持つオルガ＝タムは、草原に生きる騎馬の民の出身で、やはりそうした作法を知らない。

ジスタートでの食事ならば、多少の行儀の悪さには目をつぶってもよいが、ここはブリューヌの王宮である。ブリューヌの諸侯や官僚に、いまの戦姫たちはテーブルを汚さずには食事もできないらしいなどと陰口を叩かれては、たまったものではない。この機会にと、ミラたちは作法を教えこんだのだった。

「それは大変だったな」

どちらかといえばミリッツァとオルガの側であるティグルは、二人に同情した。

「せっかくの王宮での食事だから、私たちも自由に食べてほしかったけどね。二人とも、この先何年も戦姫として務めることになるんだから、いまのうちに覚えさせるべきだと決めたの。それにしても意外だったのはエレオノーラね」

少し驚いたというふうに、ミラは話を続ける。

「無作法の権化で、子供みたいな食べ方しかできなかったエレオノーラが、ほとんど完璧に食事をしたのよ。リムアリーシャに教わったと言っていたけど」

リムアリーシャはエレンの副官で、昔からの親友と聞いている。あの自由奔放(じゆうほんぽう)なエレンにそこまで教えこめるのかと、ティグルは感心した。

「ただ、精神的にはかなりつらかったみたいね。戦姫であることを隠して市街の酒場に潜りこまないかって、何度も持ちかけてきたから」

「行かなくて正解だろうな。市街はお祭り騒ぎらしいが、今朝の凱旋でミラたちはかなり目立ってたからな。誰かひとりでも気づかれたら、大勢のひとが寄ってきたと思うぞ」

「人気者はつらいわね」と、ミラはおどけて肩をすくめる。

紅茶をおかわりしながら二人は他愛もない話を続けていたが、会話が途切れたところで、ティグルは窓に目を向けた。窓の向こうには夜の闇と、無数の星々の瞬きがある。

「──なあ、ミラ」

わずかなためらいのあと、ティグルは窓を見つめたまま、おもいきった口調で訊いた。

「俺の矢は、まだ蒼氷星（シズリート）に届かないか」

蒼氷星。冬のごく短い時期にだけ空に輝く、あたかも凍りついているかのような蒼い星。その星に矢を届かせた者は、どのような願いでもかなえられるという。

ジスタートに古くから伝わるおとぎ話だ。

四年前、ミラに想いを告げた冬の夜に、ティグルはその話を聞かされた。

『待っているわ。あなたの矢が、あの蒼氷星に届くのを』

ティグルが武勲を求めるようになったのは、それからだった。

白磁の杯を口から離して、ミラも同じように窓を見つめる。夏ゆえに、蒼氷星の姿はない。だが、二人は深淵の果てに蒼く輝く星の姿を鮮明に思い描くことができた。

「そうね……」

目を閉じて、自分の考えをたしかめるように、ゆっくりとミラは答えを紡ぐ。感情の昂（たか）ぶりをおさえられず、頬が赤く染まっていた。

「たぶん……ううん、間違いなく、届いてる」

「それは……」と、ティグルの声が熱を帯びて震えた。白磁の杯を持つ手に力が入る。「俺と君の仲を、公にできるってことか」

「もう少し先にした方がいいわ」

逡巡する様子もなく、あっさりとミラは言った。ティグルはおもわず落胆の表情で彼女を見つめる。ミラはおおげさに肩をすくめた。

「仕方ないのよ。ソフィーに聞いたんだけど、あなたが我が国に内通しているという噂を信じている諸侯が、まだいるの。いま私たちの関係を公表したら、面倒なことになるわ」

その噂は、ガヌロンの腹心といわれたグレアスト侯爵が流したものだった。グレアスト侯爵が何ものかに殺害され、ガヌロンが王家に叛旗をひるがえしたいま、噂は完全に消え去ったとティグルたちは思っていたのだが、そうでもなかったらしい。

「その諸侯たちが、どうしてそんな噂を信じているかというと、嫉妬よ。あなたの功績が大きすぎるから妬んでいるのね」

憤然として、ミラが吐き捨てた。ティグルは何ともいえない顔になって、天井を仰ぐ。

辺境の小さな地を治める領主貴族の息子が、三ヵ国に助けを求め、三ヵ国とも快く応じたという話は、たしかに納得しがたいだろう。しかも、ティグルはそれ以前から武名が高かったわけではなく、得意な武器はブリューヌ人の嫌う弓矢なのだ。

「ただ、それだけならレギン殿下にお願いして、諸侯を説得する手もあるんだけど……。会議を思いだして。私たちの仲を話したら、私があなたをジスタートに連れていくつもりだと思われて、絶対に反対されるわ。『祝福』も通用しない」

この場合の祝福とは、発言力のある者たちに二人の仲を祝福すると言ってもらい、反対する者の態度を軟化させることである。このやり方を、ティグルはザクスタンの王子アトリーズから教わった。

ティグルは唸った。レギンの反応を想像してみたが、たしかにミラの言う通りになるとしか思えない。お願いというのは、相手の機嫌がいいときにするものだ。

「もう少し先というのはわかったが、ミラはいつぐらいになると考えてる？」

「ガヌロンを討ったあと」

即答だった。まじまじと彼女を見つめるティグルに、ミラはそっぽを向いて続ける。

「この戦いが終われば、殿下もいまよりかは気持ちに整理がつけられるでしょ。それに、本当の意味で殿下がこの国の統治者となるのだから、盛大に祝宴を催すはず。吉事は吉事に合わせるのがいちばんよ。——それぐらいなら我慢できるでしょ、あなたも」

最後の台詞は冗談めかしたものだったが、ティグルは力強くうなずいた。

「もちろんだ。だが、一日も早くガヌロンを討ってやるという気になってきた」

会議が終わったあと、レギンは三、四日で王都の状況を把握して必要な手を打ち、それからガヌロン討伐のための軍議を開くと言った。出陣はそれから数日後になるだろうとも。ティグルの見立てでは八日後というところだ。

ガヌロンとの戦いが簡単に終わるとは、むろんティグルも思っていない。だが、目指すものが明確になったことで、戦意が体内から湧きあがってきた。

ミラがこちらを振り向く。口元に苦笑をにじませて。

「武勲はこれ以上いらないわ。それより身体を大事にして」

そう言って、そっと目を閉じる。ティグルは彼女の肩を抱き寄せた。

燭台の火に照らされて、二つの影が重なった。

†

どこか呑気な車輪の音が大気を揺らし、鳥たちが空へと飛び去っていく。

一頭の馬に引かれた荷馬車が、森の中を貫く街道をゆっくりと進んでいた。御者台にはティグルとリュディが並んで座っている。手綱を握っているのはティグルだ。

ニースに凱旋を果たした翌日である。二人は、ベルジュラック家が親しくしているという鍛冶師の家に向かっていた。朝食をすませたころ、リュディがティグルの部屋に来て、いっしょに来てほしいと誘ってきたのだ。

ティグルは二つ返事で承諾し、ミラにも声をかけようとしたのだが、彼女は他の戦姫たちと出かけていて不在だった。そこで、二人で出発したのである。

　森に入ったのは、王都を出て半刻ほど荷馬車を進ませたころだ。今日も陽射しは焼けるようだが、森の中はかなり涼しかった。

　馬が街道を外れないよう注意しながら、ティグルは隣に座っているリュディの様子をそっとうかがう。ニースを出たあたりから彼女はずいぶんと上機嫌で、鼻歌を歌っていた。

「春のチーズは花畑で、夏のチーズは湖のそばで、秋のチーズは森の中で、冬のチーズは暖炉の前で。小さな籠を用意して、春は葡萄酒、夏は果実水、秋は木の実、冬は手袋」

「その歌、昔も聞いたな」

「ええ、私たちが生まれる以前からある歌ですから。それにしても、こうしてひとけのない場所に二人きりでいると、いっしょにアルサスで遊んでいたころを思いだしますね」

　その言葉に、十歳から十四歳までの思い出がよみがえる。ティグルにとっては見慣れた何もかもが、リュディにとっては新鮮だったらしい。彼女はよく驚き、笑い、感心していた。彼女に振りまわされながらも、ティグルはそれを楽しんでいた。

「森の中じゃいろいろやったな。木登り、かくれんぼ、木の実拾い、草笛吹き……」

「いっそ予定を変更して、今日はこの森で遊び倒しましょうか。チーズもありますから」

　リュディが腰のあたりを手で軽く叩いた。チーズを入れた革袋をそこに下げているのだ。

「魅力的な話だが、また今度だな。遊びで王都から長く離れるわけにはいかないだろう」

「残念ですね」

そう言うと、リュディは身体を傾けて、ティグルの肩に頭を乗せてきた。流れるような白銀の髪から化粧の匂いが漂ってきて、鼻をくすぐる。

「これぐらいはいいでしょう？」

甘えるような声で言われて、ティグルは「わかったよ」と、苦笑まじりに答えた。

荷馬車が街道を進む。百を数えるほどの時間が過ぎて、リュディが唐突に聞いてきた。

「ところで、もうティグルはミラと口づけぐらいはすませてるんですよね？」

ティグルは顔を強張らせる。手綱を握る手に力が入り、馬が不満そうに鼻を鳴らした。

「いきなり何を言うんだ……」

「その反応、怪しいですね。どうなんです？」

わずかな間を置いて、「してるよ」とぶっきらぼうな口調で答える。それこそ数えきれないほどしているのだから、いまさら照れることなどないはずなのに、声がうわずった。

「それは正しい口づけですか？」

「え」と、ティグルは間の抜けた声を発してしまった。世の中には、正しい口づけと正しくない口づけがあるのだろうか。考えたこともなかった。いままでの口づけを思いだすかぎり、ミラに不満はなさそうだったが。

内心の動揺を見抜いたのだろう、リュディは楽しそうに笑った。

「お姉さんが正しい口づけを教えてあげましょうか？　ミラと口づけをしているなら、これはただの練習ですから、何の問題もありませんよ」

「あまりからかわないでくれ」

ティグルは苦笑を返したが、何となく落ち着かない気分になり、リュディの表情を盗み見る。形のよい唇が視界の端に映って、慌てて視線を引き剥がした。

自分自身に呆れていると、流れるような白銀の髪が腕にかかる。まだ自分をからかうつもりなのかと思って、ティグルは彼女の顔を見た。言葉を呑みこむ。

リュディは目を閉じて、穏やかな寝息を立てていた。よく見ると、目のまわりが化粧で白く塗られている。涙の跡を隠すかのように。

――明るく振る舞っているのは……悲しみを隠すため、だけじゃないな。

前へ進むために、普段通りにしようとしているのだ。ならば自分もそうすべきだろう。

リュディの頭が肩から落ちないように気をつけて、ティグルは手綱を握り直す。

――どんな建物かは聞いているから問題ないが……何をしに行くんだろう。

首だけを動かして、後ろの荷車を見る。そこにはティグルの弓矢とリュディの剣、食糧や水筒を入れた荷袋の他に、布に包まれた長大な何かが載せてあった。槍か大剣のようだが、わからない。リュディは「秘密です」と言って、教えてくれなかった。

荷馬車はゆっくりと街道を進んでいった。

リュディが眠ってから四半刻ほど過ぎたころ、荷馬車は目的地に着いた。

三角屋根の小屋を三つばかりつなぎあわせたような外観だが、柱などを見るとしっかりした造りであることがわかる。煤(すす)で汚れた煙突からは、煙が細く吐きだされていた。主が中にいることがわかって、ティグルは表情を緩める。

リュディの肩を優しく揺すると、彼女はあくびまじりの声とともに目を開けた。右が碧、左が紅と左右で色の異なる瞳がティグルを見つめる。異彩虹瞳(ラズイーリス)と呼ばれるものだ。

「着いたぞ」と呼びかけると、リュディは嬉しそうに身を寄せてきた。そのままティグルの頬に唇を押しつける。見事なまでの不意打ちで、ティグルは反応すらできなかった。

呆然としていると、リュディはティグルの頬をぺろりと舐めて、ゆっくり身体を離す。妖艶(ようえん)な輝きを帯びた両眼が、ティグルを見つめた。

「御者のお礼です。これぐらいならかまわないでしょう?」

「……いまのが正しい口づけというわけじゃないよな?」

どうにか声を絞りだして問いかけると、リュディはからかうように片目をつぶる。

「気になるなら今度じっくり教えてあげますよ。それじゃ、荷台にあるものを運ぶので、手伝ってください。私ひとりではちょっと重いんです」

そう言って御者台から地面に降りると、リュディは大きく伸びをした。

ティグルは頬に手をあてたあと、困ったようにくすんだ赤い髪をかきまわす。

リュディと二人きりでいると、昔、いっしょに遊びまわった記憶がよみがえってくる。森の中では、木の陰に隠れたり草むらに身を潜めたりして、よくおどかしあった。拾った木の枝で地面に落書きをし、思いつきで木に登り、蟻の群れが獲物を巣に運ぶさまを観察した。

あのころの自分は、やはりリュディのことが好きだったのだろう。好きというのがどういうことなのか、考えたことすらなかったので、気づかなかったのだ。

家宝にして戦友たる黒弓を背負い、荷袋を肩に担ぐ。その間にリュディは剣を腰に吊した。それから、二人で布に包まれた長大な何かを持った。足並みをそろえて小屋に向かう。

リュディが扉を叩いて呼びかけると、十を数えるほどの間を置いて扉が開いた。

姿を見せたのは三十代半ばだろう大柄な男だ。頭に布を巻き、丸顔の下半分が髭に覆われている。黒い服はたくましい身体に張りついているかのようで、手には金槌を持っていた。

「おお、ベルジュラック家のお嬢様じゃありませんか」

「ひさしぶりですね、デジレ。元気そうで何よりです」

相好(そうごう)を崩す男に、リュディも笑顔を向ける。

「今日はあなたにお願いしたいことがあって来ました。そうそう、こちらは私の恋人未満で友達以上のティグルヴルムド卿です」

　リュディの紹介に苦笑しつつ、ティグルはデジレに会釈した。デジレは値踏(ねぶ)みするような目をティグルに向けたが、何も言わずに一礼する。リュディに視線を戻した。

「お願いというと、ご注文ですか。ともかく入ってください。馬はこちらで厩舎(きゅうしゃ)に入れておきましょう。それにしても、今日は次から次へと客が来る日ですな」

　持っていた金槌を腰のベルトに差しこむと、デジレはリュディの脇を通って外に出る。荷馬車のもとへ歩いていった。リュディが先に立って、二人は小屋の中に足を踏みいれる。

　薄暗く、広い空間だった。正面には三つの扉が並んでいる。右の壁には剣や槍、斧などさまざまな武器が飾られており、いかにも鍛冶屋の家という感じだ。

　だが、左の壁には古びた棚が置かれ、握り拳ほどの銀塊、不思議な形と模様をした石、薬草らしいものを液体に漬けこんだガラスの瓶などがいくつも並んでいた。

「鍛冶屋なのか……？」

　ティグルは息を呑む。デジレの第一印象は、たしかに鍛冶師らしかった。しかし、棚の中に並んでいるものを見ると、とてもそうとは思えない。

「こちらが工房です、ティグル」

　リュディはといえば、棚の中のものなどを気にする様子もなく、慣れた足取りで右端の扉へ歩いていく。ティグルは戸惑(とまど)いながらも彼女に従った。

工房に入ると、熱気と鉄の匂いがティグルたちを包みこんだ。

中央には余裕をもって大剣を置くことのできるテーブルがあり、壁には大きな炉がある。床にはやすりや金床、鉄の輪を入れた箱や水を満たした桶などさまざまな道具が置かれていたが、乱雑に散らばってはおらず、整理されていた。

炉のそばに、二つの人影が立っている。デジレの弟子たちだろうかとティグルは思ったが、すぐに違うとわかった。二人ともよく知っている人物だ。

「ロラン卿、それにギネヴィア殿下……」

おもわず呼びかけると、二人がこちらを振り返る。

ロランは甲冑をつけておらず、飾り気のない麻の服を着ていた。

ギネヴィアも純白のドレスではなく、麻と紗を組みあわせた涼しげな服に身を包んでいる。

一国の王女が身につけるようなものではないだろうが、彼女は気に入っているようだ。思えばアスヴァールでも、彼女は変装して町の中を歩くことを楽しんでいた。

「ティグルヴルムド卿とリュディエーヌ殿ではないか。どうしてここに？」

意外そうに言ってから、ロランは何かを思いだして納得した顔になる。

「そういえば、ベルジュラック公爵家は長くこの家を支援しておいでだったな」

「ええ、デジレの曾祖父のころからです。ロラン卿と殿下は？」

運んできたものを中央のテーブルに横たえながら、リュディが聞いた。

「いまのうちにデュランダルの手入れをしてもらおうと思ってな」

ロランが壁に視線を向ける。そこには『不敗の剣』の異名を持つ王国の宝剣デュランダルが立てかけられていた。

「アスヴァールから帰還したときにも一度、デジレ殿に手入れをしてもらったが、今度の戦でもかなり荒っぽい使い方をした。ガヌロンとの戦いに備えて万全を期しておきたい」

「私はロラン卿からその話を聞いて、ぜひ同行させてほしいとお願いしたのよ。王国の宝剣の手入れなど、めったに見られるものではないもの」

晴れやかな笑顔で説明するギネヴィアに、ティグルたちは「そうだったのですか」と、口をそろえてぎこちない笑みを返す。

——これは断れないな。

ロランも、そしてレギンも悩んだに違いない。そして、下手に王宮に閉じこめたり、自由に行動させたりするよりはましという結論を出したのだろう。

——ハミッシュ卿はいないようだな……。

ロランと二人きりになりたかったのだろうギネヴィアに言い含められたのか。あるいは、アスヴァール騎士としてはあるまじきことかもしれないが、ギネヴィアに気を遣って王宮に残ったのか。いずれにせよ、ティグルは彼に同情した。

「それにしても、宝剣の手入れをどうしてこのようなところに住む鍛冶師に？　ふつうは宮廷鍛冶師に任せるものではないの？」

　工房をぐるりと見回して、ギネヴィアが首をかしげる。答えたのはリュディだった。

「デジレの家は、曾祖父の代まで我が国の宮廷鍛冶師を務めていました。そして、正しい手入れの方法を受け継いでいるのは、私の知るかぎりでは彼だけです」

「正しい手入れの方法？」

　新たな疑問を抱いたギネヴィアに、ロランがデュランダルを見ながら説明する。

「デュランダルを振るい続けてきた私でも、この宝剣が何でできているのかはわかりません。鉄や銀でないのはたしかです。いまでは神話に語られる通り、本当に精霊が授けてくれたのだろうと考えることにしています」

　ブリューヌの建国神話では、始祖シャルルはリュベロン山で神々の遣わした精霊に会い、宝剣デュランダルと魔法の馬バヤールを授かったといわれている。

「精霊から授かった剣には、それに合う手入れの仕方がある。そうお考えください」

　そのとき、デジレが工房に入ってきた。手に拳大の麻の袋をいくつか下げている。ティグルたちを見回した。

「他の方もお知りあいだったようですな。お嬢様、すみませんが、先にロラン卿の剣を見ますのでしばらくお待ちください」

　デジレはティグルたちの脇を通り過ぎ、持っていた麻の袋をテーブルに置くと、壁に立てかけられているデュランダルに歩み寄る。息がかかるほど刀身に顔を近づけ、鍔元から切っ先まで目を凝らして観察した。やがて、彼は刀身から離れてため息をつく。

「細かい傷は毎度のことですが、歪みや刃こぼれがありますな。昨年は象とかいう生き物と、それから魔物とやらを斬ったと言っていましたが、今度は何とやりあったんです？」

「竜を何頭か。それに、私より強い戦士と戦った。相手の武器も、デュランダルにひけをとらない業物（わざもの）だった」

「あなたが言ったのでなければ、酔っ払いのたわごとか、昔の武勲詩（ジエスタ）にしか聞こえませんな」

デジレの言葉に、おもわずティグルは大きくうなずいてしまった。ミラとリュディが二人がかりで挑んでも勝てなかったバシュラルに、ロランは一騎打ちで勝ったのだ。彼をよく知っている人物でなければ、まともに受けとることは難しい。

そのロランは心外だという顔をティグルに向ける。

「貴殿は私よりも魔物と多く戦っているではないか」

絶句するティグルを見て、リュディとギネヴィアはくすりと笑った。

デジレはテーブルに置いていた袋のひとつを手に取ると、再びデュランダルに歩み寄る。袋の中身をひとつかみ取りだして、刀身にまんべんなくふりかけた。灰のようなものだ。

「それは何ですか？」

好奇心からティグルが聞くと、デジレは背を向けたまま答える。

「魔除けの力を持つという木の枝を焼いてつくった灰だ。何の木かは教えられんがね」

どうしてこのようなことをするのか、意味がわからない。ティグルと、そしてギネヴィアはそろって首をかしげた。その気配が伝わったのか、デジレは言葉を続ける。

「王国の宝剣に対して無礼極まるもの言いになるが、こいつは信じ難い代物だ。傷や歪みができても、放っておけば元に戻る。ていどによっては何十日もかかったりするがね。それを速めるもののひとつがこの灰だ」

ティグルは目を丸くする。だが、心のどこかで納得もしていた。デュランダルには、戦姫たちの竜具に通ずる不思議な力を感じていたからだ。

——あの棚の中に並んでいたものは、宝剣の手入れに必要なものだったのか。

ミラを連れてくればよかったと思う。きっと彼女は強い興味を抱いたに違いない。

「なんでこいつが効くのかは、私も知らん。やり方を代々、受け継いできただけだからな。神話にある通り、神々か、あるいは精霊が、この剣をそういうふうにつくったんだろう」

「では、他の剣でも同じようになるか、試してみない？」

そう提案したのはもちろんというべきか、ギネヴィアだった。デジレは振り返って、当惑の表情を彼女に向ける。得意そうにギネヴィアは胸をそらした。

「さきほどは旅の娘コルチカムと名のったけど、私はアスヴァールの王女よ」

デジレは唖然（あぜん）として、ロランとリュディに視線で問いかける。二人は無言でうなずいた。

「私の言葉が本当だとわかったわね。我が国には宝剣カリバーンがあるのだけど、その手入れをしてちょうだい。あれは我が国では存在しないものと考えられてきたから、手入れの方法なんて伝わってないの。今度持ってくるから……」

「勘弁してくれ、いえ、してください」

すぐに気を取り直して、デジレはギネヴィアに深く頭を下げる。ティグルたちも慌てて取りなした。デュランダルとカリバーンはまとう雰囲気こそ似ているが、同じものではない。小さなものであれ傷でもつけてしまったら、恐ろしいことになる。

ギネヴィアは可愛らしく頬をふくらませたが、ロランがもう一度頭を下げて頼みこむと、引き下がった。ただし、ロランに「貸しひとつね」という、理不尽(りふじん)な一言を告げて。

その後もデジレはデュランダルに粉のようなものをかけたり、水に浸けたりしたあと、赤々と燃える炉の中に刀身を入れた。

「手入れは半日ほどですむでしょう。――では、お嬢様のご用件をうかがいましょうか」

デジレが中央のテーブルに歩み寄る。リュディもテーブルの前に立って、自分たちが運んできたものの包みを広げた。ティグルとロランは目を瞠(みは)る。

包みの中から現れたのは、いびつな断面を見せている白い刀身だった。

「これはバシュラルの……」

ティグルは呻き声を漏らす。デュランダルや、ミラのラヴィアスと互角に戦える強度を備えた恐るべき剣だ。オージュールの戦いで、ロランとの激闘の末に折れたという話は聞いていたものの、リュディが回収していたことは知らなかった。

「ロラン卿の話に出てきた、デュランダルにひけをとらない業物がこれです」

色の異なる瞳を決意で満たして、リュディはデジレをまっすぐ見据える。

「この刀身を素材として、一振りの剣を鍛えてほしい。それが私のお願いです。デュランダルの手入れの技を代々受け継ぎ、鍛冶師としてもたしかな腕を持つあなたにしか頼めません」

ティグルは感嘆の面持ちでリュディの横顔を見つめた。彼女は何としてでも己の手でガヌロンを討とうというのだ。バシュラルの剣と同じ強度を持つものがつくれたとしても、通用するかはわからない。それでも並の武器で挑むよりかは、はるかに可能性がある。

デジレはすぐには答えず、真剣な表情でテーブルの上の刀身を見つめた。腰のベルトに差しこんでいた金槌を手に持って、無造作に刀身を叩く。澄んだ金属音が工房内に響いた。

「デュランダルとやりあえたというのだから、鉄ではないだろうと思ったが……。お嬢様、いつまでにほしいんです？」

「八日……いえ、七日でお願いします」

リュディの返答に、デジレは呆れたような唸り声を発した。

「鉄の剣でも、いいものを鍛えれば十日はかかります。まして、何でできているのかわからないものを素材にとなれば、何が効くのかを調べるだけでも五日はほしいところです」

「無茶なことを言ってるのはわかっています。この刀身が粉々になってもかまいません」

一歩も引かないリュディに、デジレは深いため息をつく。しかし、断りはしなかった。

「他ならぬお嬢様の頼みだ、やってみましょう。ただし、どうなるかはわかりませんよ」

「ありがとうございます。この恩には必ず報います」

リュディは深く頭を下げた。


時間が惜しい、すぐにでも取りかかりたいとデジレが言うので、ティグルたちは挨拶もそこそこに、彼の家をあとにした。

「ロラン卿、私のわがままで迷惑をかけてしまって、申し訳ありません……」

リュディがロランに深く頭を下げる。デュランダルの手入れが、リュディの剣を鍛える作業と平行でやることになったので、一日以上かかることになったのだ。

ロランは微笑を浮かべて首を横に振った。

「気にすることはない。もしもバシュラルの剣に劣らぬ一振りを生みだせるのなら、私としても心強い。それに、デュランダルは手入れが終わり次第、王宮に届けるとデジレ殿は言ってくれた。作業を見たかった殿下には申し訳ないが……」

「安心なさい、ロラン卿。私は満足したわよ。期待以上のものを見せてもらったもの。でも、あなたがそんなふうに思ってくれるなら、何かお願いごとを考えてみようかしら」

いたずらっぽい口調で笑うギネヴィアに、ティグルたちは引きつった笑みを返すのが精一杯だった。

ロランたちは、一頭の馬に二人で乗ってきたという。

「帰る先は同じなのだからいっしょに行きましょう」と、ギネヴィアが提案し、ティグルとリュディは喜んで承諾した。ロランも安堵の表情で同意する。そんな黒騎士を見て、リュディはそっとつぶやいたものだった。

「ギネヴィア殿下はお上手ですね」

ティグルとリュディは御者台に座り、ロランとギネヴィアは荷車に腰を下ろす。ロランの馬の手綱はティグルが持った。

荷車の方を振り返り、リュディが何気(なにげ)ない口調でロランに尋ねる。

「ところで、ロラン卿。ここ最近の出来事をデジレに話しましたか？」

「簡単にだが。詳しい話はあとでするつもりだった」

「そうでしたか。ありがとうございます」

リュディは微笑を浮かべて礼を言う。蹄(ひづめ)と車輪の音を響かせて、四人は出発した。

「荷車でくつろぐのも悪くないわね」

出発してすぐに、ギネヴィアが荷車の壁によりかかりながら足を投げだす。それを見たリュディが、ティグルに肩を寄せ、声をひそめて聞いた。

「ギネヴィア殿下は、アスヴァールでもこうだったんですか？　昨日の会議での立ち振る舞いは、さすが王家に生まれた方だと思うほどでしたが……。挑発や嫌味はともかく」

リュディが非公式の場でギネヴィアと会うのは、はじめてである。戸惑いがあるらしい。

「まあ、そうだな。アスヴァールの円卓の騎士については知ってるか？」

「アスヴァールの建国王アルトリウスに従っていた騎士たち、ということぐらいなら……」

「その円卓の騎士たちが好きで、わずかな供だけを連れて、国内の縁の地をまわっていたのが、ギネヴィア殿下だ。他にも、俺たちが魔物と戦っているときに飛びこんできたり、変装して町を歩きまわったり……」

ティグルの説明に、リュディは感心したような、呆れたような顔をした。

「レギン殿下とはずいぶん違いますね」

「君はレギン殿下に感謝すべきだよ」

ハミッシュのことを思いだしながら、ティグルは言葉を返す。話題を変えた。

「それにしても、君が『お嬢様』と呼ばれているのを見て、あらためて公爵家のご令嬢なんだなと思ったよ」

冗談めかしたティグルの言葉に、リュディは首を横に振る。

「デジレのために言っておきますが、彼がそう呼んでくれるのは私だけです。親しくない相手ならば、たとえ大貴族だろうとそっけない対応をします。ギネヴィア殿下には丁寧でしたが、あれは私とロラン卿の顔を立ててくれたんでしょう」

「そういえば、曾祖父のころから支援しているって言ってたな」

「ええ。デジレの家は代々宮廷鍛冶師でしたが、曾祖父のころに政争に敗れ、王都を離れてあの地で暮らすようになったそうです。しばらくは生活が苦しかったらしく、我がベルジュラック家が助け、支えたんですね。それ以来、我が家とデジレの家は懇意にしているんです」

リュディの表情が苦みを含んだものになる。

「私の無茶なお願いをデジレが聞いてくれたのは、父のことについて知ったからでしょう。父はデジレの人柄と腕を信頼して、よく武具を注文していましたから。私の剣も、父に頼まれてデジレが鍛えてくれたんです。私が使いやすいようにと、柄の太さから考えて」

膝の上に置いた手を、リュディが握りしめる。

「明日……いえ、今日から剣の訓練ですね。できあがるまで待っている時間はありません。身体の動かし方だけでも慣れておかないと」

ティグルは手綱を持った左手を、彼女の手の上に重ねた。

「あまり無茶はしないでくれよ。それから、やつに挑むときは誰かといっしょにしてくれ。ひとりで戦ったらだめだ」

リュディは驚いたように目を見開き、表情を緩めた。

「そういうときは、『どんなときでもいっしょだ』と言うものですよ。私がお姉さんであることも考慮して、言い方に気をつけてくださいね」

「年長者らしい態度を見せてくれたらな」

冗談めかした言葉に軽口で返すと、リュディは行きと同じように肩を頭に乗せてくる。

心地よい風の吹く森の中を、荷車と馬はゆっくりと進んでいった。

†

ジスタートの戦姫であるエレンことエレオノーラ＝ヴィルターリアと、リーザことエリザヴェータ＝フォミナが王宮の一室へひそかに運びこまれたのは、その日の夕方だった。

二人とも傷だらけで、頭から爪先まで土にまみれている。美しい髪は乱れ、まとっている軍衣とドレスは真っ黒に汚れて、何ヵ所も破れていた。エレンは不機嫌そうに顔をしかめ、リーザは傲然と口を引き結んでいる。

床に敷かれた絨毯に横たわっている二人を、ミラは呆れた顔で見下ろしていた。

「他国の人間にはちょっと見せられないわね……」

今朝のことだ。リーザがエレンの部屋を訪ねて、決闘を申しこんだのである。その場にはミラとソフィー、オルガとミリッツァもいたのだが、オルガを除く三人はおおいに驚き、オルガはといえば好奇心にあふれた顔で成り行きを見守った。

最初、エレンは突っぱねた。「どうしておまえと決闘なんぞをしなくてはならん」と、怒気も露わにリーザを睨みつけたのだ。リーザは胸を張って、挑発するように答えた。

「あなたがともに肩を並べて戦うに足る相手かどうか、見定めるためよ」

熱を帯びた二人の視線が空中で激突し、音もなく弾けた。

エレンは凶悪な笑みを浮かべて、リーザの挑戦を受けた。

「そうだな。私としても、足手まといを連れて戦うのはごめんだ」

ジスタート王の許しを得ずに戦姫同士が戦うなど、あってはならないことだ。もしも王がこのことを知れば、エレンとリーザだけでなく、止めなかったミラたちも厳罰を覚悟しなければならない。それをわかっていながら、ミラたちは二人を止めなかった。

エレンとリーザの間には、深い因縁がある。

三年前の秋、ルヴーシュ公国のとある村で、疫病が発生した。村そのものは王家の直轄地にあったが、リーザの治めるルヴーシュにも接していたため、彼女が対応することとなった。

リーザは疫病の拡大を防ぐため、疫病で死んだ者たちを村ごと焼き払い、疫病にかかっていない者たちについては隔離した。

このとき、隔離された者たちの面倒を見たいとエレンが申しでた。戦姫になる前の一時期、彼女はその村で暮らしていたことがあったのだ。村人たちに恩があった。しかし、リーザは自分の領地にかかわることだからと断った。

だが、隔離された村人たちの大半は冬を越せなかった。

家族や友人だけでなく、生まれ育った村まで失い、彼らは心身ともに打ちのめされたのだ。

村人同士でのいざこざも何度か発生したという。春になったとき、彼らの数は半分以下になっており、村を立て直すことを諦めて離散した。

この結果を知ったエレンは、リーザを激しく責めた。

二人の因縁は、もうひとつある。疫病の一件からしばらくあと、リーザの父であるロジオン＝アブトという貴族が問題を起こした。

彼は王国に納めるべき税の何割かを着服して虚偽の報告を行い、己の領内の食い詰め者を集めて野盗を装わせ、近隣の諸侯の領地を襲った。その上、国王への叛逆までたくらんだ。

だが、アブトの犯行はすべて露見(ろけん)し、ジスタート王はエレンに彼の討伐を命じた。エレンの治めるライトメリッツが、アブトの領地に近かったためだ。

このとき、リーザが自分に任せてほしいと申しでた。然(しか)るべき罰を受けるよう父を説得したいと。リーザが戦姫となったときには父娘の仲はとうに冷えきっており、公式の場を除けば顔を合わせたこともないほどであったが、さすがに放っておけなかったのだ。

しかし、エレンはその申し出を拒絶して、アブトを討ちとった。

そのことを知ったリーザは、エレンに決闘を申しこんだ。悪いのはすべて父であるとわかっていながら、己の感情をおさえられなかった。

そして、彼女はエレンに敗北した。まったくかなわなかった。

これ以後、二人の対立は決定的なものとなった。

ミラたちはこれらの出来事を知っている。オルガはソフィーから、ミリッツァは師と仰ぐヴァレンティナから話を聞いていた。それゆえに、二人の決闘を止めなかったのだ。

とはいえ、まさか王都の中で堂々とやるわけにはいかない。

戦姫たちは王都を出ると、一ベルスタ（約一キロメートル）ばかり離れた草原に向かった。そこはどの街道からも離れており、近くに集落などもなく、うってつけの場所だったのだ。

そこでエレンとリーザは正面からぶつかりあった。ミラたち四人は立会人として、決闘を見守った。

前回の決闘では、どちらも竜技を使わなかった。

だが、今回は違う。決闘の理由が、「ともに肩を並べて戦うに足る相手かどうか、見定めるため」なのだ。序盤から容赦なく竜技を叩きつけあう、すさまじい戦いになった。見守っていたミラたちが、己の竜具で身を守らなければならなかったほどだ。

戦いは竜技の応酬にとどまらなかった。おたがいに剣技と体術を駆使し、さらには一方が頭突きをすればもう一方が体当たりを仕掛け、掴みあい、殴りあうという具合で、戦姫同士の決闘とは思えないほど泥臭い戦いになっていった。

最後には、おたがいに残った力を振りしぼって竜技を放ち、同時に吹き飛んで倒れた。

ミラたちは顔を見合わせたあと、人目を避けるために空が暗くなるのを待って、二人を王宮に運びこんだのだった。

「勝敗を決める必要はないけど、引き分けということでいいわね？」

「いや、私の勝ちだ。挑んできたのはエリザヴェータだからな」

ミラの言葉に、エレンが憤然と答える。リーザは天井を見ながら静かな口調で言った。

「今回はエレオノーラの勝ちでいいわ。次は圧倒的な差を見せつけて勝つから」

ミラとエレンは唖然としてリーザを見つめた。

「あなた、またやる気なの……？」

「必要はあるでしょう。あの怪物を完全に滅ぼすまでは」

怪物とは、ミラたちがオージュールの戦いで遭遇した犬頭の何ものかのことだ。

犬頭といっても、野犬のそれとはまるで違う。鋭い輪郭と漆黒の肌を持ち、目は白く、舌が赤い、恐ろしい容貌だった。しかも、戦姫が六人がかりで挑みかかったというのに、その怪物には傷ひとつつけられなかったのである。

エレンが何か言おうと口を開きかけたとき、扉が開いて、ソフィーとミリッツァ、オルガが入ってくる。ミラが二人を見ている間に、彼女たちは傷の手当てをするための薬や水、身体を拭くための布、着替えなどを取りに行っていた。

「その様子を見ると、二人ともまだまだ元気そうね」

横になっている二人を見て、ソフィーが微笑む。エレンの手当てはオルガとミリッツァに任せて、ミラはソフィーとともにリーザの手当てに取りかかった。すばやく服を脱がせ、水を濡らした布で身体を拭いていく。それから傷口に薬を塗っていった。

「気分はどう？」

優しく尋ねるソフィーに、「悪くはないわ」とだけ、リーザは答える。ソフィーはそれで満足したようだった。

ほどなく、四人は手当てを終えた。ひとつしかないベッドに二人を並べて押しこめるわけにもいかないので、絨毯の上に寝かせたまま、それぞれ毛布をかける。夏の半ばなので、これでだいじょうぶだろう。

「私たちは隣の部屋にいるから、何かあったら呼んでちょうだい。喧嘩はしないようにね」

ミラたちは灯りを消して部屋を出た。

暗闇の中、リーザはしかめっ面で思い悩んでいる。

エレンに言いたいことはたくさんあるのだが、疲れもあって、どう切りだすべきか考えがまとまらない。だが、このまま何も話さずに過ごしては、自分たちを同じ部屋に寝かせてくれたミラたちに申し訳ない。彼女たちが気を利かせてくれたことぐらいはわかっている。

――記憶を失っていたときは、思ったことを何でも素直に言っていたのにね。

自嘲し、ため息をこぼす。それが聞こえたからか、エレンが口を開いた。

「一応、聞いておくが、他に何か理由があったのか？」

息を呑む。心の中でソフィーの笑顔を思い浮かべて、自分を励ました。

いくばくかの間を置いて、「ええ」とリーザは答える。

「あなたの力を見定めるというのは嘘よ。本当は、いまの私があなたとどれだけ戦えるのかを試したかった。それから……決闘で負けたときの状態から、前に踏みだしたかったのよ」

「踏みだすというのは、私に勝ちたかったということか？」

リーザは首を横に振った。自分の思いを素直に吐露するのは恥ずかしいが、大切なひとたちのためにも、前に踏みだすと決めたのだ。毛布の下で手を握りしめる。

「長くなるけど、かまわないかしら」

「好きにしろ。飽きるまでは聞いてやる」

突き放すような口調だが、冷たさや刺々しさはない。リーザの方も、話していくうちに、ためらいが薄れていくのを感じていた。

「私の父は、生まれたばかりの私を小さな村に捨てたの。素性を隠して育てるよう、その村の長に命じてね。父の治めていた領地では、異彩虹瞳は不吉なものだと信じられていたのよ」

ヌーヴィルの町でバーバ＝ヤガーと戦ったときに見せられた幻影が、リーザの脳裏に浮かび上がる。赤子だった自分はもちろん覚えていないが、あれは本当にあったことだった。

「貴族の娘だと察していたのでしょうね、殺されることはなかったわ。でも、村中の人間にいじめられた。かばってくれる者はひとりもいなかった。村の外から来た旅人に喧嘩のやり方を教わるまでは、毎日泣いて暮らしていたの」

喧嘩のやり方を身につけたことでいじめられなくなったわけではないが、頻度は減った。そのことがリーザに希望を抱かせ、前を向こうという意識を持たせた。

「十二歳のとき、父が私を屋敷に呼び戻した。他に跡継ぎがいないという理由でね。それから竜具に選ばれるまでの間、貴族の娘として生活したわ。父が私を娘として見たことは一度もなく、屋敷の者たちは皆、父の顔色をうかがって、私に冷たかった」

かすかに胸が痛む。だが、以前ほどではない。記憶を失う前ほどでは。

「私も父を好きになれなかった。自分の都合で捨てて、また自分の都合で拾いあげたひとを好きになれるはずがないわ。それでも、父親だからと、心のどこかで期待してしまっていた。いつか自分を認めてくれるかもしれない、いつかすべてを謝ってくれるかもしれないと」

「ところが、そのときが来る前に、私がおまえの父を討ちとったというわけか」

「あなたが父を生かして捕らえたとしても、『そのとき』は来なかったと思うわ」

言葉にしてみて、リーザはあらためて確信する。

「あなたが父を討ったとき、私は怒った。でも、父を殺されたことにじゃない」

父に認めてもらう機会を永久に奪われたことに対して、怒りを抱いたのだ。ありもしない希望だと、心の奥底ではわかっていたはずなのに。

「決闘を申しこんだのは、あなたに勝てば……娘として父の仇を討てば、死んだ父も私を認めるだろうと思ったから。だから、負けたときに力がほしいと強く願ったわ。——そこを魔物につけこまれてしまった」

「あのバーバ＝ヤガーというやつか」

エレンの言葉に、リーザはうなずいた。

「前に踏みだしたいというのは、そういう意味よ。あなたたちのおかげで魔物は滅ぼせたし、私の右腕も元に戻った。でも、私自身はあのときから前に進んでいない」

小さく息を吐く。長くなるとは言ったが、思った以上だった。

しかし、まだ話は終わっていない。最後に伝えたい言葉がある。この部屋が暗闇に包まれているのはありがたかった。顔を見られずにすむ。

「いまさらではあるけど……。父を討ってくれて、ありがとう、エレオノーラ」

あのころの自分では、父に会ってもおそらく説得できなかった。最悪の場合、ありもしない希望にすがって逃がしていただろう。あのような父でも、自分の父なのだからと。そして、娘としても戦姫としても失意の日々を送っていたに違いない。

記憶を失い、多くのひとに手を差しのべてもらって、ようやくたどりつけたのだから。

やや間があって、呆れたようなエレンの声が返ってきた。

「礼を言うことはないだろう。おまえのためにやったわけでなし」

「でも、私は助けられた。やはり感謝すべきよ」

沈黙が訪れる。馬鹿馬鹿しいと思われたのかもしれない。それでも、言いたいことを言えてリーザは満足した。いまこのときに、二人だけの時間を得られてよかったと思った。

エレンが小さく咳払いをする。ため息を先立たせて、口を開いた。

「私からも、おまえに礼を言わねばならん」

「何のことかしら……？」

思いあたる節がなく、リーザは首をかしげる。エレンはぶっきらぼうな口調で言った。

「疫病が流行った村のことだ。生き残った者たちは、村を立て直すことを諦めて散っていったが……。今年のはじめに、何人かに会った。行商をやっていてな、元気そうだった」

リーザは目を見開く。胸の奥が温かくなるのを感じた。

「それは、よかったわね」

「ああ」と相槌を打ち、申し訳なさを含んだ声でエレンは続ける。

「彼らはルヴーシュ兵に……つまり、おまえに感謝していた。おかげで助かった、生き延びることができたと口々に言っていた。彼らから話を聞いて、思ったんだ。私は死者のことばかり考えて、おまえが助けた者たちのことを見ずにいたのではないかと」

それから、あらたまった口調でエレンは言った。

「いまさらになるが……。ありがとう、エリザヴェータ」

熱くなった顔を両手で覆いながら、この部屋が暗闇に包まれていてよかったと、リーザは再び思った。エレンが隣にいなかったら、絨毯の上を転がっていたかもしれない。落ち着きなさいと心の中で自分に言い聞かせて、リーザはできるだけさりげない口調でエレンに提案する。

「私のこと、リーザと呼んでくれてもかまわな――」

「おまえと友人づきあいをしようとは思わん」

精一杯の勇気を出した提案は、冷淡な声に容赦なく遮られた。リーザは愕然として、とっさに言葉が出てこない。視線を感じたのか、それともリーザの衝撃と動揺が伝わったのか、エレンは面倒くさそうに言葉を紡いだ。

「おまえ、サーシャに何かとちょっかいを出してるだろう」

サーシャというのは、レグニーツァ公国を治めている戦姫アレクサンドラ＝アルシャーヴィンの愛称だ。彼女はエレンの親友である。いまは病に冒されており、公宮から出ることすら難しいという身だった。

「ちょっかいなんて出してないわ」と、子供のように口をとがらせて、リーザは反論する。

「彼女のレグニーツァと私のルヴーシュは、隣同士のようなものだから揉めごとが多くなるというだけよ。あなただって、ミラとしょっちゅう争っているじゃない」

「それはすべてリュドミラが悪い」

　迷うことなく言い切ってから、エレンは仕方ないと言いたげに付け加える。

「ジスタートに帰ったら、サーシャに会え。私もついていってやる」

「会って、どうしろと言うの？　ルヴーシュとレグニーツァの関係が変わるわけが――」

「その二公国だけで考えるな」

　リーザの言葉を遮り、エレンはしかめっ面で言葉を続けた。

「ルヴーシュ、レグニーツァ、それから私のライトメリッツと、ソフィーの治めるポリーシャの四公国で考えろ。ルヴーシュとレグニーツァの間で面倒な揉めごとが起きそうになったら、私かソフィーのどちらかが仲裁してやる」

　暗闇の中で、リーザは何度か瞬きをする。エレンの言葉はあまりに意外なものだった。

「あなたはアレクサンドラの、その、親友でしょう？　彼女に味方するべきではなくて？」

「全面的におまえに非がある場合はともかく、そうでないときは、仲裁に立った方が喜ぶやつなんだ、サーシャは」

　エレンの声音には、親友を誇らしく思う響きがある。

「味方を増やすよりも、公平である方を重んじるということ？」

　リーザは眉をひそめた。そうだとしたら、公国の主として優しすぎるのではないか。

「まず仲裁してもらって解決できるならそれでよし、解決できないようなら、あらためて味方になってもらうという手が打てる。サーシャは笑ってそう言った。何より、他の公国が長く恨まれるような状況をつくるのはなるべく避けたいとな」

「長く恨まれる……？」

その言葉の意味がわからず、リーザは顔をしかめた。エレンが説明する。

「貴族諸侯は、よほどの失態を犯せば家を取り潰されるし、後継者を得られず、血が絶えて滅ぶこともあるだろう。だが、竜具に選ばれた一代限りの主である私たちに、そのようなことはない。戦姫が戦姫たる資格を失ったら、竜具が新しい戦姫を選ぶだけだ。公国がなくなることはなく、極端に領地や兵を削られることもない」

歴代のジスタート王は、戦姫たちの力をなるべく均等に保とうとしてきた。ひとりの戦姫がよからぬ行動を起こしたとき、別の戦姫に対処させるためだ。

「戦姫同士の対立は、どちらかの戦姫が代替わりを果たせば解消される。だが、公国同士の対立は、公国がなくならない以上、簡単には解消されない。私がサーシャの味方をして、二対一の構図でおまえを追い詰めたとしよう。ルヴーシュはレグニーツァとライトメリッツを恨む。いつか私たちが戦姫でなくなったあとも。サーシャはそれを避けたいと言った」

リーザは黙って考えこむ。

――戦姫でなくなるとき……。

それは、いつか必ず訪れるものだ。それとわかっていながら、リーザはそのことに向きあってこなかった。思えば、竜具に見放されるかもしれないことを何度もやってきたのに。

――魔物にそそのかされて力を求めた戦姫なんて、私ぐらいでしょうね……。

ルヴーシュの主となってまだ四年だが、リーザは己の公国を愛している。いつか戦姫でなくなるときまでに、自分は公国に何を残せるか。たしかに、他の公国を恨んだり、恨まれたりといったものは残したくない。

「わかったわ。アレクサンドラに――」

会いましょうと言いかけて、リーザは穏やかな寝息が聞こえてくるのに気づいた。いつのまにかエレンは眠ってしまっている。いや、自分がずいぶんと長く考えこんでいたのだろう。

くすりと笑うと、リーザは目を閉じる。すぐに睡魔が襲ってきた。


リーザとエレンを休ませたあと、ミラたち四人は紅茶と焼き菓子をテーブルに並べて談笑している。もう日が沈んでいることを考えれば夕食にすべきだったが、この部屋に食事を運ばせるのは気が引けたし、リーザとエレンの様子を知られるわけにはいかなかった。

紅茶はもちろんミラが淹れたもので、添えられているジャムは三つ。すべて葡萄だ。ブリューヌの葡萄は多様で、甘い葡萄と一言でいっても甘さのていどや酸味で何種類もあった。

「あなたは二人の決闘を止めると思ってたわ」

紅茶を満たした白磁の杯を片手に、ミラは感心した顔でソフィーを見る。ソフィーは焼き菓子をかじりながら、ゆるやかに波打つ金色の髪を揺らして微笑んだ。

「エレンの反応次第では止めていたわね。でも、過去をなかったことにはできないと、リーザは痛感していたし、歩み寄ろうという彼女の努力を無にしたくなかったの。それに、エレンもリーザのことを気にしていたのはわかっていたから」

ソフィーは、焼き菓子にジャムを塗って食べているオルガへと視線を向ける。

「あなたにもお礼を言うべきね。リーザと仲良くしているのがわたくしだけだったら、エレンは決闘の申し出を受けたかわからないわ。ありがとう」

リーザが記憶を取り戻したあとも、オルガは変わらない態度で彼女に接している。リーザもいやというわけではないらしく、水遊びなどに誘われればつきあっていた。

「あの二人が仲良くなるなら、わたしも嬉しい」

焼き菓子のかすをこぼしながら答えるオルガに、ミラが訊いた。

「そういえば、あなたは決闘の話が出たとき、あまり驚いてなかったわね」

「わたしの故郷には……」

口のまわりを手で拭って、紅茶を一気に飲んでから、オルガは言った。

「揉めごとになったとき、武器を持たずに取っ組み合いをする儀式がある。どちらが正しいのかを決めるのではなく、相手も自分と同じく戦士であることを認めるためのもの。そうなってほしいと思ったし、どちらが強いのかも興味があった」

「仲の悪い二人の騎士が剣をまじえて友情を深める武勲詩みたいですね」

感心とも呆れともつかない感想を述べたあと、ミリッツァがソフィーに尋ねた。

「ソフィーヤ様は、このままお二人が和解するとお考えですか？」

「そこまで高望みはしてないわ。エレンも歩み寄ってくれるとは思うけど、おたがい、わだかまりを捨てるのは難しいでしょうし」

首を横に振って、ソフィーは真剣な表情になる。

「でも、魔物と戦うために力を合わせてほしいとは思ってる」

和やかな雰囲気が消えて、戦姫たちの顔に緊張が走った。

「ガヌロンの話が正しいとして、魔物は七体。私たちがいままでに滅ぼしたのは四体」

空になった白磁の杯を見つめながら、ミラが言った。ミリッツァが指折り数える。

「ルサルカ、レーシー、トルバラン、バーバ＝ヤガー……。残るはズメイ、ガヌロン、ドレカヴァクということでいいんでしょうか」

「そうね。ガヌロンは自分のことを魔物ではないと言っていたけど、私のラヴィアスが伝えてきたやつの気配は、間違いなく魔物のそれだったわ。ロラン卿もそんなことを言っていた」

ミラの言葉に、オルガが首をひねって率直に疑問を口にする。

「オージュールで戦った犬頭は何もの？　あいつがドレカヴァク？」

「たぶん違うと思うわ」と、ソフィーが難しい顔で言葉を返した。

「あの犬頭の怪物は、積極的にわたくしたちを殺そうとせず、どちらかといえば力をさぐっているふうだった。それだけでも、これまでに戦ってきた魔物とは違う。それに、あの怪物がドレカヴァクだというなら、ガヌロンを助けるような真似をするかしら」

　中途半端に折ったままの指から顔をあげて、ミリッツァがミラに訊いた。

「ドレカヴァクが、テナルディエ公爵に仕えているという話は本当なんですか？」

「それは確認できたわ。公爵閣下から聞けた話は、流れ者の占い師だったことと、テナルディエ家に五、六年ほど仕えていること、どこからか竜を連れてきて従わせることができるということの三つね。テナルディエ公は、ドレカヴァクをずいぶん信頼しているようだった」

　竜は、人間が立ちいることのない険しい山の奥や、昼でもなお暗い森の中に棲み、姿を見せることはまずないといわれている。神話や伝説の中の存在だと思っている者もいるほどだ。

　それを、ドレカヴァクは見つけだして、人間に従うように調教するという。

　ザイアン＝テナルディエの駆る飛竜（ヴィーフル）を見ても、その能力はたしかなものであり、テナルディエが信頼するのも当然といえた。

「私たちが魔物について話しても、テナルディエ公が信じるとは考えにくいわ。よほど具体的な証拠がないかぎり、ドレカヴァクの味方をするでしょうね」

ミラは小さく唸ると、気分を切り替えるために新しく紅茶を淹れる。オルガとミリッツァが左右から空の白磁の杯を差しだしてきた。

二つの杯に紅茶を注いでやりながら、ミラは自分の考えをまとめるように口を開いた。

「犬頭のことだけど、私はあいつが魔物だとは思わない。理由は、ソフィーがさっき言ったのと同じよ。あいつは、私たちが脅威になるかどうかを知るために現れた。それを考えると、ティグルの持つ黒弓に関係のある何かかもしれないわ」

ソフィーが口元に手をあてて考えこむ。

「手がかりになりそうなのは、あの特徴的な頭部と、強烈な香油の匂いぐらいかしら。少し調べてみるわ。とくに香油の匂いは昔、どこかで嗅いだことがあるのよ」

「犬頭が魔物ではないとすると、あと四体は倒すべき存在がいるわけですか。正直、逃げだしたくなりますね」

ミリッツァがおおげさに肩を落としてため息をついた。オルガが突き放すように言う。

「だったら逃げればいい」

その声に含まれたあからさまな軽蔑に、ミリッツァが眉をひそめた。ミラとソフィーが呆気にとられている間に、オルガは続ける。

「ひとりの勇者は百人の勇者を生み、ひとりの臆病者は百人の臆病者を生む。わたしはそう教わった。自分の公国に逃げて、戦いが終わるのを待っていればいい」

二人の戦姫の間で、見えざる火花が散った。彼女たちを包む空気が可視化されたなら、それは無数の棘で構成されたものとして映っただろう。

ミラとソフィーが無言で視線をかわし、年長者としての役割を押しつけあっていると、ミリッツァとオルガが同時にミラを見る。ともに援護を求める目をしていた。

「リュドミラ姉様は、蛮勇の愚かさと危うさについて、よくご存じですよね」

「リュドミラ、戦う前から泣き言を言うようなことがあってはならないと、わたしは思う」

ミラはため息をついたあと、しかつめらしい表情をつくってオルガに言った。

「オルガ、ミリッツァは口ではこう言っても、本当に敵から逃げだすような子じゃないわ。魔物とも二回戦っているし、戦場にも出ているのよ」

「そ、そうですよ！」

勢いづいたミリッツァが、ここぞとばかりに反撃の言葉を放つ。

「だいたい、自分の公国から逃げだしたのはあなたの方じゃないですか」

がたん、とオルガの座っている椅子が揺れた。

皺の寄った眉間を細い指でおさえて、ソフィーがミリッツァに語りかける。

「それは違うわ、ミリッツァ。オルガは陛下からファーロン王への親書を預かって、役目として自分の公国を離れたのよ。それからね、逃げたことを笑うと、自分の逃げ道をふさぐことになるわ。いつか、逃げなければならないときが来るかもしれないのだから」

ソフィーの言葉には、ミリッツァを一瞬で冷静にさせる力があった。

オルガとミリッツァはそれぞれ不満と反省の入りまじった顔で向かいあい、頭を下げる。謝罪の言葉はどちらも小さかったが、相手が聞きとれないというほどではなかった。

――こんなことで争わないでほしいけど、深刻なものでないだけましなんでしょうね。

壁に視線を向け、その向こうで休んでいるだろうリーザとエレンを思い浮かべて、ミラは内心でつぶやいた。それに、自分も戦姫になったばかりのころ、エレンと取っ組み合いの喧嘩を演じたことがある。厳しい態度をとるとしても、自分を棚にあげることはできない。

気まずい空気を変えようと、ミラは皆から白磁の杯を受けとって、紅茶を淹れ直す。ソフィーもまた、ことさらに明るい声で言った。

「ひとまず、魔物のことはこれぐらいにしておきましょうか」

「そうね。滅ぼすべき敵をあらためて確認した。いまはそれで充分よ」

ミラも同意を示す。声がかすかな熱を帯びたのは、何としてでも打ち倒したい魔物がいるからだ。祖母の亡骸（なきがら）を乗っ取り、母を傷つけたズメイだけは自分の手で滅ぼしたかった。

新たに淹れた紅茶を飲みながら、ミラはソフィーに聞いた。

「私たちはこれからどうする？　戦いはもう終わったようなものだけど」

捕虜から聞いた話では、ガヌロンに従う兵は二千前後ということである。この状況で彼に味方する者が現れるはずもなく、大勢（たいせい）は決したといってよい。

「ガヌロン個人はともかく、戦についてわたくしたちの出る幕はないわね。むしろ下手に活躍したら、武勲を横取りしたと思われて余計な軋轢が生まれかねないわ」

白磁の杯を片手に、ソフィーが微笑を浮かべる。オルガが首をかしげた。

「わたしたちはジスタートに帰るのか？」

「わたくしとミリッツァだけよ。ミリッツァには一足先に王都へ向かってもらって、これまでのことを陛下に報告してもらうわ。わたくしは元奴隷たちを連れてアルサスへ行くわ。そこでライトメリッツ軍と合流してから帰国する。あと、ヴァレンティナに魔物のことを相談してみようと思うの。あまり気が進まないけど」

すでに考えていたのだろう、ソフィーはすらすらと予定を話して聞かせる。

ちなみに、彼女とヴァレンティナは非常に仲が悪い。ミラとエレンのように正面から敵意を散らすようなことはないが、会えば笑顔で皮肉の応酬をする。

「あなたがいてくれると心強いんだけどね」

ミラは苦笑を浮かべた。ソフィーが彼女自身とミリッツァを選んだ理由はわかる。戦士としての技量と、兵を率いる能力において、二人はミラやエレンに及ばないからだ。

オルガはベルジュラック遊撃隊に加わって戦っていたことから、ブリューヌ兵の一部に人気がある。それに、彼女が戦姫としての経験を積むのにいい機会だとも思っているのだろう。

「エリザヴェータ様を連れていかないのはどうしてでしょうか？」

　ミリッツァが首をかしげる。

「もうひとりだけなら、わたしの竜技でいっしょに跳躍できます。エリザヴェータ様はアスヴァールの王女殿下と何やら因縁があるようですし……」

　ミラたち五人はすでにギネヴィアへの挨拶をすませているが、リーザだけは負傷を理由に、いまだにギネヴィアに会っていなかった。

　昨年の秋、彼女がミリッツァの力を借りてひそかにアスヴァールを訪れていたことは、ミラもソフィーも知っている。そのときに何かあったのだろうとは推測しているが、詳しいことは聞いていなかった。

「それが理由よ」と、ソフィーがため息まじりに答える。

「リーザがアスヴァールで何をやったのか、あるいはやろうとしたのかを、わたくしたちは知らない。ろくなことではなかったと思うけど……」

「ハミッシュ卿があなたに聞いていた千華燈瞳って、リーザのことでしょう？」

　確認するように、ミラが訊いた。ギネヴィアに挨拶した際、ハミッシュはソフィーとの再会を喜び、千華燈瞳というあだ名の娘についてあれこれ尋ねていた。ミラは二人の会話を横で聞いていたのだ。

「そうよ。ハミッシュ卿たちのおかげで、わたくしとリーザは会えたの」

　ミラに答えてから、ソフィーはミリッツァに向き直る。

「あなたの心配はわかるわ。でも、リーザはどういう形であれ、自分で決着をつけるつもりみたいだから、わたくしとしては彼女を見守りたいの。それに、あなたの力で内密にアスヴァールへ跳んだ以上、リーザは同じように誰にも知られず戻る必要があるわ。そのあたりを処理するためにも、もうしばらくブリューヌにいてもらった方がいいのよ」

「わかりました。では、陛下にご報告する際、エリザヴェータ様の存在は知らなかったことにしておきます。ソフィーヤ様が女性の従者を連れていたというあたりで」

「ありがとう。助かるわ」

そうして話がまとまったところで、ソフィーが優しげな微笑をミラに向ける。

「ねえ、ミラ。真面目な話ばかりだと肩が凝るから、楽しいお話もしたいんだけど……ティグルとの仲はどうなってるの？」

ミリッツァもからかうような視線でミラを見た。オルガも瞳に興味の輝きを湛えている。

──あなたたち、どうせ私が口ごもって、何も言えないと思ってるんでしょう。

友人たちの思いこみを覆さなければならない。ミラは落ち着き払った態度で白磁の杯を口に運び、何でもないような口調で答えた。

「そうね、進展というほどのことはないわ。ただ、ガヌロン公の討伐が終わったら、私たちの関係を公のものにしようと話しあったぐらいかしら」

ミリッツァとオルガの顔が素直な驚きに包まれる。その反応に気をよくしながら、ミラは得意げな笑みを浮かべてソフィーの様子をうかがった。きっと目を丸くしているだろうと思ったのだが、予想に反し、彼女は心配そうな顔でこちらを見ている。

「ミラ……それは喜ばしいことだと思うけど、だいじょうぶなの？」

「だいじょうぶ、って何が？」

ソフィーが何を案じているのかわからず、ミラは不思議そうな顔で訊いた。

「陛下を説得できる材料はちゃんとあるの？」

「ティグルの武勲なら充分でしょう？　昨日の会議に呼ばれたことから、レギン殿下の信頼が厚いことだって証明されているし、私と釣りあわないとは思えないわ」

言葉を返しながら、ミラの心の奥底で暗雲が湧きあがりはじめる。ソフィーがこうまでして自分をからかっているとは思えない。自分は何か見落としているのではないか。

「ティグルの武勲じゃないわ」と、ソフィーは口元に困ったような笑みをにじませる。

「あなたの武勲よ」

思いもよらない指摘に、ミラは呆然とした。ソフィーは指を一本たてる。

「昨年の秋、あなたはわたくしとともに軍を率いてアスヴァールで戦った。結果として、ギネヴィア殿下とアスヴァールに恩を売ることができた」

ミラは黙ってうなずいた。ソフィーは二本目の指をたてる。

「そのあと、あなたはザクスタンに赴いて、有力な土豪であるレーヴェレンス家のご令嬢ヴァルトラウテ殿と親しくなり、オルガとともに人狼(ヴェアヴォルフ)の問題を解決した」

一呼吸分の間を置いて、ソフィーは三本目の指をたてた。

「そして、あなたはこのブリューヌでも、ベルジュラック家のリュディエーヌ殿に協力し、レギン殿下を助けた」

「レギン殿下に恩を売ったのは私たち六人でしょう。あなたも、オルガも、ミリッツァも、それにリーザとエレオノーラも殿下に協力したといえるわ。ミリッツァとエレオノーラはヴァレンティナに要請されて介入している分、私より正当性があるじゃない」

「でも、三つの功績をたてたのはあなただけ。七人いる戦姫の中で突出しているのは誰かと問われたら、間違いなくあなたよ」

空になった白磁の杯を置いて、ソフィーはミラを見つめる。

「わたくしなら、あなたには外交の使者としてブリューヌ、アスヴァール、ザクスタンを相手にがんばってもらうわ。そうすれば、わたくしをムオジネルや他の国に向かわせることができるもの。とくにムオジネルからはなるべく目を離すべきではないし」

ムオジネル国王フーズィートが病で亡くなったことを、ミラたちはもう知っている。

いま、ムオジネルでは、王族同士が次代の玉座を巡って争っているのだ。王弟クレイシュ＝シャヒーン＝バラミールが勝者となるだろうと、ミラもソフィーも予測しているが、状況があきらかになるまで警戒を怠ることはできなかった。

憮然とするミラに、「だから」とソフィーは話を続ける。

「そんなあなたが他国の貴族と結ばれるなんてもっての外、となるでしょうね。国内の諸侯との結婚を強く勧められると思うわ」

ミラは渋面をつくった。たしかに、自分の功績については考えていなかった。

ジスタートに帰還したら、魔弾の王や魔物のことは伏せるとしても、誰に会い、何をしたのかについて詳しく報告しなければならないだろう。どの件にも他の戦姫が関わっている以上、ごまかすことはできない。そうなれば、おそらくソフィーの言った通りにことは進む。

――冗談じゃないわ。

結婚相手についていらぬ口出しをされる前に、何か手を打っておく必要があるだろう。とはいえ、すぐには妙案など思いつかない。ミラは目の前の友人を頼ることにした。

「ソフィーならどうする？」

「わたくしが思いつくのはひとつだけね。――既成事実をつくる」

オルガとミリッツァが同時に感嘆の声をあげた。ミラは戸惑いも露わに、頬を赤く染める。

「ず、ずいぶん率直ね……」

「でも、悪くないでしょう。あなたたちが長い間、いっしょに行動していたのは事実だもの。年頃の男女なのだから、そういうことがあっても不思議じゃない。あなたが言ったように、いまのティグルには充分な能力と功績がある」

「水面下で責任問題に発展させて、我が国にティグルヴルムド卿を取りこもうと？」

興味深そうに質問したのはミリッツァだ。ソフィーはいたずらめいた笑みを浮かべる。

「そういうこと。これから縁談を組むと言ったら、間違いなく反対されるわ。でも、すでに二人の関係は引き返せないところまできていて、無理に引き離せば醜聞沙汰になる恐れがあると言えば、仕方がないという感じで認めてくれるんじゃないかしら」

ミラはすぐには答えず、腕組みをしてソフィーの案を検証する。

――乱暴だけど……私にはできなかった発想だわ。検討の余地はある。

ティグルとヴォルン家、アルサスに迷惑をかけたくない、ことを荒立てたくないという気持ちが先行しすぎて、考えを狭めていたのだ。ティグルの存在がジスタートにとって価値のあるものとなったいまなら、強引な手をとることも不可能ではない。

「戦姫ともあろう者が他国の田舎貴族にたらしこまれた」と、口さがない者たちが陰口を叩くかもしれないが、そんなものは母のスヴェトラーナも体験している。

ミラの父であるテオドールは、オルミュッツの公宮に勤める官僚だったが、二人が結ばれたとき、「戦姫にはもっとふさわしい相手がいくらでもいるだろうに」と、落胆や失望の声をあげた者が幾人かいたという。昔、ガルイーニンが話してくれたことがあった。

――いちいち気にしていたらきりがないわ。

それに、自分たちには『祝福』という手もある。発言力があり、味方になってくれる者はさがせば間違いなくいるはずだ。

「ありがとう。参考にさせてもらうわ」

　笑顔で礼を言うミラに、ソフィーはからかうような笑みを返す。

「気をつけて、ミラ。ティグルに目をつけているブリューヌの諸侯は間違いなくいるわ。国を同じくしている分、彼らはあなたよりも有利なのよ」

　その忠告に、ミラが思い浮かべたのはリュディだった。ベルジュラック公爵家の娘であり、ティグルを強く想っている彼女こそが最大の敵に違いない。

　父親を連れ去られたリュディを、ティグルは気遣っていた。ミラも彼女に同情しているが、ティグルを譲る気はない。それは別の話だ。

「もうひとつ。このことも覚えておきなさい」と、ソフィーが続けた。

「我が国にしてみれば、ティグルをつかまえる役目はあなたでなくてもいいのよ。それこそ、わたくしやエレンでもいいの」

　ミラは唖然とする。気がつけば、ソフィーの目は真剣そのものだった。

「……冗談よね？」

「もちろん」と、ソフィーは表情を緩める。ミラは安堵の息をついた。

「あなたの演技力を褒めるべきなんでしょうけど、おどかさないでちょうだい」

「では、わたしが立候補するのはかまいませんか？」

　横からミリッツァが口を挟んだ。意地の悪い笑みをミラに向ける。ミラは戸惑い、一呼吸分の間を置いて、ようやくソフィーたちの言いたいことを理解した。

「我が国の有力な諸侯がティグルとの縁談を考えるということ？」

「ないとは言いきれないでしょう。あるいは、陛下がそのようにお考えになるかもしれない。さっきも言ったけど、わたくしとミリッツァはジスタートに帰ったら、アスヴァールやブリューヌでの出来事を陛下にご報告しなければならないわ。ザクスタンのこともね」

　再びミラは唸る。ありえないとは言えなかった。

「だから、気をつけなさい。場合によっては、冗談が冗談じゃなくなるかもしれないわよ」

　そうしてソフィーに笑いかけられると、ミラは苦笑を返すことしかできなかった。


　ソフィーたちがそれぞれの部屋へと帰っていったあと、ミラは廊下に出た。

　想い人の部屋に向かうと、ちょうどティグルが向こうから歩いてくるのが見えた。おたがいに足を速めて、二人は向かいあう。

「どこかへ行くところだったのか」

「あなたに会いに来たの」

　笑顔で答えると、ティグルははにかむような笑みを浮かべて、「俺もだ」と言った。

　二人は並んで歩き、ひとけのないところで足を止める。おたがいに今日あったことを話しあった。リーザとエレンの決闘に、ティグルは驚きを禁じ得ないようだったが、ミラもまた、ティグルがリュディとともに鍛冶師を訪ねていたと聞いて、複雑な思いを抱いた。

「リーザとエレンに怪我はなかったのか？」

「大きな怪我はね。安心していいわよ」

　二人の戦姫の因縁については、ミラの立場からは話せない。ティグルはそれを悟ったのか、「わかった」とだけ言った。

「ところで、ミラに頼みがある」

　明日、ロランとギネヴィアは、このリュベロン山の頂にある神殿へ行くらしい。ロランが生まれ育ったところと聞いて、ギネヴィアが俄然、興味を抱いたのだ。

「それで、いっしょに来てくれないかとロラン卿に頼まれたんだ。いっしょにいるだけでかまわないということだし、ロラン卿から聞いたんだが、神殿長はティル＝ナ＝ファのことに詳しいそうなんだ。何か話が聞けるかもしれない」

　ティル＝ナ＝ファはブリューヌとジスタートで信仰されている十の神々の一柱で、夜と闇と死を司る女神だ。何より重要なのは、ティグルの持つ黒弓に、この女神が深く関わっているらしいということである。

「私はかまわないけど、リュディは？　彼女もいっしょに来るの？」

ミラの質問に、ティグルは首を横に振る。

「軍議の日まで剣の鍛錬(たんれん)をするらしい。そうなると、俺は役に立てないからな」

「わかったわ」

うなずくと、ティグルがそっとミラを抱きしめてきた。ミラは彼に身を委ねて、静かに目を閉じる。ティグルは額と左右の頬に口づけをしてから、唇を重ねてきた。ミラも同じように口づけを返す。想いとぬくもりをかわしあって、ミラは身体が内側から暑くなるのを感じた。

夏の夜気に包まれながら、二人はしばらくの間、抱きしめあっていた。

2　三面女神（トレスリーニャ）

　まだ昼になったばかりだというのに、『軒下の蝸牛（トリッカーゴ）』亭の一隅は喧噪（けんそう）に包まれ、酒精が満ちていた。六人の若者がテーブルを囲んで、酒杯を傾けながら騒いでいるのだ。その笑声は店の外に聞こえるほど大きかった。

　この六人はザイアン＝テナルディエと、その取り巻きの貴族の子息たちだ。オージュールでの勝利と、ガヌロン公討伐の前祝いを兼ねた、ささやかな宴会を楽しんでいるというところだった。全員がすでにかなり酔っており、給仕の娘に声をかけて尻を撫でる者までいる。

　ちなみに他の客はいない。四半刻前までは何人かいたのだが、彼らの存在がうっとうしくなって出ていったのだ。

　店主は苦々しい顔をしているが、黙っている。ザイアンたちの服装から、貴族の子息だと察したからだ。加えて、ことさらに耳をそばだてずとも、自分がオージュールでいかに勇敢に戦ったかという話が聞こえてくる。彼らは勝者なのだ。機嫌をそこねるべきではなかった。

「しかし、さすがザイアン様ですな。オージュールでの大活躍、もはやこのニースで知らぬ者はないと言っていいでしょう」

「吟遊詩人（ミネストレーリ）を何人か呼んで、ザイアン様の戦いぶりを誰がもっともよい詩にできるか、競わせてはいかがですか。ザイアン様の勇名がブリューヌを越えて近隣諸国にも広まるように」

「悪辣(あくらつ)なるガヌロンを討てば、もはやテナルディエ家に敵対する者は皆無。ブリューヌ中の諸侯がザイアン様に膝をつくのも時間の問題といえましょうな。実にめでたい」

　取り巻きたちの言葉に、ザイアンは相槌(あいづち)を打ったり、笑顔で言葉を返したりしていたが、心の奥底では不満をくすぶらせていた。もっとも多く酒を呷(あお)っているのは彼である。

──大活躍？　あんな醜態が大活躍だと？

　オージュールで、ザイアンは飛竜(ヴィーフル)を空から急降下させ、敵軍の左翼を二度、翻弄した。それはよい。だが、そのあとはどうだったか。

　敵兵に投げつけられた奇妙な粉によって飛竜の制御がきかなくなるや、ザイアンは無力な一騎士となった。デフロットの率いるラニオン騎士団の助けがなければ、襲いかかってきた敵兵たちに斬り刻まれていただろう。

　ザイアンは飛竜とともに戦場を抜けだし、川で粉を洗い流してどうにか戦線に復帰したが、そのときには戦は終局へと向かっていた。

　空にいた怪物に飛竜の鉤爪で傷を負わせることができたのは、運がよかっただけだ。それにたいした一撃ではない。怪物を打ち倒したのは、地上から放たれた一矢だったのだから。

──ティグルヴルムド＝ヴォルンが放ったように見えたが……。戦姫の力だろうな。

　アスヴァールで嵐竜(ヴーリー)と戦ったとき、ザイアンはティグルの放った矢で嵐竜が吹き飛んだところを見ている。そして、ソフィーヤ＝オベルタスから、戦姫の力によるものだという説明を受けて、それに納得していた。

ともかく、ザイアンはオージュールの戦いで活躍らしい活躍ができなかったのだ。ロランのように敵将との一騎打ちで勝つというのはさすがに高望みだとしても、敵軍の陣容を突き崩して名のある諸侯や騎士の首をとるなど、輝かしい武勲を手にしたかった。

——あのヴォルンですら、大手柄をたてたというのに。

ティグルの最大の功績は、他国に助けを求めたことだ。諸国の援軍が到着したからこそ、レギン軍は劣勢を覆すことができた。それは、レギンやロランにすらできなかったことであり、レギンが評価するのは当然のことだった。

——兵も、騎士も、こいつらも、俺を褒め称える。だが、いったい何を見ている？

賛辞を受ければ受けるほど苛立ちがふくれあがる。こんな気分になったのははじめてで、どうすればよいかわからず、とにかく飲むしかなかった。

ふと、視界の端に、足下まで届く黒いスカートが映る。給仕の娘だろうとザイアンは思い、歪んだ笑みを浮かべた。酒以外にも憂さ晴らしをする手があるではないか。

身を乗りだし、手を伸ばして、娘の尻に触れる。相手の反応を見てやろうと顔をあげて、ザイアンは呆然とした。見慣れた顔が、眉ひとつ動かさずに自分を見下ろしている。

侍女のアルエットだった。黒い長袖の服と、足下まであるスカート、白いエプロンといういつもの姿だが、酒場では場違いなことこの上ない。

「おまえ……どうしてここに？」

驚きのあまり、それ以上の言葉が出てこない。アルエットは静かな口調で答えた。

「飛竜が不機嫌そうにしていたので」

「はあ？」と、おもわず顔をしかめたが、五つ数えるほどの時間をかけて彼女の言っていることを理解すると、ザイアンは盛大な舌打ちをして、ため息を吐きだした。

たいていのことなら、「いちいち俺に言うな、おまえが何とかしろ」と怒鳴りつけてやるのだが、飛竜のことだけはザイアンがやるしかない。酔いのためにだいぶ働きが鈍くなっている頭でも、それだけはわかっている。

そのときになって、アルエットの尻に触れたままだということにザイアンは気づいた。手を離して彼女の様子をそっとうかがうが、その無表情には微塵の変化もない。理不尽な怒りを覚えてザイアンは立ちあがり、酒がわずかに残っていた青銅杯を彼女に突きだす。

「おまえも飲んでいけ」

拒むようなら、彼女の顔に酒を浴びせかけるつもりだった。アルエットはといえば、恐れる様子もなく首をかしげる。

「酒の匂いは飛竜を刺激しないでしょうか」

今度はザイアンが首をひねる番だった。わからない。いままで酔った状態で竜に近づいたことなどないからだ。そのような恐ろしい真似はできなかった。

――いきなり噛みついてくることはないだろうが、唾を吐きかけてくる可能性はあるな……。

以前、飛竜の唾を頭から浴びたときは、数日間臭いがとれなかった。

青銅杯をテーブルに置くと、ザイアンは店主の前まで歩いていく。

「水をくれ。たっぷり」

ザイアンは気づいていなかったが、アルエットが現れてから店内の空気は一変していた。侍女が、いわば仕事着のままで店に入ってきたというのがすでにおかしいのだが、傲岸不遜な態度をとっていた貴族の若者が、素直に彼女に従っている光景はさらに異様だった。

店主は戸惑いを隠せない顔でザイアンを見つめていたが、言われた通り水を出す。水を一息に呷るザイアンに、アルエットが後ろから訊いた。

「支払いはおすみですか」

当然のようにつけにするつもりだったザイアンは、歯と歯の間から唸り声を吐きだした。侍女の言葉など無視してかまわないはずだが、飛竜の世話は自分だけではできない。

ズボンのポケットに手を入れて、十枚近い銀貨を取りだすと、店主に放った。一枚か二枚は余るはずだ。出入り口に向かいながら、ザイアンは唖然としている取り巻きたちに告げた。

「俺は帰る」

店を出る。そこでようやく、ザイアンはあることに気づいた。アルエットを振り返る。

「おまえ、なんでここにいる……？」

酔っていたために気に留めなかったが、考えてみれば彼女が王都にいるのはおかしい。アニエスの地で別れたとき、部下たちとともにネメタクムへ戻るようザイアンは命じたはずだ。

アルエットは隠す様子もなく答えた。

「戦はいつ終わるのか、わからないと聞きましたので」

ザイアンを見送ったあと、アルエットは命令通り、彼の部下たちとアニエスを離れてネメタクムに向かった。道中、ふと気になって部下のひとりに尋ねた。

「戦はいつごろ終わるのでしょうか」と。

「わからんよ、そんなの。明日かもしれんし、半年後かもしれん」というのが、部下の返答だった。いい加減なようでいて、誠実な対応だったといえる。戦場から遠く離れた地で、ろくに情報もないのだから、わかるはずもない。

ともかく、その言葉を聞いたアルエットはニースに向かうことを決めた。もしも戦が長引くようなら、飛竜の世話をしなければならないと思ったのである。路銀はザイアンからもらっていたので充分にあった。

アルエットの考えを聞いたザイアンの部下たちは、彼女をひとりで行動させるわけにはいかないと思ったのか、同行を申しでた。

そうして今朝、アルエットたちはニースに着いたのである。日数がかかったのは、王都への道を誰も知らなかった上に、情報を集めながら慎重に動いていたためだった。

王都を囲む城壁の門衛にザイアンの所在を尋ねると、飛竜のいる厩舎の場所を教えてもらうことができた。王都の住人たちの間で、飛竜は非常に有名な存在となっていたのだ。

厩舎に行くと、テナルディエ家の人間が何人かいた。彼らに話を聞いて、アルエットは『軒下の蝸牛』亭に来ることができたのである。

話を聞き終えたザイアンは、呆れ果てたという顔でアルエットを見た。

「馬鹿か、おまえは」

いまでこそ王都はレギン王女の下で平和と活気を取り戻しているが、数日前まではガヌロンの支配下にあったのである。アルエットの行動は無謀というよりない。

「ネメタクムの屋敷でおとなしくしていればよかったものを……」

そう言いながらも、ザイアンの表情はいくらか緩んでいる。飛竜の世話をひとりでやらずにすむのは、正直ありがたい。それに、アルエットは飛竜の話ができるほとんど唯一の相手だ。無礼な態度は気に障るが、余計なことを言わないのも、慣れると悪くない。

「そういえば」と、思いだしたようにアルエットが言った。

「ご無事で何よりでした」

「そういう台詞は俺の顔を見たらすぐに言うものだろうが」

反射的に嫌味を返してから、ザイアンは顔をしかめる。酒場で彼女と顔を合わせたときのことを思いだして、あのときに言われなくてよかったと思った。

「おまえ、酔い覚ましに何かつくれないか」

内心をごまかすために、ザイアンは前を見て歩きながら彼女に尋ねる。とくに答えは期待していなかったのだが、アルエットは、「麦粥(マナカーシャ)でよければ」と言った。

「ところで、手柄をたてることはできたのでしょうか」

頭の中が熱くなるのを感じて、ザイアンは足を止める。よりにもよって、アルエットにそのような質問をされるとは思わなかったのだ。拳を震わせながら、彼女を睨みつける。

アルエットは無表情を崩さずに、ザイアンの視線を受けとめた。ただ、手柄をたてられなかったということは察したらしい。重ねて問いかける。

「もう一度、挑まれるのですか」

「どういう意味だ」

「ネメタクムでは、毎日、飛竜に挑戦していたので」

殴ってやろうと思っていたザイアンだったが、その言葉は彼から瞬時に毒気を抜いた。

――毎日か……。

他の者が言ったのであれば、怒鳴りつけていただろう。

だが、アルエットは毎日、自分が飛竜に挑んでいるところを見ていた。何より、彼女が世辞(せじ)や追従を言わないことはよくわかっている。

「ああ、そうだ」

もう一度、挑戦すればいい。まだ敵は残っているのだから。

二人の主従は、王都の外に向かって大通りを歩いていった。

†

昼になる少し前、ティグルとミラ、ロラン、ギネヴィアの四人は王宮から山頂へと続く山道を歩いていた。山頂にある神殿へと向かっているのだ。その神殿は約三百年前、建国王シャルルが築かせたものだった。

「あの神殿がなかったら、私はいまこうして生きていなかっただろう」

ギネヴィアが転ばないよう彼女の手を取って歩きながら、ロランはそう語った。

彼は赤子のころ、リュベロン山のふもとに捨てられており、神殿に勤める巫女に拾われた。彼女には身寄りがなかったため、ロランは神殿で育てられることになったのである。そうでなかったら、どこかに預けられていただろう。

「あなたを拾ったという巫女に、私からも感謝を申しあげたいわ。いまの私があるのはロラン卿（きょう）のおかげだもの」

堂々とロランと手をつないでいられるからか、ギネヴィアは満面の笑みを浮かべている。彼女を眺めながら、ティグルはハミッシュを連れてこなくてよかったのだろうと思った。

彼にはもちろん前日のうちに相談したのだ。そして、ハミッシュは同行しないと答えた。

「アスヴァールに帰国したら、私は見たものをすべて報告しなければならない。嘘をつくのはたやすいが、殿下のお言葉と合わないところが出てきたら、殿下にご迷惑がかかる。いっそ見ない方がいい。無責任な頼みになるが、殿下をお願いしたい」

ギネヴィアを自由にさせることが、ハミッシュなりの忠誠心の示し方なのだ。ティグルは承諾して、自分とロランとでギネヴィアを守ると彼に約束した。

涼気に包まれた山頂が見えてきた。神殿が静かにたたずんでいる。ロランによると、十数人の巫女と神官がここで生活しているという。

「ガヌロンは、神官や巫女たちを傷つけることなく山のふもとに解放したらしい。神殿を汚すことを恐れたとも思えないが、その点だけはありがたかった」

ロランが先に立って神殿に入ると、彼に気づいた中年の巫女たちがこちらへ歩いてきた。

「まあ、誰かと思えば、大飯食らいで元気の有り余ってる坊やじゃないの」

「ついに剣を捨てて、清潔な神官衣に袖を通す決意を固めたのかしら？」

「どれだけ大きくなってもやることは変わらないんだから。木の剣が鉄の剣になっただけ」

子供扱いに、ロランは苦い顔になる。近隣諸国に勇名を轟（とどろ）かせた黒騎士も、生まれ育った場所ではかたなしだった。

奥の方から、大きな咳払いがひとつ聞こえた。巫女たちが慌てたようにロランから離れる。そして、巫女装束に身を包んだ年配の女性が現れた。

「ご無沙汰しております、神殿長」

ロランが礼節をたもって会釈する。神殿長と呼ばれた女性は眉をひそめた。

「今日は騎士としてここにいらしたのですか？」

ロランはうなずき、ティグルたちを紹介する。

「突然ですみませんが、ティグルヴルムド卿の話を聞いてもらえませんか。大切なことです」

神殿長はすぐには答えず、値踏みするような目をティグルに向けた。

「わかりました。ただし、坊や、今日はここで休んでいきなさい」

「それは、その……」

たじろぐロランを、神殿長は子を叱る母親の表情で見上げる。

「あなたの身に何か起きたという話がここに届いたのは、春のはじめだったわ。誰もがあなたを心配していたのですよ」

そう言われると、ロランは弱い。頭を下げた。

「……承知しました」

「よろしい。では、お客様方、こちらへ」

こちらに背を向けて、神殿長はゆっくりとした足取りで歩いていく。ティグルたちは顔を見合わせたあと、彼女に続いた。

神殿はそれほど大きくないが、小さな窓が多く、明かりを取り入れる工夫がなされていた。廊下はきれいに掃き清められている。

「ロラン卿は騎士になるまで、ここで生活していたのね」

壁や天井を見回して、ギネヴィアはうっとりとした顔になる。

「円卓の騎士の縁の地をまわっているときの殿下って、こんな感じなのかしらね」

ミラが声をひそめてティグルにささやいたものだ。

「ロラン卿はどのような子供だったのですか？」

老いた神殿長に、ギネヴィアが聞いた。ロランは慌てたが、神殿長は微笑んで答える。

「私たちが甘やかしてしまったということもありますが、元気のいい子供でしたよ。少し歩けるようになると、燭台を倒したり、神像にのぼってみたり……。神殿を出て山の中に入っていったときなどは大騒ぎになりましたね」

「し、神殿長、どうかそのへんで……」

いつになく弱気な調子でロランが止めるが、神殿長は無情にも続けた。

「ファーロン陛下がこの神殿にいらっしゃって、この子に声をかけてくださったのです。そして、始祖シャルルに仕えた者の中に、『騎士の中の騎士』と呼ばれるロランという者がいたという話をしてくださって、この子は自らの進む道を決めました」

神殿長の声音には喜びと寂しさが入りまじっているように、ティグルには思えた。

赤子のときから可愛がって育ててきたのだ。やはり、いずれは自分たちと同じように、神々に仕える道を歩んでほしかったのだろう。「騎士にならなければ、神官になることが決まっていたようなものだった」と、かつてロランが言っていたことを思いだした。

――陛下との出会いが、ロラン卿の進む道を大きく変えたんだな。

隣を歩くミラを見る。自分も彼女との出会いで人生が変わった。最初に新たな道を示してくれたのは彼女の母のスヴェトラーナだが、オルミュッツで何もできなければ、やはり自分の人生はいまのようにならなかっただろう。

「この神殿の方々には申し訳ありませんが、私はファーロン陛下に感謝しています。そのおかげで、ロラン卿に出会うことができたのですから」

頭を下げるギネヴィアに、神殿長は首を横に振った。

「気を遣わせてしまってごめんなさい。この子が神殿の外へ出てさまざまな出会いに恵まれたことは、私たちも喜んでいるのです。これからもよろしくお願いしますね」

「もちろんです。私などでよければ、ぜひロラン卿を伴侶に迎えたいと」

素性を明かしていないのをいいことに、ギネヴィアはとんでもないことを言いだした。ティグルやロランが止める間もなく、神殿長は笑顔で応じる。

「嬉しい話ですね。あなたのような美しく、優しい方がこの子をもらってくださるなんて。この子は騎士としての務めばかりで、そういった話がないものですから……。神に仕える身でないのならば、愛する者と結ばれるべきでしょう」

驚嘆すべき光景がティグルたちの前に出現した。戦象や竜、魔物を前にしても狼狽することのなかったロランが、冷や汗をにじませてうろたえたのである。

ギネヴィアの素性を隠したまま、ロランは懸命に言葉を尽くして誤解を解こうと試みた。ティグルも協力し、ミラもギネヴィアを黙らせることで二人を助ける。

どうにか冗談だとわかってもらったとき、ロランは疲れきった顔をしていたのだった。


ギネヴィアとロランが神官や巫女たちと話をしている間、ティグルとミラは談話室に通されていた。石の床の上に絨毯が敷かれており、部屋の隅にはいくつかの椅子がある。ティグルが人数分の椅子を運んで、二人と神殿長は向かいあうように座った。

「あなたの話を聞いてほしいということでしたが……」

神殿長のまっすぐな視線に、ティグルは緊張を覚える。決意を固めて口を開いた。

「夜と闇と死の女神ティル＝ナ＝ファについて、あなたが詳しいとロラン卿からうかがいました。どうか教えていただけないでしょうか」

神殿長が目を細める。当然の反応だとティグルは思った。ブリューヌでとくに信仰されている十の神々のうち、ティル＝ナ＝ファは多くの人々から忌み嫌われている。

しかし、神殿長が顔に出してみせた反応はそれだけだった。

「何について聞きたいのですか？」

「私は以前、ティル＝ナ＝ファの夢を見ました。夢の中で、私の疑問に答えてくれた女神は、人間の味方のようでもあり、敵のようでもありました。もしもティル＝ナ＝ファがひとに力を与えてくれるなら、それは正しいものなのか、そうでないのか。ティル＝ナ＝ファはひとに災厄をもたらす女神なのか。それが気になったのです」

一気に説明してみて、まずかっただろうかとティグルは不安になった。事実とはいえ、神託を授かる巫女でもない自分が、女神の夢を見たなどと言っても、馬鹿馬鹿しいと思われるだけではないか。

神殿長は真剣な表情を微塵も崩さず、ティグルを見つめている。十を数えるほどの沈黙を挟んで、彼女は小さく息を吐きだした。

「そのような迷いを抱くとは、実にティル＝ナ＝ファらしい答えが返ってきたのですね。あなたが疑問をぶつけた女神は、夢がつくりだしたものではなく、本物かもしれません」

「そうなのですか？」

ティグルだけでなく、ミラも困惑した表情になる。神殿長はうなずいた。

「我が国の神話において、ティル＝ナ＝ファはどのように語られていますか？　夜と闇と死を司り、神々の王ペルクナスの妻であり、姉であり、妹であり、生涯の宿敵である……。この女神はペルクナスにとって味方でも敵でもあると、そういわれているでしょう」

「だから、人間にとって味方でも敵でもあると？」

納得しかねるというふうに、ミラが首をかしげる。

「よくない言い方になりますが、どっちつかずの女神であるということですか」

「そうではありません」

神殿長は首を横に振って、穏やかに答えた。

「戦神トリグラフは三つの頭を持っているでしょう」

急に話を変えられたことに顔をしかめつつ、ミラはうなずいた。

トリグラフは三つの頭を持ち、甲冑に身を固め、剣を掲げた姿で描かれる。三つの頭で戦場をあまねく見渡し、同時に三つの策をたて、敵の弱点を三つ見つけだすといわれていた。

「トリグラフはもともと三柱の神々だったといわれています。あらゆる戦に勝つべく、もっとも優れた肉体に三つの知恵を集めたことによって、いまのお姿になったと」

「まさか、ティル＝ナ＝ファも？」

ミラが聞いた。神殿長はうなずく。

「私が知るかぎりでは、ティル＝ナ＝ファもまた三柱の女神だったそうで、三面女神とも呼ばれていました。どうして一柱の女神となったのか、またそれぞれがどのような存在だったのかはわかりませんが、神話が正しければ、ペルクナスの妻、姉、妹であったと思われます」

神殿長の言葉に、ティグルは夢の内容を思いだす。

魔弾の王とは何かと問いかけたティグルに、女神は三つの言葉を述べた。

まず、『愛しき者』『勇ましき者』『尊き者』。

次に、『魔を退ける者』『人を滅する者』『――を討つ者』。一部、わからない言葉があるのは、聞きとれなかったものだ。

最後に、『頂に立つ者』『あまねく統べる者』『挑み、超克する者』。

三柱の女神がそれぞれ答えたものだとしたら、噛みあわないのもうなずける。

「だから、人間の味方でもあり、敵でもあるというわけですか……」

ならば、いままで自分に呼びかけてくれたのは、人間の味方である女神なのだろう。

「では、ティル＝ナ＝ファが人間に与えてくれる力は正しいものなんですね」

「それは違います」

安堵しかけたところに淡々と否定されて、ティグルは戸惑った。神殿長は続ける。

「神々が与えてくださる力に、正邪はありません。それを定めるのは人間です」

「神殿長のおっしゃることはわかりますが」と、ミラが横から口を挟む。

「ティル＝ナ＝ファの司るものを考えても、邪でないとは考えにくくないでしょうか」

神殿長は優しげな微笑を浮かべた。

「夜も闇も、そして死も、不可欠のものです。夜がなければ月や星は輝けず、太陽が眠ることはできません。天敵の目を逃れるべく光を避け、闇の中で生きる獣は少なくありません。死についても、ただ悲劇というばかりではない」

神殿長の言葉には、引きこまれるような力がある。ティグルとミラは黙って聞き入った。

「病や怪我に長く苦しみ、安息としての死を求める者はいます。狩りをする者は、獲物に死を与えます。畑を耕す者も、畑を荒らす野盗や獣に死を与えることがあります。死は、誰もが持てる武器であり、恐ろしいものですが、それゆえに悪を討つこともできるのです」

狩人として生きてきたティグルは、おもわず神妙な顔になる。

神殿長の言葉にすべて納得できたわけではない。だが、言っていることはわかった。女神が与えてくれる力の正邪を定めるのは、自分であるということも。

「ありがとうございます」

深く頭を下げる。この言葉が聞けただけでも、ここに来た甲斐はあったと思えた。

「もうひとつ、ご存じだったら教えていただきたいことがあります」

姿勢を正して、ティグルは神殿長に新たな質問をぶつける。

「ジスタートの神話に出てくるジルニトラという黒い竜が、ティル＝ナ＝ファと何らかの関係を持っているという話をご存じありませんか？」

ザクスタンのティル＝ナ＝ファの像は、黒い竜を従えていた。それに、ティグルの黒弓は戦姫たちの竜具と共鳴する。ティグルの知らないつながりがあるはずだった。

「ジルニトラのことは知っていますが、それとティル＝ナ＝ファが……？」

神殿長は首をかしげ、視線をさまよわせる。

「お力になれなくて申し訳ありませんが、私は存じません。ただ、ティル＝ナ＝ファはブリューヌがこの地上に生まれる以前から信仰されてきた女神です。調べれば、何かわかることがあるかもしれません。よかったら、広間にある神々の像を見ていきなさい」

ティグルとミラは、あらためて神殿長に礼を述べた。


談話室をあとにしたティグルとミラは、神々の像があるという広間を訪れた。

そこは円形の空間で、高い天井の近くに工夫を凝らして外の明かりを取りいれていた。床は丁寧に掃き清められている。案内してくれた神官の話によると、日常における神々への祈りはここで行われているということだった。

壁に沿って、多くの像が並んでいる。十の神々だけでなく、地方で信仰されている神の像まであった。この情景にはティグルとミラも圧倒され、呆然と立ちつくす。

「これはすごいな……」

「ティル＝ナ＝ファはどの像かしら。神殿長の話から考えると、三つあるのかもしれないわ」

二人は像をひとつひとつ見てまわる。

弓を持った女神の像を見たとき、ティグルは顔をしかめた。

「これはエリスじゃないな……」

エリスは風と嵐を司る女神で、その像はほとんど必ず弓を持っている。それもあって彼女に親しみを持つ狩人は多く、ティグルもそのひとりだった。

だが、目の前にたたずむ女神は、ティグルの知っているエリスとは造形が違う。

像の足下を見たミラが、声をひそめてティグルの名を呼んだ。

「ティル＝ナ＝ファと書いてあるわ」

ティグルはおもわず像をまじまじと見つめた。竜を尻に敷いていた女神とはまるで違う。目の前の像は、祈りを捧げる巫女のようだ。加えて、ティグルはあることに気づいた。

――鏃（やじり）がない。

女神は弓を持ち、矢をつがえているのだが、矢の先端にあるべき鏃がない。先端は磨いたような丸みを帯びているので、長い年月の間に折れたというわけでもなさそうだ。

ふと考えて、ティグルは腰に下げている革袋から黒い鏃を取りだした。アスヴァール王国で手に入れたもので、魔弾の王と思われる石像が手にしていた矢の先端に差しこまれていた。

女神の像の矢の先端にあてがってみると、ぴったりとはまった。

「どういうこと……？」

「推測だが、かつてこの像にも鏃があったんじゃないか」

ミラの疑問に答えながら、ティグルは革袋から、ザクスタンで手に入れた鏃を取りだす。

夢の中の自分は、女神に捧げるように黒弓と二つの鏃を掲げていた。もしかしたら、ティル＝ナ＝ファの数に合わせて鏃は三つ存在するのではないか。

他の像を見ていくと、ティル＝ナ＝ファを示す像がさらに二つあった。

ひとつは両手をそろえて上へと伸ばしている。こぼれ落ちる何かを受けとめようとしているふうにも、祈りを捧げているようにも見えた。

もうひとつは顔がすり減っていて、表情がよくわからない。長い髪をなびかせて、足下を見つめていた。

「これだけじゃ、それぞれのティル＝ナ＝ファがどういう女神だったのかは、さすがにわからないな。弓を使う女神がいたとわかったぐらいか」

ティグルとしては、なぜ女神が人間に黒弓を与えたのかを知りたかったのだが、それは自分で調べてみるしかなさそうだった。

そのとき、足音がして、ロランとギネヴィアが姿を見せる。

「二人がここに向かったと聞いてな。神殿長と話をして、収穫はあったか？」

「ええ。おかげさまで、胸のつかえがおりた気分です」

ティグルは笑顔で答える。「それはよかった」と、ロランはうなずいた。その隣で、ギネヴィアは広間をぐるりと見回し、感嘆の声を漏らしている。

「十の神々の像は当然としても、それ以外の神の像まで、よくこれだけ集めたわね。さすが、ブリューヌでもっとも権威のある神殿というところかしら」

「いや、殿下。これらの像を集めるように命じたのは始祖シャルルだ」

ロランの返答に、ギネヴィアだけでなく、ティグルたちも意外だという顔になる。

「そうなんですか？　シャルルはどうしてそんなことを」

「辺境の神々も蔑ろにしないという態度を示すためだそうだ。国を興した直後は、それらの神々への信仰もあるていど認める必要があったのだろうな。それに、この神殿にはシャルルの遺品が数多くある。あるいは、これらの像も遺品として扱われているのかもしれん」

その説明に、ギネヴィアが好奇心で瞳を輝かせる。

「始祖の遺品を見せてもらうことってできるかしら？」

「案内しよう。とくに隠してあるものでもないからな」

ティグルたちも興味を抱き、広間を出て、ロランのあとについていく。

たどりついたのは、もっとも奥にある薄暗い部屋だった。

「ここにあるのはシャルルのものだけだ。歴代の王の遺品は王宮の宝物庫にしまわれている」

火を持ちこむことは禁じられているため、天井にある小さな窓から差しこむ明かりだけを頼りに、数々の遺品を見てまわる。王冠や錫杖の他に、食器や外套なども飾られていた。

ふと、ティグルは壁に立てかけられている一本の棒に目を留めた。ティグルの踵から胸元ぐらいまでの長さで、やや反りがある。塗装が剥げ、薄汚れており、何に使ったものなのか判然としない。よく見ると端に小さな穴があった。

「ロラン卿、これもシャルルの遺品なんですか？」

気になって尋ねると、ロランはうなずいた。

「それはシャルルの楽器の残骸だと教えられたな」

思いもよらない答えに、ティグルは棒をまじまじと見つめる。ロランは話を続けた。

「シャルルは戦場で楽器を弾くことを好んだそうだ。どんな楽器かはわからないが、『弦を弾いた』という記述が数多く残っている。もっとも、戦場以外ではまるで楽器を弾かなかったらしいから、魔除けか、兵の士気を鼓舞するためにやっていたとも言われているな」

ティグルは素直に感心する。ミラが訊いた。

「シャルルはどのような人物だったんですか？」

「巫女や神官たちから聞いた話だが」と、前置きをして、ロランは説明する。

「どこで生まれたのかは、いまだにわかっていない。シャルル自身は『山から来た』と、言っていたらしいが、東のヴォージュ山脈なのか、西の、いまのザクスタンあたりなのか……。自由戦士と名のっていたそうだ。いまでいう傭兵だな」

　その説明に、ティグルは内心で首をかしげた。シャルルについて、ティグルが知っていることは少ない。ブリューヌ人ならば誰でも聞いたことのある有名な逸話のいくつかを覚えているていどだ。ただ、山の中で生まれ育った人間だと思ったことは一度もなかった。

　悩むティグルをよそに、ミラがロランに話しかける。

「国を興した者にはよくあることですね。我が国の始祖も似たようなもので、黒い竜の化身と名のっていたと伝わっていますが、その素性はわかっていません」

「三百年前のこの地でも、ジスタートと同じように、いくつもの部族が争っていた。とくに五つの豪族が力を持っていたといわれている。シャルルはそのひとつに雇われたが、ほどなく、その豪族のもとに邪教徒が潜りこんでいるのを知った」

「邪教徒？」

　ギネヴィアが眉をひそめる。ロランは難しい表情で答えた。

「詳しいことは伝わっていない。十の神々が信仰されるようになるまでは、それこそ地方ごとに崇められている神々がいたらしい。そして、多くの神々は善神であり、彼らには常に悪神という敵がいたと。この場合の邪教徒というのは、その悪神を崇めていた者たちだそうだ」

　ミラが納得したような顔になる。ティグルも漠然とだが理解した。地方ごとに神々がいるようなら、敵対した相手の信仰する神は悪神、邪神となるのかもしれない。

――ティル＝ナ＝ファが、神々の王ペルクナスにとって生涯の宿敵となったのも……。

女神を構成する三つの神の一柱が、そのような存在だったからという可能性がある。

「邪教徒たちは妖術によって豪族を惑わしていたが、シャルルはとある賢者を頼り、妖術を打ち破って邪教徒を滅ぼしたという。この賢者が、初代ガヌロン公爵だそうだ。シャルルの臣下の中でもっとも信頼されていたという話だが――」

そこまで言って、不意にロランは顔をしかめて黙りこむ。

「どうしたんですか。何か気になることでも？」

ティグルが尋ねると、ロランは「うむ」と、ためらいつつ答えた。

「春のはじめごろ、私がひとりでラニオン城砦を目指していたときにガヌロンと遭遇したことは話しただろう。あのとき、やつは妙なことを言っていた。まるで、自分が始祖の御世から生きているかのような、歴代の王をその目で見てきたかのような……」

ティグルとミラは慄然として顔を見合わせる。ガヌロンと対峙したことがある身としては、ありえないとは言いきれなかった。よしんばガヌロンが魔物ではないとしても、まともな人間ではないことは間違いないのだ。

三人の肩に重苦しい沈黙が降りかかる。それを軽やかに吹き払ったのはギネヴィアだった。

「ロラン卿、話を続けてくださいな」

明るい声音とともに、彼女はロランの背中を軽く叩く。

「ガヌロンが何ものだろうと、何百歳だろうと、あなたたちは遠からず彼を討つのでしょう。ならば、ここであれこれ悩むことはないのではなくて？」

ロランはギネヴィアをまじまじと見つめて、口元に笑みを浮かべた。

「たしかに殿下のおっしゃる通りだ。失礼した」

一礼して、ロランは説明に戻る。

「どこまで話したか……シャルルが邪教徒を滅ぼしたというところだったな。邪教徒を討ち滅ぼすことによって信頼を得たシャルルは、その豪族の娘を娶（めと）ると、他の部族や豪族たちに戦を仕掛けた。そして、その過程で仲間を増やしていった」

「リュディのベルジュラック家もそうだったと聞きますね」

ティグルの言葉に、ロランは微笑を浮かべた。

「そうだな。鉱脈をさがすのと泳ぐことが得意という異能の騎士で、シャルルをよく支えたといわれている。初代テナルディエ公爵も情報収集に長けていたそうだ」

「それに、騎士の中の騎士といわれたロランも忘れてはいけないわ。実は、あなたのことを知ったとき、最初は古の英雄にあやかったものだと思ったのよ」

ギネヴィアの言葉に、ロランは笑みを苦笑へと変えた。

「ああ。シャルルの臣下の中でもとくに高潔な人柄の持ち主と謳（うた）われた人物だ。私が理想としている騎士だな」

ロランの表情にわずかながら陰がよぎったのは、ファーロン王のことを思いだしたためだ。『騎士の中の騎士』の存在を、ロランは幼いときに国王から教えてもらった。「そなたも、いずれは諸国に武勇を轟かせる騎士になるのかな」と、国王に温かい言葉をかけられたとき、黒髪の少年は騎士となる決意を固めたのである。

「ともかく、そうした者たちを従えて、シャルルは戦に勝ち、豪族たちを降伏させてブリューヌを築いた。あまり語られないことだが、王となったときにはわかっているだけでも五人の妻がいたというから、豪快なだけでなく、かなり好色でもあったようだ」

このあたりの説明をするとき、ロランの歯切れはやや悪い。ティグルが取りなした。

「降伏させた相手の娘を人質としてそばに置くという話は、いまでもあります。戦や事故で深傷を負った娘を、領主が侍女にしたり、愛妾にしたりしたという話も。シャルルの場合も、そういうことがあったのではないでしょうか」

顔に火傷を負ったり、腕や足が不自由になったりした者を領主が引き取り、そばに置くというのは珍しくない。そういうとき、建前として侍女や愛妾にすることも。ティグル自身、父からそのような話を聞いたことがあったし、他の領主のところで見たこともあった。

「私は、好色だったとしても問題ないと思うわ。国を興した王だもの。我が国の始祖アルトリウスはそういった人物ではなかったけど」

ギネヴィアが言い、付け加える。

「ただ、配慮があったのはたしかでしょうね。国ができたばかりなら結束を固める必要があったはずだから。広間に数々の神像があったことを考えても、軸をつくりつつ、受けいれるところは受けいれたのだと思うわ」

「これについては私の国でも似たようなものね」

ミラが肩をすくめる。ジスタートの始祖たる黒竜の化身は、自分に味方した七つの部族からそれぞれ代表として娘を差しださせ、彼女たちを妻とした上で竜具を与えた。それによって、王国内に七つの公国が生まれたのである。

しばらくして、四人は部屋を出た。ティグルの隣を歩きながら、ミラが尋ねる。

「どうしたの。浮かない顔をして」

「いや、シャルルが『山から来た』という話が少し引っかかってな」

くすんだ赤い髪をかきまわして、ティグルは言葉を続けた。

「本当に山で生まれ育ったなら、弓矢を使わないはずはないと思うんだ。だが、王都で見たシャルルの像に弓矢を持ったものはないし、使ったという話も聞いたことがない」

ミラがはっとした顔になる。

「言われてみれば、そうね。シャルルがブリューヌを興したころには、もう弓矢を嫌う風潮ができあがっていたのかしら」

「だとしたら、シャルルがそういう言葉を残していてもよさそうなんだが……」

残っていれば、広まっているはずだ。少なくとも弓矢を扱うティグルに対して、誰かが嫌味まじりにでも教えそうなものである。だが、いままで聞いたことはない。

ティグルは頭を振った。

「気にしすぎかもしれないな。『山から来た』とはいえ、どこで生まれたのかはわかっていないわけだから」

神殿長たちに礼を言い、挨拶をすませて神殿を出る。

今日は神殿に泊まるというロランに見送られて、ティグルたちは山道を下りていった。

†

ティグルは緊張した面持ちで、ソファに座っていた。

ここは、王宮にある応接室のひとつだ。小さなテーブルを挟んで向かい側には、レギンが同じくソファに腰を下ろしている。彼女のそばには護衛のジャンヌが控えていた。

そして、ティグルの隣にはミラがいる。外のかすかな雨音に、彼女が紅茶を淹れる音がまじって聞こえた。

王都に凱旋してから三日目の昼過ぎである。レギンが約束通り、ミラの紅茶を飲むと言ったので、ティグルとミラは喜んで応じたのだ。

しかし、こうした場に慣れていないティグルは、いざ王女と向かいあうと、いささか硬くなってしまった。一方、ミラはそつなく振る舞っている。人数分の白磁の杯に紅茶を淹れると、葡萄と苺のジャムを添えて差しだした。

「王女殿下に私の紅茶を飲んでいただけて、光栄です」

「私こそ、あなたの紅茶をいただく日を楽しみにしていました。ティグルヴルムド卿だけでなく、リュディエーヌもとてもおいしかったと言うものですから」

レギンはにこりと笑って、白磁の杯を手にとる。

「あなたはジャムを紅茶に溶かして飲むのだとか」

「はい。ですが、そうしなければならないというものではありません。紅茶の合間に、ジャムを匙ですくって菓子代わりに味わう方もいます。殿下のお好きなように」

「お気遣い、ありがとうございます。――ティグルヴルムド卿はどうしますか？」

視線を向けられて、苺のジャムを紅茶に溶かしていたティグルは慌てた。

「え、ええと、まずは溶かしてお飲みになればよろしいかと。紅茶はさまざまな楽しみ方ができますし、この一杯で終わりでもありませんから」

どうにか言葉をひねりだすと、レギンは満足そうな微笑を浮かべる。

「そうですね。一杯で終わりではない……」

レギンは苺のジャムを木製の小匙ですくって紅茶に溶かすと、湯気とともにたちのぼる香りに頬を緩ませ、杯に口をつけた。一口飲んで、小さく息を吐く。

ニースに帰還してから、レギンは文字通り休む間もなく働き続けてきた。ガヌロンに連れ去られた父王のことを心配する余裕すら、彼女には与えられなかった。今日になって、ようやく一息つくことができたのだ。

紅茶をゆっくり味わうと、レギンは傍らに控えるジャンヌに声をかけた。

「あなたも冷めないうちにいただきなさい。せっかく淹れていただいたのですから」

「では、立ったままで。リュドミラ殿、失礼をお許しください」

ジャンヌはミラに会釈をして、白磁の杯を持ちあげる。口につけて、ぐっと傾けた。

彼女がテーブルに杯を戻したとき、紅茶は杯の底に、わずかに残っているだけだった。

「もう一杯、淹れましょうか」

ミラが控えめな口調で申しでると、ジャンヌは失態に気づいたように眉をひそめる。

「申し訳ありません……。喉が渇いていて」

「気に入ってもらえたようでよかったです。さきほど殿下に申しあげたように、この一杯で終わりではないのですから」

ティグルが取りなすように横から口を挟んだ。レギンがくすりと笑う。

「お言葉に甘えましょう。リュドミラ殿、もう一杯、淹れてくれませんか」

ミラは「喜んで」と、答えた。

「それにしても、リュドミラ殿はどこで紅茶の淹れ方を学んだのですか？」

レギンの疑問は当然のものだろう。紅茶を嗜む諸侯の令嬢は多いが、淹れ方を身につけている者などまずいない。ミラは一瞬、迷うような表情を見せたが、すぐに微笑を浮かべた。

「父に手ほどきを受けました」

ティグルと、そしてジャンヌも顔を強張らせる。しかし、ミラは平然と話を続けた。

「まだ私が戦姫になる前のころです。父が淹れてくれた紅茶を飲むのは好きでしたけれど、自分で淹れようなどとは考えたこともありませんでした。あるとき、父が言ったのです。淹れ方を覚えれば好きなときに飲めるし、気晴らしにもなるし、誰かに淹れることもできると」

「素敵なお父様ですね。それと、気を遣ってくれてありがとうございます」

紅茶を飲み干して、レギンは笑顔で礼を述べる。その表情が演技ではないと見てとったティグルは、自分の考え違いを悟った。

レギンは、父王を連れ去られた衝撃から立ち直ったわけではない。ただ、同情から必要以上に遠慮されることが疎ましいのだ。今日までに何十、何百回とそのような視線を浴び、言葉をかけられているのだろうから。

「先日、アスヴァールのギネヴィア殿下にも紅茶を淹れていただきましたが、私も、余裕ができたら紅茶について学んでみましょうか」

「そのときは、僭越ながら私がお教えいたしましょう。アスヴァールの作法も悪いとは申しませんが、あちらは山羊の乳を用いるなどかなり独特ですから」

会議のときの仕返しとばかりに、ミラは満面の笑みを浮かべて自分を売りこんだ。レギンは白磁の杯をテーブルに置いて、笑うのをこらえるように口元へ手をあてる。

「ギネヴィア殿下もまったく同じことを言ってました。私はどちらの国の紅茶もそれぞれ大切にしているものが感じられて、興味深いと思っていますが」

そこまで言うと、レギンは冗談めかした口調でティグルに聞いてきた。

「ティグルヴルムド卿は、アスヴァールの紅茶も飲んだことがあるのでしょう？　どちらが好みですか？」

「ジスタートの方ですね。さまざまなジャムを使って味を楽しむことができますし」

できるだけさりげない口調で、ティグルはミラを援護する。だが、レギンはかすかに顔をしかめて「そうですか」と、そっけない反応を見せた。

「あなたはジスタートの紅茶にずいぶん親しんでいるようですね」

ティグルはうろたえた。自分の返答に何か問題があったのだろうか。どう言葉を返したものかわからず「はあ」と、首をすくめてみせると、レギンは不満そうな顔で言った。

「この場にはリュドミラ殿がいるので、ジスタートの紅茶を評価するのは適切でしょう。アスヴァールの紅茶を貶めないのも好感が持てます。ただ、私たちへの配慮が足りません。そうですね、『葡萄酒ならばブリューヌのものがいい』と付け加えるべきでした」

「それは……申し訳ありません」

　ティグルは頭を下げたが、いまひとつ釈然としない気持ちだった。すると、レギンはもの覚えの悪い後輩を見る先輩の目つきでティグルを見る。

「国内が落ち着いたら、あなたを駐在武官としてジスタートに派遣するという話が出ているのですが、やめておいた方がよさそうですね。どのような失言をするかわかりません」

　ティグルはおもわず声をあげそうになった。たしかに駐在武官という立場で考えたら、さきほどの自分の言葉は失態かもしれない。何も言えずにいると、ミラが棘のある声を放った。

「そういった作法を学んでいない者に対して、和気藹々とした雰囲気の中で騙し討ちのような真似をするのは、いささか行儀が悪いかと思います、殿下」

「常に不意打ちを仕掛けられるのが駐在武官だと、私は思っています。我が国は四つの王国と国境を接しているので、どれほど慎重になってもなりすぎるということはありません」

　微笑さえ浮かべて、レギンは応じる。それから、何か思いついたというふうに手を叩いた。

「ティグルヴルムド卿、リュディエーヌといっしょにこうした作法を学んではどうでしょう。彼女もこの種の失言をよくするのです。考えるより先に言葉が出るというか」

　ティグルもミラも、その光景を容易に想像することができた。レギンは続ける。

「以前にも言いましたが、あなたには私を支えてほしいと思っています。駐在武官にならないとしても、こうした作法は必ず役に立つでしょう」

「……考えさせていただけないでしょうか。一度、アルサスに戻る必要もありますので」

故郷を言い訳に使って、ティグルは不器用に逃げを打った。

──いま、唐突にリュディの名を持ちだしてきたように思えたが……。

まさか、自分に告白したことを、リュディはレギンに報告したのだろうか。ティグルはきっぱり断ったのだが、彼女は諦めていないようだった。

レギンの立場なら、リュディを応援するだろう。

──いや、考えすぎだ。

心の中で頭を振る。リュディはレギンの護衛なのだから、雑談の中で彼女の名が出てきてもおかしくない。自分はおもわぬ失態に気が動転しているのだろう。

「いい返事を期待していますね」

レギンは鷹揚にうなずくと、「おかわりをいただけますか」と言って、空になった杯を差しだす。ミラは何ごともなかったかのような笑みを浮かべて、新たな紅茶を注いだ。

「このような楽しい話をもっと続けたいものですが、そろそろ本題に入りましょうか」

レギンの口元から笑みが消えて、ティグルとミラは気を引き締める。ただ雑談に興じるためだけに呼ばれたのではないだろうと思っていたが、やはり他に目的があったのだ。

「二人に聞きたいのですが、バシュラルは、いったい何ものだったのでしょうか」

ティグルとミラは顔をしかめた。オージュールの戦いに参加した兵たちの間で、バシュラルの正体についてさまざまな憶測が飛び交っていることは、二人とも知っている。

ロランとバシュラルの一騎打ちは、戦場の中央で繰り広げられた。多くの兵が固唾を呑んで、両者の戦いを見守った。

彼らは、バシュラルが怪物に変わるのを目の当たりにしたのだ。怪物が人間に化けてファーロンを騙していただの、バシュラルの母が怪物だっただの、ファーロンがひそかに恐ろしい怪物をつくりだしていただのと、想像の翼を広げてしまうのは仕方のないことだった。

むろん、レギンとしては放っておけるはずがない。そのままにしておけば、こういった噂話は尾ひれをいくつも追加しながら無責任に広がり、ファーロンの尊厳にまで拭いようのない汚泥を塗りつけてしまう。流言飛語には厳罰をもって報いると、彼女は厳しく命じていた。

「バシュラルの正体は怪物で、人間に化けていたのでしょうか。私は事実を知りたいのです」

「噂話を消し去るためですか」

確認するように、ミラが尋ねる。この状況を解決するもっとも効果的な方法は、事実を広めることだからだ。レギンは小さくうなずいた。

「もちろん、それもあります。ただ、私自身も気になっています」

レギンの碧い瞳が昏さを帯びている。不安と恐怖が、彼女の心にわだかまっていた。

「バシュラルは人間だったと思います」

そう言ったのはティグルだ。穏やかながら、強い意志を感じさせる声音だった。

「バシュラルの生い立ちについては、以前にお話しした通りです。それに、私は彼から怪物らしさとでもいうべきものを感じませんでした」

ティグルは、バシュラルとそれほど言葉をかわしてはいない。そのわずかな中で印象に残っていることといえば、母を病で亡くしたと言ったとき、バシュラルが同情とも共感ともつかない反応を見せたことだ。

その後、バシュラルの幼なじみであるベアトリスから、彼の母親について聞いたとき、ティグルはひとりで納得したものだった。

「では、誰が、あるいは何がバシュラルを怪物にしたと、あなたは考えていますか」

「ガヌロン公爵です」

その言葉を予想していたのだろう、レギンはさほど驚いた様子を見せなかった。

「ガヌロン公爵が不思議な力の持ち主であるという話は、あなたたちからも、ロラン卿からも聞いていますが……。あの男こそが怪物であると？」

ティグルはすぐには答えず、ミラと視線をかわす。それからレギンに向き直った。

「私の考えを述べる前に、殿下に聞いていただきたい話がございます。長くなりますが」

「殿下」と、ジャンヌが短く耳打ちをした。「このあとの予定が……」

「かまいません。聞かせてください」

首を横に振って、レギンは挑むような視線をティグルたちに向ける。

ティグルは、これまでの魔物や怪物たちとの戦いについて語った。

ムオジネルでのルサルカとの戦い、ジスタートでのレーシーとの戦い、アスヴァールでのトルバランとの戦い、ザクスタンでの怪物たちとの戦い……。また、ヌーヴィルの町を襲ったバーバ＝ヤガーとの戦いについても説明する。

なるべく簡潔に話したのだが、要所要所でミラに補足してもらったこともあり、半刻以上の時間がかかった。そして、聞き終えたレギンとジャンヌは唖然としていた。

「あなたたちの話でなければ、古い時代の武勲詩だとでも思ったでしょうね……」

「私自身、はじめて魔物と戦ったときは、とても現実のものとは思えませんでした」

ため息まじりのレギンにそう言葉を返すと、ティグルは真剣な表情で続ける。

「バシュラルと違い、ガヌロン公からはこれらの魔物とよく似た雰囲気を感じました。いつからそうなのかはわかりませんが、いまのガヌロン公は魔物だと思います」

「つまり……」と、レギンは深刻な表情で、確認するように訊いた。

「私たちがこれから戦おうとする相手は人間ではなく、その魔物であると？」

ティグルがうなずくと、レギンは黙りこんで、わずかに紅茶の残った白磁の杯を見つめる。

そのまま顔をあげずに、小さな声で質問を発した。

「私たちに勝ち目はあるのでしょうか」

わずかな逡巡を先立たせて、ティグルは頭を下げる。

「わかりません」

レギンの傍らに控えるジャンヌが、疑問をぶつけてきた。

「さきほどの話では、あなたはいままでに何体もの魔物を倒してきたのでしょう？」

「実のところ、勝算を持って挑んだことは一度もありません。もちろん死力を尽くします。しかし、必ず勝利するとは申しあげられません」

「付け加えるなら、魔物はそれぞれ戦い方が違います。ある魔物を滅ぼせたからといって、他の魔物も倒せるわけではありません。また、私たちは一度、ガヌロン公と戦いましたが、あの男には得体の知れないところがあります」

ティグルを助けるように、ミラが横から口を挟む。レギンが二人に問いかけた。

「ガヌロン公とどう戦うのか、すでに考えているなら、聞かせてもらえませんか」

彼女がそのことを気にするのは当然だろう。ティグルはためらったが、口を開いた。

「ガヌロン公と戦える者はかぎられています。私、ロラン卿、ジスタートの戦姫たち、そしてアスヴァールのギネヴィア殿下ぐらいでしょう。ただし、当然ながらギネヴィア殿下を連れていくことはできません。戦姫の方々も、リュドミラ殿以外はニースに残ってもらいます」

ちなみに、ソフィーとミリッツァは昨日のうちに王都を去っている。残っているのはミラとエレン、オルガとリーザの四人だ。そして、彼女たちとギネヴィアには、すでにティグルの考えを伝えてあった。

戦姫たちとギネヴィアを戦場へ連れていかないのは、彼女らの安全のためではない。王都が襲撃されたときに、レギンを守ってもらうためだ。ガヌロンが神出鬼没であることをティグルたちはわかっている。頼みを聞いた彼女たちは、快く承諾してくれた。

厳しい表情をつくり、自分の考えに吐き気をこらえながら、ティグルは続ける。

「非道なことを申しあげますが、ご容赦ください。重要なのは、私やロラン卿がどれだけ消耗せずにガヌロンのもとへたどりつけるかです。私たちは兵を率いてルテティアへ向かいます。ルテティアには、まだ二千前後の兵が残っていると聞いています。ガヌロンが怪物を放ってくる可能性も充分に考えられます。敵兵や怪物たちには、我が軍の兵をぶつけます」

レギンとジャンヌは愕然としてティグルを見た。

兵を露払い(つゆはら)いに使うという考え自体は、不愉快なことだとしても、非道というほどのことではない。しかし、敵が人智を超えた存在だとすれば、話は変わってくる。

「もちろん、兵たちには事前に怪物の存在を伝えておきます。ガヌロンが妖術を使うとでも言って。ですが、信じる者はわずかでしょう。多くの兵を死なせると思います」

「――ひとつ、確認したいことがあります」

鋭い視線をティグルに向けて、ジャンヌが口を開いた。

「アスヴァールで魔物と戦ったとき、敵味方を問わず兵たちは逃げだした……。さきほど、そう言いましたね。私も幾度か戦場に出たことがありますが、戦場に着く前は意気揚々としていたにもかかわらず、いざ戦がはじまったら怖じ気づいてしまった者を数多く見てきました」

　ジャンヌの声は落ち着き払っているが、逃げを許さない響きがある。

「恐怖は容易に伝染します。何人かがガヌロンの放った怪物に怖じ気づいて逃げだせば、そこから隊列が崩れ、瞬く間に潰走がはじまるでしょう。推測ですが、まったくありえないとは思いません。兵たちが怪物に立ち向かうと、あなたはどうして考えられるのですか？」

「たしかに、恐怖は簡単に広がります」

　これについてはすでにミラと話しあって、ティグルなりの結論を出している。それにジャンヌが納得してくれるかというと、あまり自信が持てない。だが、彼女の指摘を肯定した以上、黙っているわけにはいかなかった。

「しかし、勇気も同じではないかと私は思います」

　虚を突かれたように、ジャンヌは目を瞠った。ティグルは懸命に言葉を紡ぐ。

「私はいままでに何度も、勇敢な者が兵たちに勇気を与えるところを見てきました。ロラン卿もリュディエーヌ殿も、ジスタートの戦姫たちもそうだった。僭越ながら、殿下からも今度の戦で勇気をいただきました」

「……私から？」

　不思議そうな顔をするレギンに、ティグルは力強くうなずいてみせた。

「殿下は王族としての義務を果たそうと努めてくださいました。ナヴァール、ラニオン両騎士団を束ねて南から王都に迫り、バシュラルと正面から戦おうとした。だからこそ、私は懸命に戦うことができました。兵のすべてがそうだとは申しません。ジャンヌ殿が言ったような事態になる可能性はある。それでも、勇気を発揮する者は少なくないと、私は思います」

レギンはそっと目を伏せる。テーブルを見つめて、つぶやくように言った。

「ナヴァール騎士団の騎士たちが、ロラン卿の背中を見て勇気を奮い起こすところを、私は幾度となく見てきました。戦う前から兵たちの勇気をあてにするのはよくないことですが、相手が魔物となれば、考えを変えなければならないのでしょうね……」

顔をあげて、レギンはティグルを見つめる。

「ティグルヴルムド卿、あなたの力を貸してください」

「もちろんです。殿下と陛下のために――」

そこまで言ったところで、レギンが「いえ」と、ティグルの言葉を遮る。

「私と陛下のことを気にかけてはいけません。ガヌロンを滅ぼすことを第一に考えなさい」

ティグルだけでなく、ミラも目を瞠った。レギンの碧い瞳には、強い決意がにじんでいる。

「ガヌロンが陛下を人質とする可能性は充分にあります。そのときは、陛下もろともガヌロンを打ち倒しなさい。迷ったり、ためらったりしてはなりません」

おもわず息を呑むほど苛烈な命令だった。身震いするほどの緊張感を覚えながら、ティグルは「必ず」と、短く答える。

レギンは何としてでも父を助けたかったはずだ。そのために多大な犠牲を払ったとしても、彼女は許されただろう。むしろ、父を見捨てるような真似をすれば、親不孝者と誹られ、非難を一身に浴びるに違いない。それをわかっていて、彼女は命じたのだ。

――俺にとっても、ガヌロンは倒すべき敵だ。

ガヌロンは、ティグルの故郷であるアルサスに兵を向けた。その軍勢はエレンことエレオノーラ＝ヴィルターリアと、ミリッツァが率いてきたライトメリッツ軍によって撃退されたが、許せるはずがない。絶対に倒すと、ティグルは声には出さず、誓った。

「明日の夜に軍議を開きます。ただし、ガヌロン公が魔物であるということは、まだ伏せてください。だます形になりますが、兵たちに怪物のことを教えるのも、進発後に」

「承知しました」

バシュラルが怪物になったところを多くの者が見たからといって、魔物の存在が周知されたわけではない。ガヌロンが人間ではないなどと公表すれば、いったい何を言いだすのかと、レギンに不審の目を向ける者も出てくるだろう。そのような事態を招いてはならなかった。

「ティグルヴルムド卿、リュドミラ殿、とても有意義な時間でした」

レギンが会釈する。これで話は終わりということだ。ティグルとミラは立ちあがって、レギンたちに一礼した。

先にミラが部屋を出る。彼女に続こうとしたとき、レギンがティグルを呼びとめた。

「バシュラルのこと、ありがとうございます」

　何のことかわからず、ティグルは不思議そうな顔になる。

「私はこの先も、バシュラルを許すことはないでしょう。彼は陛下の信頼を裏切り、多くの者を死なせた。先の戦いで、私の心の中には正義感や使命感よりも、怒りがありました」

　レギンはややうつむいているので、その表情はうかがえない。彼女は静かに続けた。

「ですが……昨年の秋、彼が陛下の御子と認められて王子となったとき、私は少し嬉しかったのです。私にも兄弟ができたのだと。もしも私が男として生まれていたら、彼のように背丈や体格に恵まれていたのだろうかなどと考えて、うらやましいと思ったこともありました」

　バシュラルは、いったい何ものだったのでしょうか。

　レギンのその問いは、願いでもあったのだ。どうか人間であってほしいと。

　会釈をして、ティグルは部屋を出る。自分の言葉は、多少なりとも王女を安心させることができたのだろうかと思いながら。

「殿下と何を話していたの？」

　部屋の外で待っていたミラに聞かれたが、ティグルは首を横に振る。レギンは礼のつもりで自分に話してくれたのだろう。他の者に言うべきではない。

　ティグルの表情を見て漠然と察したらしい、ミラもそれ以上追及しようとはしなかった。

　そうして歩きだそうとした二人を、後ろから呼びとめた者がいる。

振り返ると、ひとりの女性が立っていた。年齢は四十前後というところか。銀色の髪は腰に届くほど長く、気品のある顔だちをしている。濃紺を基調とした上等な絹服や、精巧な意匠の首飾りなどから、有力な貴族の夫人だろうと思われた。

「ひとつ聞きたいのだけれど、あなたはティグルヴルムド＝ヴォルンかしら？」

ティグルはうなずきつつ、内心で首をかしげた。知らない女性だが、どこかで見たような気もする。誰だろうと思っていると、その女性は艶やかに微笑んだ。

「こんなところで会えるとは思っていなかったけれど、ちょうどよかったわ。私はベルジュラック家のグラシア。娘がずいぶんと迷惑をかけたようね」

ティグルとミラは呆気（あっけ）にとられた顔で、目の前の女性を見つめた。

「リュディ……いえ、リュディエーヌ殿のお母様ですか」

言われてみると、顔の輪郭はリュディによく似ている。白銀の髪や碧の瞳も。

「ええ。あなたがティグルヴルムド卿なら、こちらの可愛らしい方がオルミュッツ公国の戦姫殿かしら。青い髪と青い瞳の持ち主だと聞いているのだけど」

「はい。リュドミラ＝ルリエと申します。はじめまして、グラシア様」

グラシアに視線を向けられて気を取り直し、ミラは丁重な挨拶を返す。可愛らしいなどと言われて素直に喜べる年齢でも立場でもないのだが、グラシアの笑顔と態度には、そのような言動を許してしまう不思議な愛敬があった。

「その、グラシア様、公爵閣下のことは……」

ティグルは硬い表情でそこまで言ったものの、どう続けるべきか判断がつかず、言葉を詰まらせる。すると、グラシアは両手を伸ばしてティグルを抱きしめた。

「ありがとう」

抱擁を解いたグラシアは、優しげな微笑を浮かべてティグルを見下ろす。

「でも、あまり気を遣われすぎても、こちらも疲れるわ。陛下をお守りするという役目をおおせつかったときから覚悟はしていたもの。あなたには、私の娘を守ったことを誇ってほしい。向こう見ずの行き当たりばったりな娘で大変だったでしょう」

今度は別の理由で、ティグルは言葉を詰まらせた。代わりにミラが答える。

「大変でしたが、こちらも何かと助けてもらいました。おたがいさまです」

「そう言ってくれると助かるわ。二人とも、これからも娘をお願いね。今度、ゆっくり話を聞かせてちょうだい」

二人に笑いかけると、グラシアはティグルたちの背後にある扉を叩いて、中にいるレギンに呼びかけた。ジャンヌが言っていたこのあとの予定とは、彼女との話だったらしい。

グラシアに一礼して、ティグルとミラはその場を離れる。

「気丈な方ね」

尊敬の念をこめて、ミラはつぶやいた。夫を失って平静ではいられないだろうに、グラシアは明るく振る舞い、こちらを励ます余裕すら見せたのだ。

「何としてでもガヌロンを倒さないとな」

ティグルはうなずきを返し、二人は並んで廊下を歩いていった。

†

テナルディエ公爵がレギンに謁見を許されたのは、その日の夜だった。

王女の待つ応接室に入ったテナルディエは、わずかに眉を動かす。ソファに座るレギンの後ろにはリュディとジャンヌが控えており、二人とも腰に剣を帯びていたからだ。

――警戒されたものだ。私とて、そこまで考えなしではないのだがな。

少なくともガヌロンを確実に仕留めるまで、テナルディエにレギンを害する意志はない。もっとも、そのようなことを口にできるはずがないし、言っても信じてもらえぬだろう。

テナルディエは、テーブルを挟んで彼女と向かいあうようにソファに腰を下ろす。丁重な挨拶をすませると、さっそく本題に入った。

「先の戦では、まことに不甲斐ないところをお見せいたしました」

膝に手を置いて、テナルディエは深く頭を下げる。

彼を知る者がこの光景を見たら、驚愕を禁じ得なかっただろう。テナルディエは、王族に対してもも常に傲岸不遜な態度を貫いてきた。形式上、頭を下げなければならないときには、あくまで形式に従うのだという姿勢を露骨に示していた。

　しかし、いまのテナルディエからは、そうした雰囲気はまるで感じられなかった。

「そうですね」

　静かな声で、レギンはテナルディエの言葉を肯定する。

「戦に疎い私から見ても、あなたの動きは鈍かったと思います。あなたが持てる力を充分に発揮していたら、多くの者を死なせずにすんだでしょう」

　責めるというより、事実を確認するようなもの言いだった。

　バシュラルとの戦いにおいて、テナルディエはレギンからの合流の要請を二度にわたって拒んだ。ソローニュの地でレギン軍がバシュラル軍の攻撃を受けたときは、別働隊をひそかに動かしてバシュラル軍の背後を脅かしたものの、戦闘にはついに加わらなかった。

　その後、テナルディエはレギン軍の使者として現れたミラから話を聞き、あえてレギン軍との合流を避けた。別行動をとり続けることで、バシュラル軍の注意を引こうとしたのだ。この動きに対し、バシュラルは七千の兵を放ってテナルディエの足止めを図った。

　テナルディエは前進を止めたものの、別働隊を編制して主戦場たるオージュールの野に向かわせた。しかし、別働隊がオージュールに到着したのはロランとバシュラルの一騎打ちに決着がついたころであり、戦は終わりつつあった。

実に二万三千もの兵を率いていたことを思えば、テナルディエの功績はあまりに乏しい。このていどのことしかできなかったのかと言われるのは当然のことだった。

「我が醜態、弁明しようとは思いませぬ」

そこまで言って、テナルディエは顔をあげる。

「ただ、ガヌロンとの戦いにおいて名誉挽回の機会をいただきたい」

レギンだけでなく、リュディとジャンヌの視線までが冷ややかさを増した。

「そのように願いでている者は、他にも数多くいます。先日までバシュラルに従っていた諸侯たちなどは、とくに熱心でしたが、私は彼らを領地へ帰らせました」

オージュールの戦いのあと、レギンは降伏したバシュラル兵たちを許した。

だが、彼らは、王家に背いた逆賊ガヌロンと、怪物バシュラルに従っていたという不名誉を背負い続けなければならない。領地での善政以外に己の名誉を回復させる機会を与えなかったのが、レギンなりの彼らへの罰だった。

「必要なだけの食糧と武器を用意しましょう」

レギンの視線を受けとめて、テナルディエは簡潔に告げる。

「馬を百頭、それから荷車を百台、荷車を引くための牛を二百頭。むろん牛馬たちの餌も」

レギンとジャンヌは目を瞠り、リュディは口の端を引きつらせた。さすが大貴族というべきだろう、他の諸侯には決してできない申し出である。しかも、これなら戦場での活躍を望む諸侯らと衝突することもない。

テナルディエには、レギンの能力を試そうという狙いもあった。戦における食糧と武器の重要性をどこまでわかっているのか。また、こうした地味な役目をどれだけ評価できるのか。それも、怒りを覚えている相手に対して。

はたして、レギンは優しげな微笑を浮かべた。

「ありがたい提案ですね。公爵が私を支えてくれること、頼もしく思います」

もしもテナルディエにテーブルを透かして見る能力があれば、レギンが膝の上で握り拳を固めているのがわかっただろう。ともあれ、彼女の反応にテナルディエは満足した。尊敬したわけではなく、ガヌロンとの戦いの邪魔にはならないようだと思ったのである。

「殿下に喜んでいただけて安心しました。食糧と武器、馬については、王都に運ぶようすでに指示を出していましたので。荷車と牛もすぐに手配いたします。――ところで」

テナルディエの声が、わずかに熱を帯びた。

自分のことは前座に過ぎない。これから話すことこそが、彼にとっては主題であった。

「我が息子ザイアンは、私と異なり、華々しい戦果をあげたと思っております」

冷酷非道で知られるテナルディエも、息子にだけは甘い。だが、この発言については父親の贔屓目というわけでもなかった。

ソローニュの地でレギン軍がバシュラル軍と戦ったとき、劣勢に陥っていたラニオン騎士団を助けたのはザイアンである。彼は飛竜を駆って戦場に現れ、バシュラル軍を退けた。

また、ザイアンはオージュールの戦いでもバシュラル軍左翼を翻弄し、怪物となって空に飛翔したバシュラルに一撃をくらわせている。彼の武勲は多くの者が認めるところだった。

「ザイアン卿の功績には、正しく報いるつもりです」

話を終わらせようとしたレギンに、テナルディエは間髪を容れず問いかける。

「具体的にはどのような褒賞をお考えでしょうか」

「……まだ戦いは終わっていないのに、先走るのですね。何か望みがあるのですか」

さすがに呆れ、聞くだけ聞いておくという表情で、レギンが尋ねた。

「南部に領地を持つ諸侯で、バシュラルに協力した者が幾人かおりますが……。ザイアンを彼らの相談役に据えたいと考えております」

領地の統治について、領主に問題点を指摘したり、助言を行ったりするのが相談役である。

もっとも、諸侯の多くは相談役を置かず、信頼できる部下や家族を相談相手にしている。相談役を置いているのは、政治的な理由から官僚などを一定期間、屋敷に住まわせたり、諸侯同士のつきあいの中で、他家の騎士を一時的に受けいれたりしている者ばかりだ。

テナルディエの言葉に、レギンが眉をひそめる。リュディとジャンヌも顔をしかめた。

「この機に乗じて他家の乗っ取りでもたくらんでおられるのですか」

無礼きわまる問いかけを発したのは、リュディだ。テナルディエは彼女をじろりと見た。

「私は殿下と話している。護衛が余計な口を挟むものではない」

大人でもすくみあがってしまう威圧的な視線を、リュディは平然と受け流した。

「ザイアン卿がニースへ来るたびに遊び呆けていたことを、私はよく知っています。彼に諸侯の相談役が務まるとは思えませんが」

「――私も彼女と同じ意見です、テナルディエ公」

手をあげてリュディを制しながら、レギンが言葉を続ける。

「他家の乗っ取りをたくらんでいるとは思いません。それなら、私に願いでるようなことはしないでしょう。その点については少々言葉が過ぎました」

リュディに代わって頭を下げたあと、レギンはさぐるような目をテナルディエに向けた。

「ザイアン卿を相談役にして、どうしようというのです。彼らがあなたに協力しなかったことへの報復というのであれば、承諾はできません。私は彼らを許すと宣言しました」

「存じております。念のために申しあげておきますが、乗っ取ろうなどとは微塵も考えておりませぬ。そんなことをするぐらいなら、彼らの領地をてきとうに切りとって、私に協力した諸侯らに分配してほしいと、そう願いでたでしょうな」

レギンは小さくうなずくことで、先を促す。テナルディエはふてぶてしい笑みを浮かべた。

「殿下じきじきに、相談役に任命していただきたい」

テナルディエの意図を察して、レギンは一瞬、不愉快そうに眉をあげた。

「箔をつけるということですか」

王女が直接任命したとなれば、その立場には権威がつく。ザイアン個人にとっても、テナルディエ家にとっても名誉なことだった。

受け入れ先の諸侯らは、ザイアンの背後にテナルディエ家と王家を見ることになり、戦々恐々とするかもしれない。だが、ザイアンの方も好き放題に暴れまわることはできなくなる。大きな問題を起こせば、レギンの顔を潰すことになるからだ。

「ザイアン卿の行動について、諸侯から何か陳情があったときは、私が処理します」

念を押すようにレギンが言い、テナルディエはうなずいて、深く頭を下げた。

「私の願いを聞きいれてくださったこと、感謝します」

実のところ、息子には諸侯の相談役など務まらないだろうとテナルディエは思っている。

ふつうに考えれば、戦場で武勲をたてたのなら、今度は自分のそばで領主としての仕事を学ばせるべきなのだ。ザイアンはテナルディエ家を継ぐのだから。

だが、自分のやり方はおそらく息子に合わないだろう。自分が歩んでこなかった道を、ザイアンは歩んでいる。かといって、何もかも好きにやらせてみるのは一度で懲りた。

そうしてテナルディエが出した結論が、あるていどはこちらで決めて、それ以外を息子に任せるというものだった。

用事はおわった。一礼して席を立とうとしたテナルディエだったが、ソファから腰を浮かせかけたところで、レギンが呼びとめた。

「私からも話がひとつあります」

テナルディエがソファに座り直すのを待って、レギンは続ける。

「イフリキア、キュレネーとの交流を考えています。力を貸しなさい」

思いもよらない発言に、テナルディエは戸惑いを覚えた。

いずれも南の海を越えた先にある王国で、現在、ブリューヌとの国交はない。この二国と交流を持つなど、テナルディエでさえ考えたことがなかったが、レギンは本気のようだ。

「なぜ、交流を持とうとお考えに？」

「おかしなことではないでしょう。船を持つ商人の中には、それらの国の商人らと取り引きをしている者がいるというではありませんか」

「それはその通りですが……」

テナルディエは内心で考えを巡らせる。いままでファーロン王がイフリキアと国交を持とうとしなかったのは、バシュラルの母親がイフリキアの貴人であったからだろう。しかしいま、バシュラルも、その母親も、ともにこの世にない。おそらくファーロン王も。

「それに、ムオジネル王国ではフーズィート王が亡くなられたあと、内乱が勃発したと聞いています。彼の国との交易はしばらく小さなものとなるでしょう。代わりになるものがイフリキアやキュレネーにあるとはかぎりませんが」

レギンの言葉に、テナルディエは表情を消しながら答えた。

「イフリキアの香料や絹布、絨毯は、ムオジネルのそれに劣らぬ出来だと聞いたことがありますな。象牙も上等なものだとか」

「贅沢品ばかり……と言いたいところですが、小麦や葡萄酒を他国に求めてはいけませんね」

小さくため息をつくレギンの表情をうかがって、テナルディエは内心で唸る。

──いまは、まだファーロンにも及ばぬ。だが、成長すれば面倒な存在になるやもしれん。

己の領内に広大な小麦畑と葡萄畑を有するテナルディエには、レギンの言いたいことがよくわかった。他国の安価な小麦や葡萄酒に頼るようになると、自国のそれが強烈な打撃を受けるのだ。日常の生活に欠かせないものを他国に依存することになってはよくない。

「殿下のお考え、まことによろしいかと思います。その二国を相手と定めた使者団を編制いたしましょう。私にお任せください」

「わかりました。ところで、その使者団にザイアン卿を加えることはできませんか」

こともなげな口調でレギンが言い、テナルディエはおもわず渋面をつくった。

「……それは、少し考えさせていただきたい。息子も何かと忙しいゆえ」

使者団の顔ぶれが平民や下級貴族ばかりになっては格好がつかないから、大貴族の嫡男を据えたいというのはわかる。それに、最初の使者団に名を連ねるのはこの上ない栄誉だろう。

だが、これまで国交のない国に息子を向かわせるのは、さすがにためらわれた。使者団とあっては飛竜を同行させるわけにもいかない。戦を仕掛ける気かと疑われる。

「この件は急ぎではありません。他にやるべきことが数多くありますから。ガヌロンとの戦いが終わったあとで、もう一度話しあうとしましょう」

今度こそ話は終わり、テナルディエは応接室をあとにした。

──驚かせてくれたな……。だが、これはこれで悪くない。

玉座を狙うにあたって、テナルディエはとくに強敵を望んでなどいない。楽に手に入るのであれば、それでかまわないと考えている。

しかし、レギンがあまりに暗愚であったら、近隣諸国が見逃すはずもなく、まわりまわってテナルディエが苦労することになる。その点を考えると、彼女にはあるていど有能でいてもらわなくてはならないのだ。いまのレギンは、テナルディエにしてみるとちょうどいい。

──しばらくは様子を見るとしよう。

満足げにうなずくと、テナルディエは大股で廊下を歩き去ったのだった。

†

翌日の夜、軍議が行われた。

会議室に集まったのは八人。ティグルとミラ、リュディ、ロラン、レギン、ジャンヌ、テナルディエ、そしてデラボルド伯爵である。

ティグルとリュディはベルジュラック遊撃隊(ファルタス)を率いた実績に加え、マスハス＝ローダントをはじめとする北部や東部、西部の諸侯の代表として、ミラはジスタート軍の代表として、ロランはブリューヌのすべての騎士団の代表として、この場に出席していた。テナルディエもまた南部の諸侯の代表として、ここにいる。

そして、デラボルド伯爵はテナルディエの推薦によって参加していた。テナルディエは、ガヌロン討伐軍の指揮をこの男に任せたいと考えていたのである。今年で四十になるデラボルドはテナルディエに忠実で、先の戦でも五千の兵を預けられていた。

まず、リュディが椅子から立ちあがって、テーブルに地図を広げる。

「先の戦で、ガヌロン公は多数の兵を失いました。捕虜たちの話から考えると、ルテティアに残っている兵は二千ほど。戦える者をかき集めたとしても、五千には届かないかと。ガヌロン公に従っていた諸侯たちも、己の領地の守りを固めるので手一杯だと思われます」

「こちらの兵力は？」

レギンの質問に、リュディは一枚の書類を見ながら答えた。

「諸侯の兵が約二万、騎士が約三千になります。三千の兵で王都の守りを固め、一万七千の諸侯の兵と、三千の騎士で編制された討伐軍で、ルテティアに向かいます。食糧と武器についてはテナルディエ公が負担してくださるとのことで……感謝します」

　一呼吸分の間を置いて、リュディはテナルディエに礼を述べた。テナルディエは「たいしたことではない」と、短く応じる。それから、ミラが発言した。

「ジスタートからは私のみが参加し、他の戦姫は不測の事態に備えて王宮に留まらせていただきます。また、アスヴァールのギネヴィア殿下も王宮に留まる旨、うかがっております」

「なんと。この王宮は、美しい宝石の数々を仕舞いこんだ宝石箱となりましたな」

　デラボルドが笑声をたてる。彼を無視して、ティグルは軍議を進めた。

「ザクスタンのサイモン殿が率いる傭兵隊約五百が、私の指揮下に入っています。ただ、あまりあてにしない方がいいでしょう」

　後半の台詞は、怪物との戦いでは役に立たないだろうという意味をこめてのものだ。レギンは、「あなたのよいように」とだけ言った。信頼して任せるということだ。

　レギンが言い終えるのを待って、デラボルドが勢いこんで口を開いた。

「軍の総指揮は、ぜひ私にお任せください。必ずやガヌロンめの首をとってまいります」

「私はデラボルド伯爵が総指揮をとることに賛成だ」

　テナルディエがすかさず後押しする。政治に疎いティグルにも、彼の意図がわかった。

　――デラボルド伯爵に武勲をたてさせて、自分の権勢を強めるつもりか。

　現在、テナルディエにとって目障（めざわ）りな存在はレギンとベルジュラック家だけだ。ガヌロンを討ちとって子飼いであるデラボルドの名声を高め、派閥としての力を大きくすれば、ベルジュラック家を退け、レギンに譲歩や妥協を強いることも可能となるだろう。

ティグルはうんざりした顔でテナルディエたちを一瞥した。もしかしたら、デラボルドは優れた指揮官かもしれないが、彼に自分の命運をゆだねる気にはとうていなれない。

「総指揮官を決める前に、行軍の予定について聞かせてもらえないか」

ティグルが発言すると、デラボルドが眉をあげて睨みつけてきた。邪魔をされたと感じたのだろう。平然と、ティグルはその視線を受け流す。これまで戦ってきた敵将にくらべれば、デラボルドの視線などまるで恐ろしくない。

リュディが地図を見せながら説明した。

「四日後にニースを進発し、街道を北へ。ルテティアの南端を臨むランブイエ城砦を我々の拠点として、ルテティアに入ります。そこから中心都市であり、ガヌロン公の屋敷があるアルテシウムを目指します」

「我々が到着する前に、ランブイエ城砦がガヌロン公の兵に陥とされる可能性は？」

「ありえないとは断言できないが、可能性は小さい」

テナルディエの疑問に、ロランが答える。

「ランブイエは二千の騎士に守られた城砦だ。三方は開けた平原だが、山を背にしており、攻めるのが難しい。五千に届かないていどの兵では、よほどの準備と時間が必要だろう」

ロランの説明を聞きながら、ティグルは地図を丹念に観察する。二つ数えるほどの時間で考えをまとめると、顔をあげてレギンに言った。

「殿下、私は兵を二手にわけるべきだと考えます」

「何のためにそんなことをしようというのだ？」

意地の悪い口調で、デラボルドが問いかけてくる。ティグルは穏やかな口調で答えた。

「兵が多いほどその歩みは遅くなり、水の確保も難しくなります。ガヌロン公も、こちらの進軍を少しでも鈍らせるべく策を講じ、手を打ってくるでしょう。たとえば街道に倒木を積みあげられて、先頭にいる者たちが前進を阻まれたら、すべての兵が立ち往生してしまう」

デラボルドは「む」と、短い唸り声を発して黙りこむ。ティグルは続けた。

「二分するといっても、王都を進発してランブイエ城砦に着くまでの間です。ランブイエからアルテシウムまでは、相手の出方を見ながら慎重に進軍するべきでしょう」

行軍速度を少しでも速めたいというのは、本心だ。

だが、それ以上にティグルが懸念したのは、ガヌロンが怪物の群れを放ってこちらを混乱させることだ。恐怖は容易に伝染するというジャンヌの言葉が、最悪の形で実現しかねない。

その点、兵をわければ全滅だけは避けられる。また、兵たちが怪物に怯えて逃げ散ったとしても、ランブイエ城砦より手前ならば敵地ではない。無事に逃げきれる可能性は大きい。

「なるほど」

ゆっくりとうなずいて賛意を示したのは、意外にもテナルディエだった。

「私はティグルヴルムド卿の提案に賛成だ。状況次第だが、ランブイエで合流を果たし、おたがいの状況を確認したら、再び二手にわかれてアルテシウムに向かうというのもいいだろう。――諸君はどうかな」

テナルディエが出席者たちをぐるりと見回す。誰も異存はなかった。デラボルドだけは不満そうに顔をしかめたものの、彼がテナルディエに逆らうはずがない。それを確認してから、テナルディエはティグルに視線を向けた。

「軍を二つにわけ、ひとつはデラボルド伯爵が率いるとして、もうひとつはティグルヴルムド卿に任せればいいのかな」

「いえ、私よりもリュディエーヌ殿か、ロラン卿が適任だと思いますが」

ティグルが素直に答えると、テナルディエは訝しげに目を細める。

「おぬしがそう言うなら、それでいいのだろう……。殿下はいかがですか」

そのときだった。扉が勢いよく外から叩かれる。

ジャンヌが真っ先に立ちあがり、早足で扉へと歩いていく。誰何の声を投げかけた。扉越しに返ってきた報告に顔色を変えると、ジャンヌは皆を振り返る。

「侵入者です。相手は宝剣を奪ったと」

言葉の後半が震えていた。その場にいた者たちは目を瞠り、あるいは息を呑む。

軍議がはじまる前に、ロランは宝剣デュランダルを兵たちに預けた。それが奪われたというのだ。ロランが立ちあがりながら、怒りを隠さない声で聞いた。

「ジャンヌ殿、賊はどのような者だ？」

「男のようですが、詳しいことは……」

彼女の返答を聞きながら、ロランは大股で扉へと歩いていく。

「殿下、申し訳ありませんが、私はこれで」

レギンに背を向けたまま告げると、扉を開けて飛びだしていった。

黒騎士にとって、デュランダルはただの王国の宝剣ではない。ファーロン王が自分を認め、さらなる高みを目指せという思いをこめて預けてくれた一振り（ひとふ）りなのだ。たとえ兵たちに預けていたとはいえ、何者かに奪われるなどあってはならなかった。

ティグルとミラも立ちあがり、レギンに会釈をして会議室を出る。ロランに追いついた。

廊下はほとんど夜の薄闇に包まれている。壁の要所に据えつけられた松明（たいまつ）の炎が、わずかに闇を払っていた。

長く延びた廊下の奥から、兵たちの怒声や悲鳴が聞こえる。三人は駆けだした。

ティグルたちが駆けつけてみると、十人近い兵が床に倒れていた。

呻き声を漏らしている者を、ティグルは抱き起こす。鼻と口から血を流しているが、他に傷らしい傷は負っていない。できれば手当てをしてやりたいが、彼らをこのような目にあわせた者を見つけるのが先だ。

「しっかりしろ。口はきけるか」

呼びかけると、その兵士はうつろな顔で何度かうなずいた。廊下の先を指で示す。おそらく賊はそちらに逃げていったのだろう。

「すまないが、俺たちは賊を追う。もう少し我慢してくれ」

「しかし、武器はどうするつもりだ、ティグルヴルムド卿」

倒れている兵のひとりから剣を借り受けたロランが、ティグルに訊いた。ちなみにミラも、他の兵から槍を借りている。彼女はその気になれば即座にラヴィアスを呼びよせることができるのだが、目立つ行動を避けているのだろう。

抱き抱えていた兵をそっと横たえて、ティグルは立ちあがった。

「一応、武器はあります。あまり使いたくないものですが」

腰に下げている小さな革袋を軽く叩く。金属同士の擦れるくぐもった音がした。ロランはその正体に気づいたようで、納得したようにうなずく。

「わかった。だが、念のために後ろに下がっていてくれ。リュドミラ殿もだ。ブリューヌの敵は私の手で打ち倒す」

「お言葉に甘えます」

再び三人は廊下を走りだす。隣にいるミラが聞いてきた。

「ティグル、賊の正体はガヌロンだと思う？」

その可能性はティグルも考えた。いまこの時機に王宮に侵入し、宝剣を奪う者など他にいないだろう。だが、疑問がひとつある。

さきほど見た兵たちの中に、死者はいなかった。もしも賊がガヌロンならば、容赦なく彼らを葬り去っていたのではないだろうか。捕虜にしたルテティア兵の話によれば、春の半ばに王宮を襲撃したとき、ガヌロンは王宮にいた者たちをほとんど殺害したという。

先頭に立って走っていたロランが足を止める。彼の視線の先には、数人の兵が倒れていた。さきほどと同じように助け起こして話を聞く。比較的しっかり話せる者がひとりいた。彼らもやはり賊と遭遇して、一方的に叩きのめされたという。

「賊は二人いて、謁見の間へ行くと話を……」

ロランが眉をひそめた。ティグルはどうしたのかと視線で問いかける。

「この場所から王宮の外へ逃げようとするなら、謁見の間は反対方向だ」

ロランもそれほど王宮に足を運んでいるわけではないが、さすがにティグルやミラよりは構造に詳しい。侵入者の行動は、彼から見れば不可解きわまりなかった。

「何か目的があるのかもしれません。とにかく賊を追いましょう」

ティグルの言葉に、ロランはうなずく。謁見の間へ急いだ。

階段を上り、廊下を走り、角を曲がって、階段を下り、さらに走る。

そうして遠くに謁見の間が見えたとき、横合いからリュディが現れた。見れば、彼女の他にレギンとジャンヌ、テナルディエとデラボルドもいる。リュディとジャンヌだけでなく、テナルディエとデラボルドもそれぞれ剣を手にしていた。

「どうしたんだ？」

新たな事件でも起きたのかと思って尋ねると、リュディが緊張に満ちた顔で答えた。

「それが……陛下が、ファーロン陛下が謁見の間に向かうのを見たという報告があって」

ティグルたちは顔を見合わせる。ミラが言った。

「私たちは、賊が謁見の間に向かったと聞いて、ここまで来たの」

謁見の間を見たレギンが、警戒するように顔をしかめる。

「光が漏れていますね。いまは誰もいないはずなのに」

彼女の言う通り、出入り口のあたりが明るくなっていた。

ティグルたちは慎重に歩みを進めて、呼吸を整える。ロランが口早に告げた。

「私とティグルヴルムド卿、リュドミラ殿が突入します。殿下はリュディエーヌ殿とジャンヌ殿のそばを離れぬよう。テナルディエ公も、ここは我々に任せてほしい」

これまでと同じくロランが先頭に立つ形で、三人は中へと踏みこんだ。

「――おう、来たな」

楽しげな声が聞こえた。玉座に視線を向けたティグルたちは、愕然として立ちつくす。

ひとりの男が玉座に腰を下ろしていた。

年齢は四十代だろう。額冠をかぶり、紫の上着と黒いズボンという活動的な服装で、悠然と足を組んでいる。その手にはデュランダルがあり、足下には青銅製らしい壺があった。

中肉中背で、金色の髪の下には整った顔だちがあり、鼻の下と顎を覆う薄い髭は丁寧に整えられている。碧い瞳は不敵な輝きに満ち、口元にはふてぶてしい笑みが浮かんでいた。

「へ、陛下……？」

ロランが驚愕の呻き声を漏らす。玉座の男は、まぎれもなくファーロン王だった。

「ご無事だったので――」

「よくできているだろう」

ロランの言葉を遮って、ファーロン王が謁見の間をぐるりと見回す。

「たいそうな儀式をやったり、他国の偉いのと顔を合わたりする場所だというから、とくにしっかり造らせた。装飾についてもかなり金を使った。山頂の神殿もそうだったが、三百年たってもそのままの形で残っているのを見ると、感慨深いものがあるな。よくやった」

賞賛の言葉で締めくくると、男はティグルたちを睥睨（へいげい）し、楽しそうに問いかけた。

「それで、おまえたちの名は？」

三人は顔を青ざめさせる。悪夢としか思えなかった。

玉座の男の顔と声音は、間違いなくティグルたちの知るファーロンのものだ。だが、それ以外は、表情も、服装も、余裕に満ちた傲岸不遜な態度も、ティグルたちの知るファーロンのものではない。ブリューヌ王と瓜二つのこの男は、いったい何者なのか。

ロランは額に汗をにじませて、言葉が出てこないというふうだったが、剣を握り直して己を奮いたたせる。背筋を伸ばして玉座の男を見据えた。

「俺の名はロラン。ナヴァール騎士団の団長だ。貴様こそ何者だ」

「ほう、ロラン。俺の部下にも同じ名の騎士がいたぞ。おまえより背は高かったが、おまえほどたくましくはなかったな。堅苦しくて口下手で、ちょっとからかうとすぐ怒るんだが、まっすぐでいいやつだった。まさに、『騎士の中の騎士』だったよ」

ティグルは顔をしかめる。どこかで聞いたような話に思えた。

——それにしても、この男の余裕に満ちた態度と威圧感は、何なんだ?

そのとき、レギンたちが慎重な足取りで謁見の間に入ってきた。ティグルたちが突入してから戦うような物音はなく、話し声だけが聞こえてくるので気になったのだろう。

そして、彼女たちもまた己の目を疑った。

「お、お父様……?」

レギンの口から、かすれた声がこぼれ落ちる。彼女はもちろん、リュディとジャンヌも、そしてテナルディエさえも驚愕と混乱を露わにしていた。

玉座の男はレギンに視線を移すと、デュランダルを杖代わりにして立ちあがる。

「この顔を見てそう呼ぶということは、おまえが遠い孫か。よくもまあ血が続いたものだ」

感心したような、呆れたような顔で言うと、男はティグルたちを見回す。

「俺はシャルルル。わかりやすく言うなら、この国をつくった男だ。身体は骨だけになってしまったから、いまの王のものを借りているがな」

その言葉の意味をすぐに理解できた者は、ひとりもいなかった。誰もが唖然として、シャルルと名のった男を見つめる。

馬鹿馬鹿しいと、笑いとばしてよいはずだった。だが、シャルルのまとう超然とした雰囲気と、碧い瞳の奥から放たれる戦意に、ティグルたちは圧倒されて動けなかった。

いや、ひとりだけ動いた者がいる。

「何をぼうっとしている！」

苛立たしげに声をあげたのは、デラボルド伯爵だった。彼は剣を握りしめ、ティグルやロランを押しのけて前へ進みでると、大股でシャルルに歩み寄る。

「黙って聞いていれば、たわごとをほざきおって。よりにもよって始祖の名を騙るなど、この場で斬り捨てられても当然の――」

デラボルドは最後まで言えなかった。シャルルが一瞬で間合いを詰めるや力強く踏みこみ、彼のみぞおちに強烈な肘撃ちを叩きこんだのだ。デラボルドは反応すらできずに崩れ落ち、白目を剥いて倒れた。剣が手から離れて床に転がる。

「剣を振るうまでもないと思ったが、予想通りだったな」

　気絶したデラボルドには目もくれず、シャルルはティグルたちに笑いかけた。

「お次は？　一度にかかってきてもいいぞ」

　ティグルたちの全身を戦慄が駆け抜ける。デラボルドが弱いのではなく、シャルルが強すぎるのだということを、武芸に疎いレギンでさえ認識せざるを得なかった。

「おまえは、本当に始祖シャルルなのか？　三百年前の……？」

　拳を握りしめて自分を奮いたたせながら、ティグルは問いかける。

「どうやって生き返った？」

「よく知らん」

　あっさりと、シャルルは答えた。

「説明は聞いたのだが、俺に理解させるつもりがないと思えるほど小難しくてなあ。まあ、あいつは昔からそうだった。ともあれ、俺がいまここにいる。それがすべてだ」

「父は……！」

　昂ぶる感情に顔を紅潮させて、レギンが前へ出る。

「父は、陛下はどうなったのですか！　さきほど、いまの王の身体を借りていると……」

「わからんが、おそらく死んだ」

突き放すような口調で、シャルルは言った。

「何と言っていたかな、ひとつの身体に二つの魂は入らないという話だった」

レギンの顔から血の気が引いた。ぐらりとよろめいた彼女を、慌ててリュディとジャンヌが支える。

ティグルはどうすべきか迷った。下手に接近戦を挑めばデラボルドの二の舞だ。それに、本当にファーロンの身体ならば、むやみに傷つけることはできない。

甲高い金属音が謁見の間に響いた。ロランが持っていた剣を放り捨てたのだ。

「貴様の言葉が真実であるとして、ひとまず陛下の身体を返していただく」

いくら黒騎士とはいえ、あまりに無謀な試みだった。デュランダルを持つ相手に、素手で立ち向かおうというのだ。

ティグルはミラと視線をかわして、それぞれロランの左右へと動く。三人がかりで攻めかかろうと考えたのだが、ロランはシャルルから視線を外さずに、ティグルたちへ呼びかけた。

「先に言った通り、ブリューヌの敵は私の手で打ち倒す。手出しは無用だ」

「その意気やよし！」

シャルルが楽しそうに笑い、デュランダルを逆手に持って床に突きたてた。

「おまえの勇気に応えて、俺も素手でやってやろう。さあ来い！」

碧い瞳を戦意と稚気で輝かせ、口の両端を吊りあげて、シャルルは手招きをする。

ロランが床を蹴り、正面から勢いよく掴みかかった。突進だけで相手を吹き飛ばしかねない猛々しさだったが、シャルルは涼しげな顔で黒騎士を迎え撃つ。

ロランが突きだした右手を、シャルルはてのひらで受け流しながら、抱えこもうとした。ロランはかまわず、左手をシャルルの身体へ伸ばす。右手は、相手に食らいつかせるための餌だった。捕まえてしまえばどうにでもなるという自信が、ロランにはあったのだ。

しかし、シャルルは予想外の動きを見せた。腰を落としてしゃがみこみ、ロランの右脚を蹴りつけながら、身をよじってロランの左脚にしがみついたのだ。

左脚で己の身体を支えていたロランは、床に引きずり倒された。シャルルはすばやく身体を起こして、ロランの左脚を抱えこむ。

だが、ロランもやられっぱなしではすまさなかった。身をよじって、シャルルごと左脚をはねあげる。そうしてシャルルを床に叩きつけようとした。しかし、シャルルは自分から腕を離して床に倒れ、転がってすばやく距離をとる。

両者は起きあがり、向かいあった。

「たいした怪力だ。だが、動きに迷いがあるな。それじゃあ俺には勝てんよ」

「もっと喋れ」

低く唸って、ロランはシャルルに飛びかかった。シャルルが言葉を発するほどに、ロランは目の前の男がファーロンではないと、自分に言い聞かせることができる。

二人の両手がぶつかり、組みあって、押しあいとなった。おたがいに顔が真っ赤になり、幾筋もの汗が流れる。こうなると膂力（りょりょく）でも体格でも優るロランが有利となり、シャルルは身体をそらして徐々に追いこまれていった。

　このままおさえこんでやるとばかりに、ロランがいっそう力をこめる。それを待っていたかのように、シャルルが笑った。

　次の瞬間、シャルルはロランの手を強引に振りほどき、そのまま相手の懐に飛びこんだ。ロランの巨躯（きょく）が宙に浮く。シャルルが彼を背負うようにして投げたのだ。

　背中から床に叩きつけられたとき、ロランは左腕をシャルルにつかまれていた。

「次に戦うときを楽しみにしているぞ、この時代のロランよ」

　言い終えると同時に、シャルルはロランの左腕を引っ張る。ロランの口から、かすかな苦痛の呻き声が漏れた。肩を外されたのだ。

　驚愕すべき事態だった。ブリューヌ最強の黒騎士が、かくもあっさり倒されたのである。

「さて、今度は……」

　周囲を見回すシャルルに、ミラが槍を投げつけた。シャルルはロランの左腕を離して、おおげさに後ろへ飛び退く。そうして槍が床に突き立ったときには、ミラは姿勢を低くして走りだしていた。まったく足を緩めずに槍をつかみとり、シャルルとの距離を詰める。

　シャルルに向かって容赦なく槍を繰りだすミラに、レギンが顔を蒼白にした。肉体はファーロンのものかもしれないのだ。

「殿下、申し訳ありませんが、この場は見守ってください」

レギンの様子に気づいて、ティグルが彼女に声をかける。ミラの邪魔をさせたくないというだけでなく、シャルルの恐ろしさを感じとったからこその台詞だった。ロランを倒した体術を考えても、とうてい手加減して戦える相手ではない。

「いい度胸だな、娘」

ミラの槍をかわし、あるいは柄を手で弾いて軌道をずらしながら、シャルルが笑いかける。

「この身体は、この国の王のものだぞ」

「あなたの言葉なんて信じられるわけがないでしょう。それに――」

ミラの声が冷気を帯びた。

「私は祖母に槍を向けたことだってあるわ」

嘘ではない。祖母の亡骸を乗っ取って己のものとした魔物ズメイに、ミラは正面から挑みかかったことがある。多少は威嚇になるかと思ったのだが、シャルルは目に好奇の光を灯らせ、「ほう」と感心したような声を漏らした。

顔を狙って突き、姿勢を低くして足を払う。石突きで腹を打ち、あるいは穂先を服に引っかけて体勢を崩そうとする。ミラは自分の知るかぎりの技法で攻めたてたが、シャルルは両手だけでそれらをしのいでみせた。

その動きよりも、矢継ぎ早に繰りだされる刺突にまったく動揺しないことに、ミラは驚嘆を禁じ得ない。槍にひるまぬ豪胆さと、それでいて相手の猛撃を見極める冷静さを備えていなければ不可能な芸当だ。

あえて隙を見せる。シャルルは飛びこんでこない。一歩下がってかまえを直す。その瞬間を狙って、シャルルは距離を詰めてきた。だが、それこそミラの望んだ動きだ。

――あなたのような男は、見え透いた罠を逆に利用してくると思ったわ。

身体をひねりながら槍を短く持つ。

気合いの叫びとともに、それまで狙わなかったシャルルの喉を狙って、槍を突いた。

しかし、シャルルは穂先が喉に触れるかどうかというところで槍の柄をつかみ、力ずくで軌道をずらした。穂先はシャルルの左肩に突き刺さる。

その状態で二人は動きを止めた。

「美しい瞳をしているな。亡き妻を思いだす。おまえ、名は？」

「三百歳のおじいちゃんに名のる気はないわ」

ふてぶてしい笑みを浮かべて、ミラは気丈に言い返す。シャルルは笑った。

「その態度、気に入った。俺の女になれ」

シャルルを除く全員が唖然とした。そのような周囲の反応にかまわず、シャルルは槍を肩から抜き、ミラとの距離を詰める。ミラはとっさに槍をかまえようとしたが、射すくめられてしまったかのように身体が動かない。シャルルは彼女の顎に手を伸ばした。

「待て！」

怒りを帯びたティグルの声が、シャルルの背中を叩く。手を止めて、シャルルはゆっくりとティグルを振り返った。ティグルは腰の革袋に指を入れながら、シャルルを睨みつける。

「ミラから離れろ」

「おまえの女か？」

「そうだ」

不躾な問いかけに即答する。シャルルが身体ごとティグルに向き直った。

「では、俺から守ってみろ。できなければ、いただいていくぞ」

床を蹴る。一瞬でティグルとの距離を縮めてきた。ティグルは反射的に横へ跳びながら、革袋の中身を投げつける。それは三枚の金貨だった。

額と目、鼻を狙って放たれたそれらを、しかしシャルルは右手と左手、さらに口を使って一枚ずつ受けとめる。くわえた金貨を右手でつまんで、「惜しかったな」と笑った。

「いい技量をしている。おまえだけが武器を持っていなかったのは、こういうわけか」

それから、シャルルは金貨の裏表をしげしげと観察した。

「この大きさと厚みで、この重さか。純金だな。見事な出来だ」

感心したように言って、シャルルは三枚の金貨をズボンのポケットに押しこむ。ティグルは相手の意識を自分に向けたことに安堵しつつ、シャルルの反応の速さに驚きを隠せなかった。

——もう俺の攻撃は読まれた。

石などとは異なり、金貨ではせいぜい顔や手を狙うことしかできない。

「おまえ、名は？」

興味が湧いたのか、シャルルが聞いてきた。相手の動きに注意しながら、「ティグルヴルムド＝ヴォルン」と短く答えると、シャルルの両眼に楽しげな輝きが踊った。

「ああ、おまえがこの時代の弓の持ち主か。ガヌロンから聞いていたが、妙な名前で覚えやすくて助かった。しかし、もの好きだな。俺のいたころならともかく——」

シャルルがそこまで言ったとき、玉座の周囲の空気が大きくゆらめき、空間が歪んだ。

「——何をやっている」

呆れたような、叱るような声とともに、歪んだ空間から黒い煙のようなものがこぼれだす。

それを見ただけで、ティグルとミラは危険を悟った。そちらを睨みつける。リュディとジャンヌはレギンを守るように並んで剣をかまえた。

シャルルが肩をすくめて、玉座の周囲に広がっていく煙に笑いかけた。

「懐かしの我が家に帰ってきたんだ。少しは歩きまわりたくもなるってものだろう」

ティグルたちの視線の先で、黒い煙の中から人影が現れる。

灰色の髪をした、痩せた小柄な男だった。紫の服を着て、同色の豪奢（ごうしゃ）なローブをまとい、頭には帽子を載せている。

「ガヌロン……！」

　リュディが怒りの叫びをあげた。一方、ロランとレギン、ジャンヌ、テナルディエは怪訝な顔をする。彼らの知るガヌロンと、黒い煙をまとっている男とは何もかもが違っていた。

　ガヌロンはティグルたちを一瞥すらせず、シャルルを見てため息をつく。

「挨拶はすませたのか。どうしてもと言うから連れてきたのだぞ」

「おお、忘れていた。楽しいことがたくさんあってな」

　無邪気な言葉をガヌロンに返すと、シャルルはレギンに視線を向けた。レギンは父と同じ碧い瞳に怒りを宿して、シャルルを睨みつける。

「あなたが本当に始祖シャルルだとして、いったい何をしようというのですか」

「そう、それを言うためにここへ来たんだ。ついでに愛用の剣の回収もな」

　ティグルたちに背を向けて、シャルルは悠然と玉座へ歩いていく。床に突きたてていたデュランダルを引き抜いて肩に担ぐと、レギンを振り返った。

「俺の目的は、国奪りだ。手始めに、おまえからこの国をいただく」

　これほど明快な宣戦布告もないであろう。レギンだけでなく、ティグルたちも絶句した。

「その次はジスタート、アスヴァール、ムオジネルを併合する。あと西にある……ザクスタンといったか、あの国もだ。そうしたら海をわたって南へ行く」

「そんなことが本当に可能だと思っているのか……？」

途方もない話に、問いかけるティグルの声は、震えた。シャルルはこともなげに答える。

「この身体、今年で四十三なんだろう。あと二十年はもつと思っていいわけだ。それだけの時間があれば不可能じゃない」

「あなたの……いいえ、おまえの思い通りになんて、決してさせない」

凄絶な表情でレギンが告げた。固く握りしめた両手から、血が流れ落ちている。その戦意を受け流すように、シャルルは笑みを浮かべた。

「言っちゃあ何だが、俺は強いぞ。何せ国を興したことがあるからな」

レギンが顔を強張らせる。ミラも、リュディとジャンヌも、言葉を返せなかった。目の前にいるのは戦乱の時代に一国を打ちたて、歴史に輝かしい名を残した英雄だ。自分たちが太刀打ちできるはずがない。重苦しい沈黙が謁見の間に広がっていく。

「それがどうした」

絶望的な空気を吹き散らしたのは、静かな、しかし戦意に満ちた声だった。ティグルが二、三歩進みでて、皆をかばうようにシャルルと向かいあう。

「たしかに、あなたの成し遂げた業績は偉大なものだ。俺だって、始祖シャルルの武勲詩を聞いて何度、胸を躍らせたか知れない。だが、だからこそ知っていることもある」

「ほう」と、シャルルが目を好奇心で輝かせた。

「何をだ？」

「あなたは常勝でも無敗でもなかった。このブリューヌという国を興すまでの間に、何度も負けている。俺たちはあなたにかなわないかもしれない。だが、負けるとはかぎらない」

言葉を紡ぎながら、ティグルの額を冷や汗が伝う。こうしてシャルルと相対し、彼の視線を受けとめているだけでも、体力と気力を削られていくのがわかる。気を抜けば膝をついてしまいそうな重圧が、全身にのしかかっている。

もしかしたらシャルルの下で、ブリューヌは近隣諸国を支配下に置く、比類ない大帝国になるのかもしれない。そうだとしても、それを認めるわけにはいかない。虚勢を張ってでも立ち向かわなければならなかった。

「よく知ってるじゃないか。そう来なくてはな」

シャルルは気を悪くするどころか、嬉しそうにうなずく。

「気に入った。今度会うときには弓を用意しておけ。俺とひと勝負――」

「――シャルル」

苛立たしげなガヌロンの声が、シャルルの言葉を遮った。シャルルは肩をすくめる。

「わかった、わかった。まだ話し足りないが、このへんにしておこうか」

「待ってくれ」

話を終わらせようとしたシャルルを、ティグルが呼びとめた。

「あなたは、ガヌロンと行動をともにしているのか?」

「当然だろう。こいつは俺の第一の部下だからな」

シャルルの返答に、場の空気が緊迫したものになる。

「ガヌロンがどのような男なのか、わかっているのか」

おもわず、ティグルはそう言った。言わずにはおれなかったのだ。シャルルは意味がわからないというふうに眉をひそめる。ティグルは続けた。

「ガヌロンは俺の父を謀殺しようとし、アルサスを……俺の生まれ育った地を焼き払おうとした。そのガヌロンを部下とするのなら、その意味でもあなたは俺の倒すべき敵となる」

沈黙が訪れる。シャルルは視線を巡らせ、ミラやリュディ、レギンがティグルに同意を示していることを見てとり、嘆息したようだった。

「そうか。そいつは迷惑をかけたな。部下の不始末は俺の責任だ。すまん」

神妙な顔になって、シャルルは頭を下げる。ティグルは意表を突かれた。まさか、そのような反応が返ってくるとは思わなかったのだ。

顔をあげたシャルルは、真剣な表情で言った。

「だが、俺だって必要と思えばどんなことだろうとやるつもりだ。そこは覚悟しておけ」

「そもそもどうして国奪りなんて――」

「そりゃあ決まってるだろう」

レギンの言葉を遮って、シャルルはほがらかに笑った。

「せっかくよみがえった身だ。やりたいことをやらずにどうする。それにな――」

シャルルは天井を指で示す。つられて、ティグルは天井を見上げた。古いつくりの、しかしよく磨かれた青銅製のシャンデリアが天井から吊りさげられている。

「あれは、俺が見つけた職人につくらせたんだ。王様になって間もないころだった。天井なんて誰も見やしねえだろうと言ったが、そういうところに気を遣えと諭されてな。かなり値が張ったこともあって、できあがったときは嬉しかったもんだ」

レギンが顔を強張らせる。彼女は知っているのだ。そのシャンデリアをつくらせたのは始祖シャルルだったことを。

「シャンデリアも、この謁見の間も、大事にしろよとは言ったが、よくまあ三百年後まで残してくれた。他にも壁の装飾やら庭園やらを見ると、感慨深くてな。もとは俺のものなんだから、再び我が手にって思うだろう？」

誰も答えない。気圧されてしまって、答えられなかった。シャルルは続ける。

「それに、がんばった部下には報いてやらなきゃならんからな。――そういえば、ベルジュラックの遠い孫はいるか？」

台詞の後半で、不意にシャルルは表情を真面目なものに変えた。

「……私に何の用ですか」

剣をかまえて、リュディが進みでる。色の異なる左右の瞳は迷いと焦りで揺れていた。彼女もベルジュラック家の令嬢として、またレギンの護衛として、ファーロン王から親しく声をかけられていたのだ。どう動くべきか、迷うのは当然だった。

シャルルは玉座のそばに置かれている壺を、指で示す。

「こいつを弔ってやってくれ。おまえの遠い爺さんは、俺によく仕えてくれたんでな」

その言葉が意味するものを悟って、リュディの顔が青ざめた。剣を持つ手が、膝が震える。どうするべきか、ティグルはミラに視線で問いかける。ミラは黙って首を横に振った。

ミラとて、これだけ好き勝手に暴れられて怒りを覚えていないわけがない。だが、シャルルの強さは尋常ではない。加えてガヌロンもいる。一方、こちらはティグルとロランを戦力として考えるのは難しく、さらにレギンを守らなければならない。

一方、ガヌロンはテナルディエに蔑むような笑みを向けていた。

「ひさしいな、テナルディエ。虎視眈々と玉座をうかがい、ファーロンとレギンを亡き者にする計画すら立てていたおぬしが、王家を守る大貴族となるとは。世の中とは面白いものだ」

「私も驚いた。貴様が始祖を名のる狂人を連れまわす道化師になったことにな。それに、どのような薬を使ったのか知らんが髪を生やすとは。外見に気を遣う男だとは知らなかった」

さすがというべきだった。恐るべき計画を暴露されたというのに、テナルディエは傲岸不遜たる態度を崩さないばかりか、ガヌロンを罵倒してみせたのだ。謀反人となったガヌロンの言葉など一蹴してしまえばよいとはいえ、尋常ではない。

　ガヌロンはといえば、怒るどころか、拍手すらしそうなほどの笑顔を見せた。

「貴様に仕えている老いぼれ占い師にくらべれば、私の道化ぶりなど可愛いものだ。貴様の領地が竜の巣になる日を楽しみにするとしよう」

　ガヌロンの言葉は、捨て台詞というには不吉きわまるものだった。

「では、おまえたちにまた会える日を楽しみにしているぞ」

　シャルルは玉座の後ろに立つと、ティグルたちに軽く手を振る。それから、肩に担いでいたデュランダルをにわかに両手で握りしめた。

　警戒するティグルたちの視線の先で、シャルルは宝剣を横殴りに振るう。轟音とともに玉座が吹き飛んだ。背もたれの残骸が飛んできて、ティグルたちはおもわず両腕で自身を守る。

　わずかな間に、シャルルは次の行動へ移っていた。玉座が置かれていた石の床に宝剣を突きたてて、軽くひねる。その部分が外れて、四角い穴が現れた。

「さらばだ」と、言って、シャルルが穴に飛びこむ。呆れた顔のガヌロンが彼に続いた。

　ティグルたちは急いで穴に駆け寄ったが、覗きこんでもそこにあるのは深い闇で、二人の姿はまったく見えない。ミラがレギンに聞いた。

「殿下は、この脱出路についてご存じですか？」

「いえ、いまはじめて知りました……」

レギンは愕然とした顔で床の穴を見つめている。

リュディはよろめくような足取りで、壺に歩み寄った。しゃがみこんで中身を確認する。彼女は両目を大きく見開いて、呻き声を漏らした。

「お父様……」

壺の中にあったのは、蜜蝋漬けにされたベルジュラック公爵ラシュローの首であった。

リュディの顔が歪んで、目から涙があふれる。

覚悟はしていた。母とも話しあって、父は死んだものと考えるようにしていた。

だが、いま、壺にすがりつきながら、彼女は嗚咽を止めることができなかった。

ティグルは彼女のそばに腰を下ろして、そっと肩を抱く。言葉は出てこなかった。

†

会議室には、ティグルとミラ、テナルディエ、レギンとジャンヌの五人が集まっている。

シャルルたちが去ってから、半刻ほどが過ぎていた。兵たちを呼んでロランとデラボルドを医師のもとへ運ばせ、またシャルルに打ち倒された兵たちも運ぶように指示を出していたら、それだけの時間が過ぎたのだ。

リュディは自分の部屋で休んでいる。彼女は役目を果たそうとしたのだが、レギンに、「いまのあなたに護衛は任せられません」と突き放されたのだ。

「状況が大きく変わりました」

レギンの顔は深刻さと疲労が入りまじって、気の毒なほど憔悴している。

「敵はガヌロン公爵と、始祖シャルルを名のる何ものかです。あれだけのことを言った以上、遠からず、自分から存在を公言するでしょう」

沈痛な面持ちで、ティグルは彼女を見つめた。

ティグルだけでなく、ミラとジャンヌもレギンに休むよう言った。ガヌロンに連れ去られた父が、あのような形で姿を現したのだ。とうてい受けいれがたい事実であり、衝撃と動揺ははかりしれない。そのような状態では何も手につかないだろう。

しかし、レギンは首を横に振って、会議を再開した。

「軍を二手にわけてランブイエ城砦を目指し、そこを足がかりとしてルテティアに入るという予定に変更はありません。ですが、デラボルド伯爵もロラン卿も動けなくなった以上、それぞれの指揮官について考える必要があるでしょう」

そう言って、レギンはティグルとテナルディエを見つめる。

「ティグルヴルムド卿、テナルディエ公。あなたたちがそれぞれの軍を率いなさい」

「殿下、お叱りを承知の上で、申しあげておきたいことがございます」

胃を重くする苦々しさに顔をしかめながら、ティグルは口を開いた。テナルディエには期待できず、ミラには絶対に言わせてはならない以上、自分が言うしかない。

「シャルルを名のった者ですが、よりにもよって始祖を騙るなど不敬にもほどがあり、本来なら捕らえて殿下の御前に引きずってくるべきでしょう。しかし、あの男は強く、戦場で討ちとるしかないやもしれません。その場合はどうかご容赦いただきたい」

先日、ガヌロンがファーロンを人質としたときには、もろとも打ち倒せとレギンは言った。だが、現在のファーロンは人質どころではない。酷であることを承知で、あらためて彼女に覚悟を求める必要があった。

「──ティグルヴルムド卿」

ひどく静かな声で、レギンは告げる。ティグルの言いたいことを、彼女は理解していた。

「陛下はガヌロンに殺害されました。あなたたちが王都を発つ前に、そう布告します」

ティグルと、そしてミラはレギンに深く一礼した。

会議室を出て歩きだしたティグルとミラは、テナルディエ公に後ろから声をかけられた。

「──ティグルヴルムド卿」

その表情には微量の戸惑いがにじんでおり、巨躯から放たれる威圧感もいささか薄れているように思われる。率直に、テナルディエは疑問をぶつけてきた。

「始祖を騙った男のたわごとを、おぬしは信じているのか。自分は三百年前の人間で、ファーロン王の肉体を使っているという……」

一呼吸分の間を置いて、ティグルは尋ねる。

「公爵閣下は、信じておられないのですか」

「ありえぬ話だ。ガヌロンがこちらを混乱させるために、陛下によく似た男を用意したと考えた方が、まだ納得できる」

テナルディエはため息をついた。どのようなことが起きても豪胆な態度を崩すことのない大貴族でも、さすがにこの事態を受けいれるのは難しいらしい。

どう答えたものか考えていると、ミラが口を開いた。

「テナルディエ公の気持ちはわかります。ですが、それでは疑問が残ります。なぜ、あの男はシャルルと名のったのか。ファーロン陛下にあれほど似ているのだから、陛下のふりをするべきであって、始祖の名を騙る必要などないはずです」

テナルディエが唸る。ミラは慎重な口ぶりで続けた。

「それに、あの男はロラン卿を投げ飛ばし、私の槍もかわしました。陛下によく似ているというだけならともかく、それだけの技量を持つ人間を、簡単に用意できるものでしょうか」

「……無理だろうな」

テナルディエは首を横に振った。ロランやミラの強さは、彼も認めている。

「だが、だからといって、三百年前の人間がよみがえったというのは……」

「私も普段はそこまで考えません。ただ……荒唐無稽(こうとうむけい)な話に聞こえるかもしれませんが、ガヌロンが妖術を用いた可能性はあると思っています」

「妖術……？」

目を瞠るテナルディエに、ミラはうなずいた。

「私たちがレギン殿下に合流すべく、少数で行動していたときのことです。何の前触れもなく、ガヌロンが私たちの前に現れました。彼は私たちに襲いかかってきたのですが、驚くべきことに剣や槍を素手で受けとめ、私たちを触れただけで吹き飛ばしたのです」

にわかには信じられないようで、テナルディエは顔をしかめる。ティグルも口を挟んだ。

「私たちだけではありません。ロラン卿も、ナヴァール城砦を捨ててラニオン城砦を目指していたとき、ガヌロンと遭遇したと言っていました。森の中に、突然ひとりで現れたと。さきほどもそうです。あの男は、何もないところから我々の前に姿を見せました」

テナルディエは無言でティグルとミラを見つめる。その目から懐疑的な輝きが消えた。二人の態度の誠実さを認め、その主張について、あらためて考える。

テナルディエは妖術の類を信じていないわけではない。人智を超えたものがこの世にあることを、わかっている。たとえば、自分に長く仕えているドレカヴァクの存在がそうだ。竜をさがしだして従える技など妖術も同然ではないか。

「二人に聞きたいのだが」

ふと思ったことを、テナルディエは尋ねる。

「シャルルを名のったあの男とガヌロンは、おぬしらにはどのような関係に見えた？」

ティグルとミラは視線をかわす。ティグルが答えた。

「主従などではなく、対等の関係に見えました」

テナルディエは賛意を示してうなずく。彼の目から見ても、あきらかにガヌロンはシャルルに手を焼いていた。だが、彼の奔放さを受けいれてもいた。ベルジュラック公爵の首をわざわざ届けにきたのはシャルルの考えではないか。少なくともガヌロンの発想ではない。

「テナルディエ公」と、ミラが再び口を開く。

「シャルルについて、腑に落ちない点があるのはわかります。ですが、私たちには疑問を解き明かすための材料が足りません。それに、レギン殿下は新たな方針を打ちだされました。ひとまずはそういうことにしておいて、ガヌロン公を討ったあとに解明していけばいいかと」

「ひとまずは、か……」

ようやくテナルディエは理解したという顔になる。

「おっしゃる通りだな。感謝する」

ミラに会釈すると、テナルディエはティグルを無視して背を向け、歩き去っていった。相手が他国の重鎮であるミラでなければ、会釈すらしなかっただろう。ティグルは呆れた顔でその後ろ姿を見送ると、気を取り直してミラを見た。

「俺たちも行こうか」

二人は並んで廊下を歩きだす。ふと、ミラが訊いてきた。

「あなたは、シャルルと名のったあの男のことをどう思ってるの？」

「決まってる。倒すべき敵だ」

即答してから、ティグルは憤然と続ける。

「敵と見做す理由はいくつもあるが、何よりも、あいつは君にちょっかいをかけた」

ティグルにとってはそれで充分だった。ミラは苦笑を浮かべる。

「ありがと。でも、私のことはだいじょうぶよ。いまは、リュディのそばにいてあげて」

「そうだな……」

そして、軍の編制について話しあうべく、二人はティグルの部屋へと歩いていった。


夏の夜空の下、ニースから一ベルスタ（約一キロメートル）ほども離れた草原に、シャルルとガヌロンはいる。シャルルは地面に座り、上着を脱いで、傷を負った左肩の手当てを受けていた。呆れた顔をしながらも、ガヌロンは手慣れた動きで血を洗い流し、止血し、薬を塗った布をあてて、包帯を巻いている。

「暴れすぎだ」

短く苦言を呈した。

「そうは言うが、三百年ぶり……正確には二百八十年ぶりの我が家だからな。多少はしゃぐのは仕方ない。それに、目的のものはしっかりいただいてきた」

シャルルは笑って傍らに置いたデュランダルの刀身を叩き、それからズボンのポケットに手を入れ、何かを取りだした。

それは、白い鏃だった。片手にはおさまりきらないほどの大きさだ。

「三百年間、あの山頂の神殿で、誰にも見つからず眠っていたわけだな。ティグルヴ……面倒だ、ティグルでいいか、あやつは鏃を二つ持っているんだろう。こちらも弓がいるな」

「あの黒い弓の代わりになるものなどない」

「なに、一射だけ耐えられればいいんだ。あいつとは一度ですむだろうからな」

鏃を握りこむと、シャルルは不敵に笑った。

†

朝から降っていた雨は、昼になって激しさを増した。

市街にある神殿の祈りの間で、リュディは床に膝をつき、目を閉じて両手を合わせている。

無惨に死んだ父の魂が、安らぎを得られるようにと、祈った。

——神々の王ペルクナスよ、天上に住まう十の神々よ、父の魂に安息を……。

祈りを終える。にわかに苛立ちがこみあげて、顔が歪むのを自覚した。首を左右に振って感情を鎮め、立ちあがる。

祈りの間の奥はゆるやかな曲線を描いており、十の神々の像が壁に沿って立っている。苦い顔でそれらを眺めていると、後ろから足音が聞こえた。

廊下に通じる出入り口から、純白の神官衣をまとった老人が現れる。神殿長だ。リュディとは顔なじみだった。

神殿長に会釈すると、薬草の匂いが鼻をつく。リュディの表情の変化に気づいて、神殿長は穏やかに笑った。

「今日の薬草は少々、匂いが強いものですね。気に障りましたか」

「いえ、慣れていますから」

リュディは気にしていないというふうに笑顔を見せる。この神殿長は、毎日必ず何かしらの薬草の匂いを漂わせていた。

リュディは別れの言葉を発しかけたが、胸中に疑問が湧きあがって、そちらを優先する。

「神殿長、ひとは死ぬとどうなるのでしょうか。その魂は、どこへいくのでしょうか」

神殿長は口元に浮かべていた笑みを消して、リュディをじっと見つめる。

「おかしな質問をしてしまって申し訳ありません……」

もの静かな視線にひるんでしまい、リュディは苦笑いを浮かべた。

ブリューヌにおいて、死者の魂は冥府へ向かうとされている。

冥府には、地上にあるあらゆるものが存在しない一方で、地上にないあらゆるものが存在しており、すべての魂は深い安らぎを感じながら永劫の時を静かに過ごすといわれていた。

「いいえ」と、神殿長は再び穏やかな表情を浮かべて、首をゆっくり横に振る。

「リュディエーヌ殿は、ひとの魂が冥府に行くのではないと、そう思われたのですね」

「行くのではない、とまでは思わなかったのですが」

意外だという顔をしながら、リュディは視線をさまよわせた。

相手は数十年もの間、十の神々に仕え、毎日の祈りを欠かさなかった男だ。当然、叱責されると思ったのだが、神殿長の顔には楽しそうな気配すらうかがえる。

少し迷ったものの、リュディは言葉を続けた。

「ただ、わからなくなったのです。冥府は、いったいどのようなところなのかと。地上にないあらゆるものがある世界というのが、想像できなくて」

短い沈黙を先立たせて、神殿長がリュディに聞いた。

「死者の魂が行き着く先について、ザクスタンではどのようにいわれているか、リュディエーヌ殿はご存じかな？」

呆気にとられて立ちつくすリュディに、神殿長が奇妙な質問をぶつけてくる。困惑したが、気を取り直して記憶をさぐった。

「たしか……勇敢に戦って死んだ者の魂は、神々が住まう天上(ヴァルハラ)に招かれ、そうでない者は地の底深くにある世界で静かに暮らすとか」

「ええ。我が国と似ているところもありますが、同じではありませんな。アスヴァールやジスタート、ムオジネルなどでも、やはり我が国と違う話が語られております。であれば、我が国の考えが正しいと言いきるのも難しいでしょう」

「で、でも……」と、リュディは慌てた。

「死にかけた際に、死者の世界を見てきたという者の話が数多くあるではありませんか。私も幾人かから話を聞いたことが……」

神殿長は手を挙げて、リュディを落ち着かせる。再び、変わった問いかけをした。

「ヴォージュ山脈にのぼったことはありますか、リュディエーヌ殿」

リュディは首を横に振る。ヴォージュはブリューヌの北東から南東にかけてそびえている山の連なりだ。隣国ジスタートとの国境線代わりにもなっている。

「ヴォージュの山々の頂(いただき)に立って、東側に目を向けると、ジスタートの大地が見えます。ですが、それだけでジスタートという国がわかるものでしょうか」

神殿長の言いたいことは、リュディにもわかった。死の淵に立った者たちは、冥府の一端を見たのかもしれない。しかし、それだけで冥府の全貌がわかるはずはない。

「では、神殿長の考えを聞かせていただけませんか。ひとは死ぬとどうなるのか。その魂の行き着く先は……もしも冥府でないとしたら、どのようなところなのか」

「肉体は土の中で塵となり、その魂は、魂だけで静かに過ごせる地へ行き着く。私はそう考えています」

諳んじている言葉を述べるように、神殿長は答える。微塵も迷う様子を見せなかった。かすかな苛立ちを覚えて、リュディは眉をひそめる。

「そこは冥府とどう違うのですか。同じもののように聞こえますが」

「その場所には、この薬草の匂いが届きます。安らかな眠りをもたらせるよう」

意表を突かれて呆然とするリュディに、神殿長は微笑をにじませて語りかけた。

「あなたの大切な人々が、心安らかに過ごせる世界を思い描きなさい。それが、あなたにとっての冥府となる。国ごとに死者の世界の景色が異なるのも、おそらくそのためでしょう」

「私にとっての冥府……？」

戸惑いも露わに、リュディは聞いた。

「い、いいんでしょうか？　そんなものを考えても」

「正直に申しあげれば、あまりよいとはいえませんな。他人に聞かせたら、笑われるか、咎められるでしょう。ですが、冥府とは生きている者のためにあるものです。それに――」

神殿長の顔には、リュディに対する信頼があふれている。

「あなたは、自分の冥府を想像し、それを心の中に秘めることができる方です。何より、それを必要とするだけのことをしてきたと、そう思います」

はっとして、リュディは神殿長を見つめた。熱い感情が胸の中にあふれる。

拳を握りしめ、うつむいて、「ありがとうございます」と彼女は感謝の言葉を述べた。

リュディは十の神々の像と向かいあい、あらためて祈る。

──父の魂が、心から安らぎを得られる『冥府』へ。

心の中で呼びかける。心配はいらない。自分はひとりの戦士として、父の娘として、恥じることなく戦い抜いてみせると。

祈りを終えると、さきほどよりもだいぶ気分が晴れていることに気づいた。

「神殿長、今度、私が厳選したチーズを二つ、持ってきますね。いい匂いのするものを」

ひとつは神々への捧げものだ。神殿長は皺だらけの顔をほころばせた。

「ありがとうございます。楽しみにさせていただきましょう」

神殿長と笑みをかわして、リュディは祈りの間をあとにする。

彼女にはやるべきことが数多くあった。

3　王が空からやってくる

　星々を銀砂のごとく振りまいた夜空を背に、半月が皎々と輝いている。

　月光は、とある山の中腹にある幕舎を静かに照らしていた。白を基調として、黒いたてがみと赤い皮膚を持つ馬の顔を大きく描き、随所に金糸で装飾をほどこした豪奢（ごうしゃ）なものだ。

　バヤール。ブリューヌ王国の軍旗にも描かれる魔法の馬である。

　幕舎の中にいるのは、シャルルだった。陶杯を片手に、さまざまな書類や書簡に目を通している。陶杯の中身は葡萄酒（ヴィノー）だ。だいぶぬるくなっていたが、彼は気にしなかった。

　シャルルがいるのは、ランブイエ城砦を見下ろせる山の中腹である。この幕舎を、彼はランブイエ城砦攻略のための本陣としていた。

　シャルルとガヌロンが王宮に潜入してデュランダルを奪ったのは、昨夜のことだ。尋常の手段では、たった一日でここまで来られるはずがない。馬を走らせても何日もかかる。

　シャルルはガヌロンの力でもって、一瞬でこの地に跳んできたのだった。

「一喝したら一千の敵兵が逃げていった……。これもやりすぎだな。まったく、三百年もたつと何ひとつまともに伝わりゃしねえ」

　シャルルが見ているのは、自分の死後から今日（こんにち）までにブリューヌに伝わっている、自分の逸話だった。とにかく人間離れしたものばかりだ。それしかないといっていい。

「剣を振るうと、あまりの速さに剣が三本あるように見えた……。戦神トリグラフかよ、そんなことができたらもっと楽に戦をやってるわ。ガヌロンの屋敷で見た俺の肖像画も、かなり美化されてたからな……。何てこった、この国に真実はないのか」

ぶつぶつつぶやきながら書類に目を通していると、ガヌロンが中に入ってきた。

「準備ができたぞ。兵たちは配置についている」

「おう、ご苦労」

シャルルは葡萄酒を一息に干して、陶杯を投げ捨てた。次いで、ガヌロンを軽く睨む。

「戦の前に言っておくことがある。おまえ、ありゃ何だ」

ガヌロンは顔をしかめた。

「それだけでは何のことかわからん」

「いくつもあるが、いちばん気に入らないものを挙げるなら、俺が戦場で敵を倒すたびに楽器を弾いていたとかいう馬鹿げた話だ。そんなことをしていたらふつう死ぬだろう」

「あれか」と、ガヌロンは肩をすくめる。

「おまえが弓を使っていたという記述を消していったら、そうなった」

その説明に、シャルルは首をひねる。しばし考え、わかったというふうに手を打った。

「つまり、『弓弦を引いた』っていう言葉が『弦を弾いた』になったってことか」

「そんなところだろうな」

　ガヌロンは豪奢なローブをひるがえして、幕舎から出ていく。シャルルは憮然とした顔で、傍らに置いていたデュランダルを手に立ちあがった。

　彼は紫を基調とした服の上に、革の胴着をつけている。胴着からは、大剣を引っかけて支えるための革紐がぶらさがっていた。履いている靴は無骨なつくりで、いかにも重そうだ。

　幕舎を出ると、数人の兵が待っていた。彼らの膝から下は、土埃でひどく汚れている。ガヌロンがさきほど言った「準備」をしていたのだ。

「よくやってくれた」と、ねぎらいの言葉をかけて、シャルルは歩きだした。

　ここからランブイエ城砦までの距離は、直線で二百アルシン（約二百メートル）ほど。むしろ、シャルルと城砦までの間には木々がそびえたち、地面もかなりの傾斜になっているので、まっすぐ向かうことはできない。斜面を駆けおりていっても、城壁が待っている。

　加えて、シャルルが率いている兵はわずか二百だった。ランブイエには二千の騎士がいるとわかっていながら、それだけでよいとガヌロンに言ったのだ。彼の考えを聞いたとき、ガヌロンは顔をしかめたが、反対はしなかった。

「士気は高いようだな」

　城砦を見下ろして、シャルルは感心したように笑う。城壁上には等間隔に篝火が焚かれ、武装した騎士たちが見張りについていた。ガヌロンとの戦いにおいて、ランブイエは重要な拠点となる。忠誠心の高い騎士たちは、早くも戦意を昂揚させていた。

ガヌロンに先導させて、シャルルは歩きだす。兵たちはあとからついてきた。

十数歩ほど暗がりの中を進み、一本の木の前でガヌロンは足を止める。

その木は地面にしっかりと根を下ろしており、幹は太く、縄がくくりつけられていた。縄は南にまっすぐ伸びて、虚空に消えている。

この縄の長さは、実に五百アルシンに及ぶ。

一端はこの木に、もう一端は、山を下りた先に広がる草原にたたずむ大岩にくくりつけられているはずだった。ガヌロンと兵たちにそこまで運ばせたのだ。そして、緩まないよう縄をしっかり張ると、二百アルシン先では城砦の上空を通過する形になっている。

シャルルは縄をつかんで軽く揺すると、満足そうにうなずいた。

「ご苦労だった。面倒だったろう」

暗がりの中、敵の注意を別の方向にそらしつつ、木や枝に引っかからないように気をつけながら斜面を下りていき、五百アルシン先へ縄の端を運んだのだ。面倒というよりは、首をかしげたくなるような作業だったのは間違いない。

シャルルは軽く伸びをすると、デュランダルを両手で握りしめて素振りをはじめた。自分の身体の具合や、剣の重さをたしかめるかのように、ときに速く、ときにゆっくりと、大剣を振るう。二百を数えるほどの時間が過ぎると、彼は満足したように大剣を背負った。

ガヌロンがシャルルを見上げる。

「準備をすませたあとで聞くのもおかしな話だが、その身体でやれるのか？」

「何を言うかと思えば。こいつはいい身体じゃねえか」

シャルルは笑ってガヌロンに答えた。

「おまえにとっては三百年近く前だから忘れちまってるのかもしれねえが、俺にとっちゃここ数年のことだった。年をとって、徐々にくたばっていくってのはな」

身体に力がみなぎっていることを実感しながら、シャルルは続ける。

「馬に乗れなくなった。剣を振れなくなった。目がかすむようになった。杖なしで歩くことができなくなった。酒が飲めなくなった。しまいにゃ寝小便だ。歯だけは最後まで頑丈だったがな……。おまえもそうあるべきだったんだぜ」

「無理を言うな」

憮然とするガヌロンに、シャルルは不敵な笑みを浮かべてみせた。

「たしかにこいつは戦士として鍛えられちゃいない。だいぶなまっている。だが、持病もなく健康そのものだ。思った通りに動いてくれる。いまの俺がどのていどやれるかは、王宮で充分に見せただろう？　心配いらねえさ」

「そう願いたいものだ。前代未聞だぞ、こんな方法で城砦を陥とそうなどとは」

「なるべく敵が真似（まね）できない手を考えろっていつも言ってたのはおまえだろう？　なに、失敗してもたかが死ぬだけだ」

陽気に笑うシャルルに、ガヌロンは首を左右に振ったあと、持っていたものを渡す。

それは、左右に取っ手のついた滑車だった。

この滑車を用いて縄を渡り、ランブイエ城砦の真上に来たところで降下するというのが、シャルルの考えた手だった。およそ正気の沙汰ではない。計画を聞いた部隊長たちも、唖然として言葉が出なかったほどだ。

だが、シャルルはこれしかないと言い、ガヌロンは苦笑まじりに承諾した。

むろんというべきか、この方法で城砦に突入するのはシャルルだけである。

二百の兵たちはランブイエ城砦の近くに待機して、シャルルが城門を開けてくれるのを待っている。シャルルが突入するまで、城砦の騎士たちの注意を引くという目的もあった。

「それじゃあ行ってくる」

買いものにでも行くかのような態度で、シャルルは滑車を縄に引っかける。ガヌロンはもの言いたげな顔で王を見つめていたが、「気をつけろよ」とだけ言った。

滑車の取っ手を両手で握って、シャルルが足を浮かせる。

縄が軋み、次の瞬間、彼は風を切って降下した。一瞬ごとに速度が増し、微妙な陰影で構成された夜の景色がすさまじい速さで通り過ぎていく。大気が無形の衝撃波となって彼の全身をめった打ちにした。滑車の微妙な揺れは、地上へ振り落とそうとするかのようだ。

シャルルは取っ手をしっかりと握り、恐ろしい速さで近づいてくる城砦を見据えている。城壁上の篝火は理想的な目印だった。

──さあ、勝負の時間だ。

取っ手から手を離すのは、半瞬早くても、逆に半瞬遅くてもいけない。誤れば、城壁か、もしくは地上へ叩きつけられて血まみれの肉塊と化すだろう。

急な横殴りの風が、シャルルを襲った。縄が揺れ、身体が傾く。だが、シャルルはまったく慌てることなく前を見つめていた。その集中力は尋常ではない。

取っ手から両手を離した。慣性がシャルルを包みこみ、押し流す。獲物を見つけた猛禽さながらの荒々しさで、急降下した。城壁上の石畳が迫る。シャルルはすばやく背中のデュランダルを抜き放って、盾のようにかまえた。

石畳に両足が触れる。シャルルは姿勢を低くした。衝撃に耐えながら転倒をまぬがれる。床に火花をまき散らし、耳をつんざくような金属音を響かせて、シャルルは城壁上を滑った。篝火と騎士たちを次々にはねとばして、城壁上の北東から南東までを一息で駆け抜ける。

「……ふう」

城壁の端まで来たところで、ようやくシャルルは勢いを止めることができた。身体を起こすのに時間がかかったのは、さすがに身体中が悲鳴をあげたせいだ。足下を見ると、革靴はぼろぼろになっており、足の指がむきだしになっていた。

「靴底に鉄板を仕込んでおいて正解だったな。下手すりゃ足がなくなっていたぞ」

デュランダルを軽く振って器用に靴の紐を切ると、シャルルは靴を脱ぎ捨てた。それから、信じられないものを見るような顔をしている騎士たちに視線を向ける。

騎士たちにしてみれば、夜空から突然、人間が降ってきたのだ。驚かないはずがない。槍と盾をかまえ、顔を汗まみれにして、遠巻きにシャルルを観察していた。

シャルルはデュランダルを肩に担いで、堂々と歩みを進める。もっとも近くにいる騎士へ笑顔で呼びかけた。

「この城砦の指揮官はどこにいる？　呼んできてくれると助かるんだがな」

正体不明の人間がブリューヌ語を話したことに、騎士は肩をびくりと震わせる。だが、言葉が通じることで、わずかながら落ち着きを取り戻したようだった。

「貴様は何者だ」

震える声で問いかけられて、シャルルは笑みを浮かべる。王宮のときとは違う。ここでシャルルと名のったところで、彼らは驚きすらしないだろう。

——さて、功名心のあるやつがどれだけいるか。

シャルルは篝火のそばまで歩いていき、騎士たちをぐるりと見回した。

「驚いたな。ランブイエの者たちは忠誠心と勇敢さにおいて、我が国の騎士団でも五指に入ると思っていたが……。まさか、余の顔を見忘れたのか？」

その言葉に、騎士たちは困惑したように視線をかわし、それからシャルルとデュランダルをまじまじと見つめる。ひとりの騎士が、「あっ」と短い叫びを漏らし、目を丸くした。

「もしや……国王陛下であらせられますか」

「いかにも。まともな目を持っている者がいて安心したぞ」

相手が国王だとわかって、騎士たちはさらなる混乱に襲われたようだった。慌ててその場に武器を置き、膝をついて頭を垂れたものの、何が起こったのかわかっていない者が大半だ。何人かは上目遣いにシャルルを見上げ、内心で首をひねった。

顔は、たしかに彼らの知るファーロン王そのものだ。しかし、ファーロン王は髭を生やしていなかった。服装も、似合っているものの違和感が強い。まとっている雰囲気も、話し方も、思慮深い穏やかな王のそれではない。熟練の戦士のようだ。

「陛下……」と、騎士のひとりが喘ぐように尋ねた。

「その、なぜ、ここに？　いえ、いったい、どうやって」

「説明するのはかまわんが、先におまえたちの指揮官を呼べ」

ひとりの騎士が急いで暗がりの中に消える。シャルルは待つことにした。自分が到着したときの音や騒ぎを聞きつけたのだろう、城砦全体が慌ただしい。指揮官がここに現れるのに、さほどの時間はかかるまい。

シャルルの予想通り、指揮官はそれから二百を数えるほどで現れた。オストリーという三十代半ばの男だ。騎士団長を務めるぐらいだから、むろん国王の顔は覚えている。彼はシャルルを見て息を呑んだが、すぐに膝をつくようなことはせず、慎重に口を開いた。

「本当に、ファーロン陛下なのですか。ガヌロン公に連れ去られたと聞きましたが……」

このときには、大勢の騎士がシャルルたちの周囲に集まっている。国王が突然現れたと聞いて押し寄せたのだ。シャルルは内心でほくそ笑む。観衆は多いほどいい。

「逆だ。ガヌロン公は、余を助けてくれたのだ」

シャルルは首を横に振って、その顔に深刻さと厳格さをにじませた。

「すべてはテナルディエ公をはじめとする奸臣どものたくらみだ。あの男はバシュラルをそそのかしてレグナスを討たせ、しかも余の命を狙った。さらに都合のよい傀儡として、妾腹の娘であるレギンを担ぎあげたのだ」

この言葉には、オストリーも衝撃を隠せなかった。

「レ、レギン殿下が傀儡ですと……？」

「そもそもおかしいと思わなかったのか。いったいどのような理由があれば、娘を王子として育てるなどという話になるのだ」

その点はオストリーも不思議に思っていたことだったので、沈黙で応じる。レギンは、自分が王子として育てられてきた理由については公表していなかった。

夏の夜風が城壁上を吹き抜けて、篝火をゆらめかせる。シャルルは続けた。

「テナルディエ公に野心があったことは、おぬしも知っているだろう。ガヌロン公が後見役となったバシュラルが武勲を重ねていくことに、あの男は危機感を抱いたのだ。だが、ガヌロン公に対抗しようにも、レグナスはテナルディエ公の言いなりになる男ではなかった」

むろんこれは、シャルルとガヌロンが話しあってつくりあげた『台本』である。

「そこでテナルディエ公は、レグナスによく似ていて、自分の操り人形になる者をさがした。だが、レギンしか見つからなかったので、あのような与太話(よたばなし)を考えたのだ。怪しまれても、戦に勝ち、玉座をおさえてしまえば強引に押し通せると思ったのだろう」

オストリーは顔を歪ませて唸(うな)った。彼は、ガヌロンが王都で暴虐のかぎりを尽くし、ファーロン王を連れ去ったという話を信じていたため、まったく正反対の話を聞かされて頭痛を覚えるほど混乱した。しかも、彼にその話をしているのはファーロン王なのだ。

「もうひとつ、許せぬことがある。テナルディエ公は、己の力だけではバシュラルに勝てないと見るや、近隣諸国に領土を切り売りした。先の戦でジスタート、アスヴァール、ザクスタンの軍勢がレギンに加勢したのはそのためだ」

バシュラルとの決戦で、諸国がレギンに力を貸したことは、オストリーも知っていた。彼女がどうやって諸国を味方につけたのか、疑問に思っていただけに、シャルルの言葉は彼の心を深く突き刺した。

「余は王の責務として、テナルディエ公らを討つ。だが、余の味方は少ない。ガヌロン公の他には、これを身の証としてほしいと、余に宝剣を返してくれたロラン卿ぐらいでな」

デュランダルの輝きを見せつけられて、騎士たちが息を呑む。彼らにとって、ロランの名と宝剣の煌めきは強烈だった。シャルルは愛敬のある笑みを浮かべる。

「どうだ。突然のことで戸惑いもあるだろうが、余に従ってくれぬか」

実のところ、シャルルは自分のほら話を信じてほしいとは露ほども思っていない。ただ、「乗ってほしい」とは思っていた。功名心があり、戦を求める者に。

シャルルは悠然と答えを待つ。そうして二十を数えるほどの時間が過ぎると、オストリーは両眼に決意の光を輝かせて、大きく息を吐きだした。騎士たちに命令する。

「この男を捕らえよ。ただし、傷つけてはならん」

「余の言葉を疑うのか？」

そう問いかけるシャルルの態度には、動揺も落胆もない。オストリーは顔にいくばくかの不安をにじませながら、息苦しそうに答えた。

「レギン殿下にいくつか不審な点があるのは事実であり、陛下のおっしゃったことは正しいのやもしれませぬ。ですが、私にはガヌロン公が忠臣であるとはどうしても思えませぬ。さらに申しあげるならば……」

そこでオストリーは言葉を呑みこむ。自分の知るファーロン王はこのような格好をすることもなければ、自ら剣を持って戦う人間でもなかった。そう言おうとしたのだが、王家への強すぎる忠誠心が、それを口にするのを押しとどめた。

三人の騎士が、ためらいつつもシャルルに槍先を向ける。

しかし、そこで異変が起きた。ひとりの騎士がオストリーを羽交い締め(はがいじめ)にして、首筋に短剣を突きつけたのだ。副団長を務めるラウールだった。

「私は陛下のお言葉を信じる」

「正気か、ラウール……！」

驚愕するオストリーを引きずって、ラウールは胸壁を背にする。他の者に背後をとられぬようにしつつ、いざというときにオストリーを城壁から突き落とすためだった。

「その言葉、そっくり返してやるぞ、オストリー」

熱を帯びた口調で、ラウールは騎士たちに呼びかける。

「俺はずっとおかしいと思っていたんだ。女が、十八まで王子として育てられてきたなんて、そんな馬鹿な話があるか。しかも、テナルディエ公はその王女におとなしく従っているというではないか。諸国の援軍についてもそうだ。援軍など簡単によこすわけがない」

騎士たちは困り果てた。下手に動けば、副団長は本当に団長を殺してしまうだろう。

「ラウールよ」と、オストリーが副団長を睨みつけて、声を絞りだした。

「おまえは先日も俺に同じことを訴えたな。もっともらしい理屈を並べているが、武勲をたてる機会を得られぬまま戦が終わったのが不満なだけだろう！」

ラウールがかっとなって、「何だと」と怒鳴る。その直後に拍手が鳴り響いた。

「その思いは正しい。騎士が戦場へ行って武勲をたてたいと思うのは当然だ」

拍手をしたのはシャルルだ。彼は笑みを浮かべてラウールに尋ねる。

「この城砦には二千の騎士がいると聞いているが……。ラウールとやら、おまえの考えに賛同する者はどれだけいる？」

緊張から喉を鳴らしたあと、ラウールは懸命に呼吸を整えて答えた。

「五百は確実に。ですが、俺……私は一千はいると見込んでいます」

「でたらめをぬかすな！」

オストリーが怒りの叫びをあげる。そこへシャルルが呼びかけた。

「それでは余と剣をまじえぬか、オストリーとやら」

唐突な提案に、オストリーだけでなくラウールも当惑の表情になる。シャルルは続けた。

「おぬしの勇敢さは賞賛に値する。このまま死なせるのはおもしろくない。そこで、余とおぬしのどちらがこの城砦を出るか、剣で決めようではないか。わかりやすくてよかろう」

一呼吸分ほどの間、沈黙がこの場を支配した。

「陛下に剣を向けろと……？」

喘ぐように、オストリーはつぶやく。騎士たちにシャルルを捕らえるよう命じたときも、傷つけるつもりはなかったのだ。だが、決闘ともなればそうはいかないだろう。

そんな彼の内心を察したのか、シャルルはオストリーの戦意を煽（あお）った。

「手は抜くなよ。おぬしが死ぬぞ」

オストリーは騎士団長として長く務めており、もちろん剣の腕にも自信がある。部下たちの前でこのようなことを言われて、受け流すことなどできなかった。この男を捕らえなければという使命感も再び湧きあがる。

「お受けしましょう」

シャルルに視線で命じられて、ラウールがオストリーの拘束を解く。シャルルは宝剣を床に突きたてると、近くにいた騎士から剣を奪いとった。オストリーも部下から剣を受けとる。

彼らを取り囲んでいる騎士たちがざわめいた。何が起きているのかわからぬまま、自分たちの団長と国王が決闘をはじめようというのだ。どちらを応援することもできず、彼らは固唾を呑んで両者の激突を見守った。

「陛下、多少の怪我は覚悟していただきますぞ」

オストリーが剣をかまえる。シャルルは剣を肩に担いだ姿勢で応じた。

「いつでもこい」

気合いの叫びとともに、オストリーが床を蹴る。踏みこみの速さと突きの鋭さ、己と剣を一体化させたかのような無駄のない動きに、シャルルは目を瞠（みは）った。騎士たちのほとんどは反応することさえできなかった。

鋭い金属音が夜空に吸いこまれる。回転しながら宙を舞ったのは、オストリーの剣だ。オストリーの突きは完璧だった。だが、シャルルの剣は彼よりも速く、力強かった。激突の瞬間、シャルルは己の剣を下から上へとすくいあげて、眼前に迫る剣を弾きとばしたのだ。オストリーは右手をおさえて、シャルルの前に倒れている。指が三本、折れ曲がっていた。

「いい勝負だった」

借りた剣を持ち主に投げ返して、シャルルはラウールを見た。

「では、おぬしの手腕を見せてもらおう。ここにいる者たちに事情を説明してやってくれ」

ラウールは緊張の面持ちでうなずくと、集まっている騎士たちをぐるりと見回し、大声でシャルルの話を語った。騎士たちの反応はさまざまだった。呆然とする者、怒りだす者、混乱する者が入り乱れて、にわかに収拾がつきそうもない。

「静まれ！」

大喝が響きわたり、騎士たちは驚き、立ちすくむ。吼えたのはシャルルだった。

「思うところはあるだろう。だが、つまるところ、おぬしらが選べるのは二つにひとつだ。余とラウールに従って戦うか、オストリーに従ってこの城砦を出るか。――いや」

そこで、不意にシャルルは口の端を片方だけ吊りあげる。

「余と戦うという道もあるか」

その挑発に応じる者はいなかった。たったいま、オストリーを一撃で打ち倒してその強さを見せつけたばかりなのだから無理もない。

ラウールが四人の騎士をともなってシャルルの前に進みでた。うやうやしく膝をつく。

「我々は陛下に忠誠を誓います。我々の剣は、陛下の敵を倒すために」

その声は決して大きくなかったが、この場に集まっている騎士たちの耳に届いた。半分ほどがラウールたちに倣って膝をつく。そうしなかった者たちは絶望的な表情で、倒れているオストリーを見つめていた。


副団長のラウールが従属したからといって、そのあとのことが順調に運んだわけではない。城砦にいるすべての兵が、城壁上に集まっていたわけではないからだ。また、事情を知らされて激昂したという者も少なくなかった。

騎士同士の激突が各所で起こり、ランブイエ騎士団は十人の死者と三十人を超える負傷者を出した。オストリーとラウールがなだめなければ、これらの数はもっと増えていただろう。

そして、千二百余りの騎士がシャルルに従うことを拒否し、彼らはすべての武装を取りあげられて、城砦の外に追いだされた。

追いだされた者たちと入れ替わるように、外に待機していた二百のルテティア兵が城砦の門をくぐる。その中にはガヌロンの姿もあった。

　ガヌロンは兵のひとりにシャルルの居場所を聞いて、城壁上へと向かう。

　城砦から遠ざかっていくオストリーたちを、シャルルは無言で見送っていた。ガヌロンの気配に気づいたらしく、振り返る。ガヌロンは彼の隣に立った。

「助けがいるかと思ったが、おまえひとりで陥としてしまったな」

「俺は乗せただけだ。見張りを命じられ、手柄をたてたくともたてられなかった連中をな」

　城砦の中で起こった出来事の一部始終を、シャルルはガヌロンに話した。

「よそから戦と武勲の話ばかり聞こえてきて、自分たちは動けなかったら、そりゃあな」

「見事だ」

　ガヌロンは感嘆の息を漏らす。シャルルの言う通り、騎士たちが不満を抱いていたのは間違いない。だが、いったい他の誰にこのような真似ができるだろう。

　もっとも、疑問もある。火を灯した松明(たいまつ)を掲げて、暗がりに包まれた地上を歩き去っていく騎士たちを見ながら、ガヌロンは尋ねた。

「どうしてあの連中を殺さなかった？」

「俺たちの存在を広めてもらわなけりゃならんだろう。王都はもちろん、他の都市や町にも。それにしても、おまえの評判はずいぶん悪いな」

　驚いたというふうに言うシャルルに、ガヌロンは憮然としてうなずいた。

「言い訳はせぬ。計画を修正した方がよさそうだな」

　ファーロンとガヌロンの名を使ってブリューヌ全土に呼びかけ、兵を募るというのがシャルルの案だ。ガヌロンは難色を示したが、押しきられて最終的に同意した。しかし、この結果を見れば、やはり無理があったのだ。

　ところが、シャルルは予想外の言葉を返してきた。

「その必要はない。予定通りにやれると、俺は確信した」

「……どういう意味だ？」

　ガヌロンが訝しげな視線を向けると、シャルルは楽しそうに答える。

「騎士たちから聞いたおまえの話はひでえもんだった。冷酷、邪悪、残虐、非道、狂気……。ひとつひとつ挙げていったら夜が明けちまうぐらいにな。俺の知るおまえとはかなり違うから最初は戸惑ったが」

　一瞬、ガヌロンの様子をうかがうかのように、シャルルは目を光らせた。ガヌロンは表情ひとつ変えずに応じる。

「そうだな……。おまえが死んでからは、そうするのが当たり前だった」

　シャルルは小さくため息をついた。だが、すぐに気を取り直す。

「そんなおまえがいるのに、八百人近い騎士が従うと言った。たいしたもんじゃねえか」

「ファーロンの名と、レギンへの不信からだろう」

「それこそ、俺たちが知りたかったことだろう。国王の名、敵の弱味、おまえの悪名、それらをすべて足し引きしたら、はたして何人がついてくるか」

　城砦の中へと視線を転じて、シャルルは楽しそうに続ける。

「おまえの領地のすぐ近くにいて、おまえについてそれなりに知っている連中でさえ、四割も残った。遠くへ行くほどおまえの悪名は薄められる。おおいに期待できるじゃあないか」

「しかし、我々の下に集まる者が増えるほど、おまえは怪しまれるだろう。あれは本当にファーロン王なのかと」

「三百年で錆びついちまったなあ、おまえ」

　不安要素を述べるガヌロンを、シャルルは呆れた顔で見た。自分の胸を叩く。

「この身体の持ち主――いまの王様はなかなかできたやつのようだが、こいつが本当はどんな性格なのか、どれだけの人間が知っている？　腹を割って話したやつは何人いる？　俺も昔やっていたからわかるが、王様ってのはとにかく飾りたてて、話を盛るものだろう」

　何かを思いだして、シャルルは意地の悪い笑みを浮かべた。

「とはいえ、何ごとにも限度はある。山の中でも言ったが、ここ三百年の俺の逸話は、とても人間を書いたものとは思えん。おまえ、こんなに長生きしていたなら多少は修正しろ」

「見栄と虚勢が好きなおまえの好みに合わせただけだ。二千や三千の兵しか用意できなかったのに一万以上などとほらを吹くのはしょっちゅうだったろう」

　ガヌロンもからかうように言い返す。シャルルは降参だというふうに首を横に振った。

「おとなしく過ちを認める。吟遊詩人(ミネストレーリ)と学者、それから画家を用意しろ。飾りものをできるだけ剥ぎ取った本物を残しておかないと気分が悪い。そういや、一晩で五十人の女を抱いた、というのもあったぞ。一晩を四刻としても、半刻で六、七人相手にすることになるだろう。童貞の妄想だってもう少し現実的だ」

「その半分ぐらいは相手にしていたはずだろう」

王になる前からシャルルは好色だったし、女性にも好かれた。相手の身元や素性にまったく頓着せず、有力者の娘から行きずりの娼婦まで幅広く関係を持った。当時のガヌロンは、シャルルの女性関係を把握するのに苦労させられたものだ。

「半分でも二十五人だぞ、いや、それならあったか……？　まあいい、話を戻そう。いままでの王様の振る舞いや、巷に広まっている逸話の数々は、王としての体面を考えて取り繕(とつくろ)っていたものだということにする。俺の振る舞いこそが、本来の王様の振る舞いだ」

「誰もがそう思うような噂話を広めろということか」

ガヌロンはうなずいた。たしかに、これぐらい割り切った方がいいだろう。ファーロンについて教えることはできるが、中途半端に演じようとすれば、どこかで必ずぼろが出る。

——人々の多くは見たいものしか見ないものだ。

彼らの見たい虚像を見せてやればいい。シャルルにはそれができる。

「じゃあ、次にどうするか……」

シャルルがそう言ったとき、二人から離れたところの暗がりに変化が生じた。闇が蠢いて、ひとに似た輪郭を描きだす。数は三つ。そして、闇の奥から瘴気が吹きつけてきた。

「何用かな。キュレネーの方々」

ガヌロンはそちらを振り返り、シャルルを守るように立つ。三つの輪郭は厚みを持ち、黒いローブをまとい、フードをかぶった姿となって、こちらへ歩いてきた。足音を響かせずに。

両者は十歩ほどの距離を隔てて向かいあう。黒いローブのひとりが声を発した。

「いつ『儀式』にとりかかる」

「もう少しあとだ。先にやるべきことがある」

「我々の望みより優先すべきことがあるとでも？」

そう問いかけたのは、別の黒いローブだ。さきほどの声が男性のものだったのに対し、こちらは女性の声だった。ガヌロンが答えようとすると、シャルルが後ろから割りこんできた。

「誰だ、こいつらは」

「アーケンの使徒だ」

黒いローブたちを見据えたまま、ガヌロンは答える。現代の状況をシャルルに話したとき、簡単にだが説明してあった。シャルルは「あいつらか」と、つぶやくと、宝剣を肩に担ぎ、ガヌロンの脇を通って使徒たちに歩み寄る。彼らの目の前に立った。

「おまえら、何百年も前から死んだ神様をよみがえらせようとしているんだって？」

「そうだ」

使徒は感情のない声で答える。聞かれたから応じただけというふうに。

シャルルの両眼に敵意の輝きが灯った。口元に嘲笑が浮かぶ。

「あの世でおまえらの神様に会ったよ。ありがたみのかけらもないろくでなしだった――」

耳障り(みみざわ)な衝突音が言葉の最後をかき消し、シャルルが後ろに跳んだ。

ガヌロンには見えた。使徒がローブをはためかせて細い腕を横殴りに振るい、シャルルが宝剣でその一撃を弾き返したのを。ガヌロンは目を細めて使徒を睨みつけた。

「むやみに暴れるようでは、以後の協力はできかねるが」

どちらに非があるかといえば、先に挑発したシャルルが悪いのだが、それを認めれば彼らがどのような行動に出るかわかったものではない。牽制(けんせい)こそが優先されるべきことだった。

使徒たちが沈黙する。五つ数えるほどの間を置いて、ひとりが声を発した。

「もう少しあと、とは、人間の感覚でいつごろになる？」

「遠からず、魔弾の王がこの地にやってくる。あの男を退け(しりぞけ)たあとだ」

使徒たちのローブの裾が、風に撫でられたかのようにゆらめく。魔弾の王という言葉は、彼らの感情の一端を刺激したようだった。ガヌロンは口の端に笑みをにじませる。

「気になるか。あれは、おぬしらと似たようなものだからかな」

「いったいどこがでしょう？」

女性の声が疑問を口にした。

「私たちと魔弾の王は、何もかもが違うではありませんか。まさかとは思いますが、神の声を聞くことができるという一点だけで、そう言っているのですか」

声の主のかぶっているフードが外れる。中から現れたのは、若く美しい娘の顔だった。

人間でいえば二十代半ばというところか。夜目にも鮮やかな黒髪を眉の上で切りそろえ、後ろは肩のあたりまで伸ばしている。頭部には蠍（さそり）を模した黄金の額冠をかぶっていた。

微笑を浮かべているが、彼女の両眼からは、常人が目を合わせたら気を失うだろうほどの威圧感が放たれている。とくに意識してのものではない。彼らにとっては、これが自然なのだ。

「さて、自分で考えてみてはどうかな。ただの戯れ言かもしれん」

ガヌロンが突き放すと、女性の姿をした使徒は動きだす気配を見せた。

「――やめろ」

しかし、他の使徒が発したその声が、女性の使徒の動きを止める。彼女とガヌロンの間に漂いかけた一触即発の空気も瞬時に霧散した。

争いを未然に防いだ使徒は、フードの奥からガヌロンをじっと見つめる。

「忘れるな。神なき神殿はこの地に数多くある」

次の瞬間、使徒たちの姿が不鮮明になる。輪郭がゆらぎ、闇と一体化するように溶けこんでいった。ほどなく、彼らの姿も気配も完全に消え去る。

「お帰りなすったか」

シャルルがため息をついた。その額には汗がにじんでいる。

「気に入らない相手を見たらとりあえず煽る癖を直せ」

ガヌロンは、まず苦情を述べた。シャルルが苦笑まじりに言い返す。

「おまえだって乗ってきただろう」

「中途半端にすませるより、私も加われば、何かしら相手の反応を引きだせるかもしれなかったからな。収穫はあった。ところで、さっきの話は本当なのか?」

ガヌロンが尋ねると、シャルルは何のことだと言いたげに首をひねる。

「あの世でアーケンを見たという話だ」

「あれか。嘘に決まってるだろう」

真面目くさった顔でシャルルは答え、ガヌロンを唖然とさせた。

「だいたい、あの世があるかどうかも俺は知らんぞ。俺の感覚では、死んだと思ったら目が覚めた、というところだからな……。いや、待て、死んでいた間に何かを見た気がする。はっきりとは思いだせんし、ただの夢の可能性もあるが」

「それでよくあのような嫌味を飛ばせたものだ」

呆れた顔をするガヌロンに、シャルルはひとの悪い笑みを見せる。

「次の行動にとりかかるぞ。ここの騎士たちは全員後方に下げる。各地に兵を走らせろ」

王の言葉に、ガヌロンはうやうやしく一礼した。

「おおせのままに、陛下」

声に出して、実感する。やはり自分の王はこの男だけだと。


ガヌロンが去ったあと、ひとりになったシャルルは複雑な微笑を浮かべて、戦友が立っていたところを見つめていた。

「果たさなくてすんだ約束だと思っていたが、上手くはいかねえもんだな……」

約三百年前、シャルルとガヌロンは、コシチェイという名の魔物と戦った。苦戦を強いられたが、最終的にはガヌロンがコシチェイを喰らって、勝利した。

そして、ガヌロンは不死の力を得た。老いと死から解放された。

『魔物を喰らったこの身がいったいどうなるか、私にはわからぬ』

戦いが終わったあと、ガヌロンはシャルルとひとつの約束をかわした。

『いまは人間だが、いずれは身も心も魔物になるのやもしれん。おまえに頼む。もしも、私の懸念した通りになったら……』

シャルルはその約束を忘れなかった。そして、彼が生きていた間は、二人の心配したようなことは起こらなかった。無用の約束だった。そのはずだった。

――約束は守るとも。

声には出さず、つぶやく。そうして感傷を振り払うと、シャルルは両眼に戦意を灯した。

――ガヌロンがそこまで考えていたかはわからねえが……。

アーケンの使徒たちが自分のそばにいるのはありがたい。

――海の向こうにいたら、叩き斬りに行くのもひと苦労だからな。

自分がこの世界にいる間に、やつらを滅ぼす。

シャルルはそう決意を固めていた。

†

シャルルの宣戦布告から三日が過ぎた昼ごろ、王宮の執務室で政務を処理していたレギンのもとに、一通の書簡が届けられた。

それは、半刻前に王宮を訪れたガヌロンの使者が携えていたものだ。使者は王女に謁見することを望んだが、レギンはそれを拒み、書簡だけを受けとるよう指示を出していたのである。

書簡に目を通したレギンは、怒りに身体を震わせた。書簡を執務机に置く。手に持っていたら引き裂いてしまいそうだったからだ。そばに控えていたジャンヌが、慌てて寄り添った。

「殿下、どうなさったのですか」

レギンは無言で書簡を視線で示す。訝しげに書簡に目を向けたジャンヌは、絶句した。

『余はファーロン＝ソレイユ＝ルイ＝ブランヴィル＝ド＝シャルル。昨年の冬から今年の夏にかけて、余は二人の息子を失った。レグナスと、バシュラルである。王女を称しているレギンという女は、余の娘には違いないが、妾腹の子であり、テナルディエ公爵と手を組んでレグナスを暗殺したのだ……』

さらに、ファーロンはガヌロンを唯一の誠実な協力者と呼び、自分は彼の力を借りて、野心家の汚れた手から王都を奪還するだろうと書いている。

『正義と勝利を求める者は我が紅馬旗(バヤール)の下に集うべし。勇気を見せよ、才覚を示せ、武勲をたてよ。余とおぬしらのために。余はすでにランブイエ城砦を攻略し、真実に目覚めた多数の騎士を従え、王都に向かう準備を進めている』

最後はそのような文で締めくくられていた。

レギンは一言も発さず、歯を食いしばり、碧い瞳を爛々と輝かせて壁を見つめる。口を開いたら、昂(たか)ぶる感情のままに怒声をほとばしらせてしまいそうだった。敵は自分だけでなく、父まで侮辱(ぶじょく)したのだ。もはや何があろうと許すことはできなかった。

百を数えるほどの時間が過ぎて、レギンはようやくいくばくかの冷静さを取り戻した。

「ランブイエが本当に陥とされたのか、大至急確認を」

ジャンヌは、「ただちに」と答えたが、行動に移す必要はなかった。ひとりの騎士が息せき切って報告に現れ、ランブイエ城砦の陥落を告げたのである。騎士団長のオストリーに率いられた約千二百の騎士が王都に向かっていることも、併せて伝えられた。

ねぎらいの言葉をかけて騎士を退出させると、レギンはジャンヌを振り返る。緊急の軍議を開くべく諸将を呼ぶよう、疲れきった声で告げた。

†

軍議を終えて自分の部屋に戻ってきたリュディは、ソファに座って深いため息をついた。

──まさか、ランブイエが一日で陥とされるなんて。

ランブイエを拠点としてルテティアを攻めるという戦略は、根底から覆された。ブリューヌ軍は、まず城砦を奪い返さなければならない。しかも、猶予(ゆうよ)はない。

ファーロンを名のる書簡をこちらへ送ってくるぐらいだ。近隣の諸侯にも同じものを送りつけていることは間違いない。シャルルとガヌロンを放っておけば、時間が過ぎるほどにこちらの受けた傷は深くなり、彼らを有利にする。一日も早く討ちとるべきだった。

そうなると、ランブイエ攻略に攻城兵器は使えない。理由は二つある。

ひとつは、いまから攻城兵器を用意すれば時間がかかり、さらに行軍速度も鈍(にぶ)るからだ。

当初の行軍予定では、王都を発って五日でランブイエにたどりつける形になっている。

だが、攻城兵器を運ぶとなれば、倍近い日数がかかる。加えて、敵はさまざまな妨害を仕掛けてくるだろうから、それも考慮すると倍ていどではすまなくなる。

もうひとつは、ランブイエを陥としたら、そのままこちらの拠点として使うためだ。そのことを考えると、攻城兵器で城壁や城門をむやみに破壊するわけにはいかなかった。

では、攻城兵器を使わず、わずかな日数でどうやって城砦を攻略するか。

それについて解決策を提示したのは、驚くべきことにザイアン＝テナルディエだった。

彼は、テナルディエ公爵が自分に代わる指揮官として推薦し、レギンも了承したため、軍議に出席したのだが、次のように提案したのである。

「俺が飛竜(ヴィーフル)で城壁を越えて、内側から城門を開けばいい」

ザイアンがこのような危険な役目を買って出るとは、誰にとっても予想外だった。

この案は採用され、ブリューヌ軍はティグルの率いるヴォルン隊と、ザイアンの率いるテナルディエ隊とでそれぞれ王都を進発し、二手にわかれてランブイエを目指す形となった。それに合わせて、明日の予定だった出陣も三日後に変更された。

敵に城砦を奪われたことから、ティグルは軍を二手にわける案に消極的だったが、ザイアンが譲らず、行軍を急ぐ必要性が増したこともあって、最後には承知した。

――できれば私の手で、ガヌロンかシャルルのどちらかを討ちたいところですが……。

難しいだろう。ガヌロンは人間ではなく、シャルルの体術はロランをしのぎ、ミラの槍に素手で立ち向かってみせたほどなのだ。そもそも、二人がランブイエに留まっているかどうかもわからない。それでも、諦めたくはなかった。

そこまで考えたとき、扉が外から叩かれる。

返事をして扉を開けると、そこには母のグラシアが立っていた。リュディは目を丸くする。

「お、お母様……？」

「話したいことがあるの、リュディ」

グラシアはにこやかに微笑んでいる。しかし、心の中では決して笑ってないだろうことがリュディにはわかった。かといって断るわけにもいかず、彼女を室内に招き入れる。二人は向かいあうようにソファに座った。

「あらためて確認するけど、ガヌロン公爵討伐にあなたは参加するのね？」

前置きもなく、率直に母は訊いてきた。その両眼は威厳に満ちて、嘘やごまかしなど通用しないだろうと思わされる。リュディは胸を張って母の視線を受けとめた。

「もちろんです」

「あのひとの仇を討つため？」

「その気持ちもありますが、王家に忠誠を誓う貴族として、ベルジュラック家の者として、王女殿下の戦いを傍観し、ガヌロン公を放っておくという選択肢はありえません」

その表情と声音から、娘の決意が並々ならぬものであることを感じとったのだろう、グラシアはため息をつく。しかし、予想はしていたのか、彼女はすぐに気を取り直した。

「わかったわ。それでは明日までに婚約相手を決めなさい。三人ほど選んでおいたから」

リュディが「へっ？」と、目を丸くしている間に、グラシアは三人の貴族の名を挙げる。ひとりは侯爵、二人は伯爵だった。いずれも二十代と若く、華々（はなばな）しい武勲や実績こそないが手堅い手腕の持ち主で、父祖の代から受け継いだ領地を大過なく治めているらしい。

母の説明を聞き終えてから、リュディはおそるおそる尋ねる。

「あの、お母様……。どういうことですか？」

その瞬間、グラシアのまとっている威圧感が増した。リュディはおもわず身をすくませる。

「貴族として、ベルジュラック家の者として、などとたいそうなことを言う割に、何にも増して果たすべき貴族の義務については、頭から抜け落ちているようね」

リュディはようやく母の言いたいことがわかった。グラシアは重々しい口調で続ける。

「血をつなぎ、家を残す。それがベルジュラック家を継ぐ者のもっとも大事な役目だと、何度も言ってきたでしょう。弟はまだ三つ。あなたが次の戦いで命を落としたら、私が再婚して子供を産むか、なるべく直系に近い血筋の者を養子とするか、その二択しかないのよ」

「お母様の言うことはわかりますが、出陣前に婚約しても意味があるとは……」

リュディはどうにか逃げようとしたが、母は容赦がなかった。

「婚約しておけば、あなたが死んだあとでも身内として計算に入れることができるでしょう。

ベルジュラック家単独では、テナルディエ家に勝てない。味方はひとりでも必要なのよ」

尊敬と畏怖の念をこめて、リュディはグラシアを見つめる。自分と父を愛しつつ、その一方で冷徹に考えを進めることのできるひとなのだ、この母は。

「で、でも、顔すら見たことのない相手と婚約というのは……」

「貴族の婚約と結婚はおおむねそのようなものよ。それに、殿下の護衛やら何やらで、あなたが蝶のようにあちらこちらへ飛びまわっていたのが悪いのではなくて」

ささやかな反論は即座に潰された。窮地に立たされたリュディは顔をうつむかせ、上目遣いにグラシアを見上げながら、懸命に気力を振りしぼる。

「あの、実は、気になっている、いえ、好きな殿方がいて……」

母の表情が変わった。興味が威圧感を弱めている。

「どなた？　私の知っている方かしら」

顔を紅潮させながら、リュディは「ティグルヴルムド＝ヴォルン」と、その名を口にした。「ああ……」と、母はうなずき、何ごとかを考えるように娘から視線を外す。

「ティグルヴルムド卿と、想いは通じあっているの？」

「も、もちろんです！」

おもわず大声で返してしまった。まさか告白して断られたとは言えない。

「生家は伯爵家とはいえ領地は小さく、交友関係も広いとはいえない。けれど、ジスタートの戦姫たちやアスヴァール、ザクスタンの王侯と親しく、武勲も充分。内通の疑いも晴らした。年齢もあなたと同じで、面倒な親戚などもいない。相手としては申し分ないわね」

リュディはこくこくと何度も首を縦に振る。どうやらこの場は逃げきれそうだと思ったが、グラシアは視線を娘に戻し、冷ややかに告げた。

「でもだめ」

「どうしてですか⁉」

ソファから腰を浮かせて叫ぶリュディを見て、グラシアはため息をついた。

「ティグルヴルムド卿も討伐戦に参加するのでしょう。そうなると、四通りの結末が考えられるわね。二人とも無事に帰ってくる。二人とも死ぬ。あなただけが帰ってくる。ティグルヴルムド卿だけが帰ってくる」

指を折りながら、グラシアは大雑把な予想を並べてみせる。

「ひとつめについて言うことはないわ。問題はそれ以外。あなたが帰ってこなければベルジュラック家の血は絶えるのよ。あなただけが帰ってくる場合も、悩みごとができる。ひとつは、次の相手をさがすのが難しくなること」

「それは、ティグルに並ぶ相手がいないという意味でしょうか？」

何気(なにげ)ない質問だったが、グラシアは苦笑をこぼした。

「こんなところでのろけなくていいわよ。そうではなく、あなたがティグルヴルムド卿と男女の関係だったのではないかと思われて、敬遠されるだろうということ。当然でしょう。この数ヵ月間、あなたが組織した遊撃隊(ファルタス)で隊長と副長の間柄だったんだから」

母の説明に、リュディは再び顔を真っ赤にする。

娘の反応にかまわず、グラシアは続ける。

「もうひとつ。ティグルヴルムド卿のいないヴォルン家は、魅力に乏しいということ」

一言もなく、リュディはうなだれた。このままでは会ったことすらない相手と望まぬ婚約をすることになる。

戦に出なければ、婚約の話を先延ばしにすることはできるだろう。だが、自分に多くのことを教えてくれた、優しかった父の無念を思うと、それだけは受けいれられなかった。

いっそ、この場は母に従うふりをして、ひそかに王宮を出るのはどうだろうか。

「私の目を盗んで戦に参加しようと考えているでしょう」

見抜かれた。

「そ、そんなこと、思っているわけ、な、ないじゃないですか……」

リュディは引きつった笑みを浮かべてごまかそうとするが、微塵(みじん)も動揺を隠せていない。グラシアは深いため息をついたあと、ひとつの提案をした。それを聞いたリュディは、衝撃に強張(こわば)った顔で両膝に視線を落とす。

「それにしても、こういうのを血は争えないというのかしらね」

母の言葉に、リュディは首をかしげた。いったい何のことを言っているのだろう。

「あなたには話してなかったけど、ラシュローには私から想いを告げたのよ」

「そういえば、お父様から聞いたことがありましたね」

リュディはくすりと母に笑いかける。グラシアは身体全体を揺らすようにうなずいた。

「私の人生でも一、二を争うほどの長い戦いだったわ。身分違いを理由に断られ続けたもの。話を聞いてもらうまでに半年、想いを受けとめてもらうまでに三年、答えをもらうまでにさらに二年かかった。『からかわないでいただきたい』と、どれだけ言われ続けたか」

「私がお父様でも、断り続けたと思いますよ」

父はナヴァール騎士団の騎士団長を務めるほどの実力者だったが、生まれは平民だった。生粋の貴族である公爵家の娘と釣りあうものではない。

「でも、私の目はたしかだったでしょう？」

得意そうな笑みを、グラシアは浮かべる。

「もちろん、ラシュローも何もしなかったわけじゃない。私の想いを受けいれてくれたあと、私が誹謗（ひぼう）されないように、公爵家を継ぐ者として恥じぬよう力を尽くしてくれた。あなたに想い人がいるなら、やれることをやりなさい」

リュディは再び膝に視線を落とす。彼女の胸の奥では無数の感情が渦巻いていた。

†

軍議が終わったあと、ティグルは浴場へ足を運んだ。ひとりで考えごとをしたかったのだ。かなり遅い時間であるため、湯はすっかりぬるくなっていたが、それでも心地よかった。

――まさか、俺とザイアン卿がそれぞれ軍を率いることになるとはな……。

昨年の春のムオジネル攻めのときを考えると、世の中はわからないものだと思う。ザイアンに対してはどうしても嫌悪感が先に立ってしまうのだが、彼の提案に可能性を感じたのはたしかだ。それに、ザイアンの表情からは、必ずやり遂げようという強い意志がうかがえた。彼を信頼して、協力すべきだろう。

――それにしても、エレンたちが王都にいてくれるのはありがたいな。

彼女たちとロランがいれば、どのような敵からもレギンを守り抜いてくれるだろう。ランブイエまでの行軍について考えはじめたとき、出入り口のあたりでもの音がした。

――誰か入ってきたのか？　こんな遅くに。

視線を向ける。薄闇の奥に人影がひとつ見えた。背丈は自分より低い。その人影は出入り口からこちらをじっと見つめていたが、やがて大股で近づいてきた。

ティグルは目を瞠る。人影の正体はリュディだった。厚手の大きな布を身体に巻きつけて胸から太腿の半ばまでを隠しているが、身体の輪郭が浮きでているあたりから、その下には何も身につけていないことがわかる。

　恥じらいを多分に含んだ表情といい、鎖骨や胸元、胸から腰にかけての曲線といい、おもわず唾を呑みこんでしまうほど扇情的だった。

「ティ……ティグル」と、強張った顔と上ずった声で、リュディはティグルに呼びかける。

「あなたの背中を流しに来ました。さあ、どうぞ」

　腰に手をあて、床を踏みしめ、胸を張って、宣戦布告であるかのように言った。ティグルは呆気にとられた顔で彼女を見つめる。何かの冗談か、いたずらとしか思えなかった。

　おたがいに見つめあった状態で、十を数えるほどの時間が過ぎる。ぎこちない沈黙はリュディのくしゃみによって破られた。

「まだリュディは湯浴みをすませてなかったのか？　俺は出るから……」

　そういう解釈ですませようとして、ティグルは立ちあがりかける。だが、すぐに思い直して再び肩まで湯に浸かった。リュディの姿に、身体の一部が強く反応してしまっているのだ。股間を手で隠しながら浴場を出るのは、さすがに恥ずかしい。

　手桶などは離れたところにある。どうしたものかと悩んでいると、リュディが動いた。床に布を落とし、身体を隠すことなく浴槽に入ってくる。文字通り彼女のすべてが視界に飛びこんできて、ティグルは混乱した。身体中が熱くなり、ますます動けなくなる。

　リュディは呼吸を荒くしながら、湯をかきわけるようにしてティグルににじり寄った。

「さ、さあ、ティグル、どうですか。逆に、あなたが背中を流してくれてもいいんですよ」

ティグルは目を固く閉じると、膝立ちになって湯をかきわけながらリュディを迂回する。とにかくこの場から逃げなければと思った。だが、まぶたの裏にはすでにリュディの白い裸身が焼きついている。それもあって方向感覚がまるで働かない。

右手が浴槽の縁に触れた気がした。ティグルは左手で股間を隠しながら、薄く目を開けて勢いよく立ちあがる。目の前にリュディの顔があった。彼女はとうに浴槽から出ていたのだ。

「さあ、ティグル、観念して……」

リュディがティグルへ両手を伸ばした。ティグルが反射的に後ずさると、彼女は再び浴槽に足を踏みいれる。そして、足を滑らせた。

ティグルはとっさにリュディに手を伸ばす。盛大な飛沫(しぶき)がはねあがった。

「だ、だいじょうぶか、リュディ」

浴槽の縁のそば、底より一段高いところに座る形で、ティグルは彼女を抱きとめていた。

リュディのやわらかな身体が、自分の身体と密着している。顔が熱くなったが、ティグルはどうにか理性を働かせてリュディを横たえた。それから、自分の左手が彼女の乳房に触れていることに気づく。離そうとすると、リュディがティグルの左手をつかんだ。

「もっと私を感じてください、ティグル」

上気した顔で、リュディが笑いかけてくる。彼女の胸に目を向けた。形のよい乳房は湯に濡れて、吸いよせられそうな艶めかしさを放っている。その中央には薄紅色の突起があった。

「そういえば、昔もこんなふうに助けられたことがありましたね。十四歳のとき」

リュディが微笑む。ティグルの脳裏にも当時の光景がよみがえった。

四年前、故郷の川で二人で遊んだときだ。水が膝に達しないほどの浅い川で、リュディが足を滑らせた。ティグルはとっさに彼女を抱きしめたが、二人そろって倒れる形となり、頭からずぶ濡れになった。

似たようなことは、十歳のときにも、十一歳のときにもあった。そのときは顔を見合わせ、無邪気に笑いあった。だが、十四歳のときは違った。おたがい成長していたからだ。

濡れた服が張りつくことで浮かびあがった身体の輪郭に、言葉にし難い感情を覚えた。ティグルも、リュディもだ。感じたのは羞恥だけではなかった。あのとき、ティグルは彼女を気遣う一方で、その華奢な身体を抱きしめたいとも思った。

ぼんやりと昔のことを思いだしていたら、左手が動いていた。五本の指がリュディの乳房を撫でまわし、やわらかさをたしかめるように揉みこむ。リュディが声を詰まらせた。

その声で我に返ったティグルは、リュディの手を振りほどいて慌てて立ちあがる。

「す、すまない……！」

だが、焦りと動揺はすぐに、別の焦りに取って代わった。リュディの視線が、自分の股間に注がれていたからだ。さきほどから静まることなく自己主張しているそれは、リュディを抱きしめたためなのか、さらに活力をみなぎらせている。

ティグルは慌てて浴槽を飛びだした。そのまま浴室を出ていこうとしたが、二歩目で思いとどまる。自分とリュディが二人で浴場にいたことを誰かに知られたら、まずい。それに、リュディの行動はあきらかにおかしい。

そんなふうに考えることができるようになったのは、湯から出たためかもしれない。

彼女に背を向けた状態で、事情を話してくれるのを黙って待つ。

ややあって、彼女は少しずつ話しだした。

ガヌロン討伐に参加する条件として、グラシアは娘にあることを要求した。戦に出る前に、恋人であるティグルと関係を持つようにというものだ。

「グラシア様は、どうしてそんな条件を……？」

「たぶん、私に諦めさせるために言ったんだと思います」

ティグルは納得した。おそらく娘の態度から、グラシアはティグルとリュディが恋人同士ではないと見抜いたのだろう。そこで、リュディの虚勢につけこんだのだ。

憮然としてしまう。リュディにもグラシアにも腹を立てる気にはなれない。自分にとっても耳の痛い話だったからだ。

血をつなぎ、家を残す。それは領主貴族の義務といえる。だが、もしもティグルが望み通り、ミラと結ばれたら、状況次第ではその義務を果たせなくなるかもしれない。

ティグルには腹違いの弟のディアンがいる。しかし、ディアンはまだ三歳だ。今後、健康に育ってくれたなら父のあとを任せることもできるだろうが、いま決めていいことではない。

――俺のことはいい。

いまはリュディの抱えている問題を何とかすべきだ。

彼女をこのまま放っておくわけにはいかない。ティグルは首を左右に振って考えを切り替えると、彼女を振り返った。うつむいているリュディに言葉をかけようとしたが、いざとなると何を言えばいいか思い浮かばなかった。

「その、何だ、俺もできるかぎり君の力になるから……」

リュディが顔をあげる。楽しそうな笑みが口元に浮かんでいた。

「あなたは私のこと、好きですよね？」

「まあ、好きかと言われればな」

そこは認めるしかない。自分とミラのためを思えば嘘であっても嫌いと言うべきかもしれないが、それが正しいとは思えないし、そのような嘘はすぐに見破られるだろう。

「それなら私とミラの両方を選んでもいいじゃないですか。お母様からの要求と勢いだけでこんなことをしたわけじゃありません。私自身がそうしたかったんです」

最後の言葉に、ティグルは自分でも驚くほど動揺した。彼女を抱きしめたいという想いが活力を取り戻しかける。

リュディはこういう娘なのだ。

自分を選んでほしいというのではなく、自分も愛してほしいと考えることができる。

彼女の一途な想いに、何かを返さなければならない。

「それに、有力な貴族なら妻の二人や三人は珍しくありませんよ。正妻はひとりですが、私はそこにこだわりません。それに、愛妾（あいしょう）を迎えることも政策のひとつという場合もあります」

「それはわかるが、俺はそこまで器用じゃないんだ」

「そうでしょうか？　いえ、あなたを侮辱するつもりはないんですが、いざそういう立場になったら、受けとめるべきことを受けとめてしっかりやるんじゃないかと……」

「侮辱とは思わないが、買いかぶりもいいところだ」

ティグルは肩をすくめる。そのとき、リュディの視線が動いた。

「それにしても、男のひとのものって、そんなふうに成長するんですね」

ティグルは何も言えなかった。

ただ、重苦しい空気がやわらいだのは、せめてものなぐさめになったかもしれない。


自分の部屋に戻ったティグルは、燭台に明かりを灯すと、黒弓の手入れをはじめた。なめした鹿の毛皮で弓幹を拭いていると、狩りに行きたい欲求が湧きあがる。ふと思った。

――俺はいままでエリスに祈りを捧げてきたが……。

この黒弓を使うのならば、ティル＝ナ＝ファに祈りを捧げるべきだろうか。獲物を仕留めるという行為は多くの場合、死を与えることであり、その点は女神の司るものにも通じる。

以前ならともかく、いまではティル＝ナ＝ファに祈りを捧げることに拒否感はない。だが、弓を学んでから十数年、ティグルはエリスの名を唱え続けてきたのだ。エリスに忌避感を抱いたわけでもないのに、急に対象を変えるのには戸惑いがある。

黒弓を使うときにはティル＝ナ＝ファの名を、ごくふつうの弓を使うときはエリスの名を唱えてみようかと考えたが、とっさのときに間違えてしまいそうだ。いっそ保留にしようかと思ったが、決まらないまま狩りに出るようなことがあっては狙いも定まらないだろう。

――エリスとティル＝ナ＝ファの名を唱えるか……？

複数の神の名を唱えるのはよくあることだ。慣れれば違和感も消えるだろうし、どちらかしか唱えないのよりは誠実に違いない。

そう考えて、ティグルはひとまず自分を納得させることにしたのだった。

†

翌朝、ティグルはリュディとともに、王宮の一室に滞在しているグラシアを訪ねた。

　グラシアは笑顔で二人を迎え、ソファを勧める。ティグルは挨拶をすませると、申し訳なさのようなものを感じながら話を切りだした。

「私は、リュディエーヌ殿と恋仲ではありません」

　やはり察していたのだろう、グラシアは驚くふうもなく、うなずく。

「残念ね。あなたになら我が公爵家を任せられると思ったのだけど」

「恐縮です」と、ティグルは頭を下げた。

「その上で、お願いがあります。リュディエーヌ殿が戦に参加するのを、無条件で許してあげていただけませんか」

　グラシアの目が細められる。挑戦と受けとったのか、彼女は楽しそうな笑みを浮かべた。

「だめと言いたいところだけど、ひとまず理由を聞かせてもらおうかしら」

　その口調は静かだが、威厳を帯びている。彼女は戦場に立ったことこそないが、公爵家に生まれて熾烈な政争の数々をくぐりぬけてきた歴戦の貴族なのだ。

　腹芸が下手でよかったと、ティグルは心から思った。もとより言葉巧みに相手を説得しようなどとは思っていないが、下手な真似をすれば瞬時に叩き潰されると確信できる。

「リュディエーヌ殿が、今度の戦には絶対に欠かせないひとりだからです」

「具体的には？」

「戦士としての強さ、兵たちの士気を高める指揮官としての手腕、肩を並べてともに戦っているときの安心感、一局面を任せられる信頼感、それらが彼女にはあります。私は春のはじめからリュディ……リュディエーヌ殿と行動をともにしていますが、何度も助けられました」

「それらがリュディにしか務まらない役目とは思えないわ。有能であれば、他の者でもできることではないかしら」

挑発するような口調で尋ねるグラシアに、ティグルは首を横に振った。

「ひとつひとつなら、代わりを務められる者がいるかもしれません。ですが、これらすべてをひとりでとなると、まずいないでしょう。リュディエーヌ殿が欠ければ、勝てる可能性がとても小さなものとなる。そう思います」

グラシアが視線で先を促す。ティグルはソファに座り直してから、言葉を続けた。

「バシュラルとの戦いは、王家の存亡がかかったものでした。今度の戦いは、王国の存亡がかかったものになります。自分の目的は国奪りだと、シャルルは言いました。どのようにそれを成し遂げるつもりなのかは想像もつきませんが、ブリューヌを大きく変えるのは間違いないでしょう。この戦いに負ければ、いまのブリューヌはなくなります」

「そうね。それにベルジュラック家もヴォルン家も、ただではすまない……」

グラシアはリュディに視線を移す。リュディは背筋を伸ばして母の視線に耐えた。その態度に微笑で応じて、グラシアはティグルへと視線を戻す。

「どうしてもリュディを連れていきたいというのはわかったわ。勝算を少しでも高めるためというなら、遠慮なくこき使いなさいな。でも、無条件でというのはどういうこと？　出撃前に誰かと婚約させるのもやめてほしいということでしょう」

「どなたとの婚約であっても、いまのリュディエーヌ殿には負担にしかなりません。それに、私たちがこうして話している間も状況は変わっています。王女殿下よりもファーロン王に従うことを選ぶ者がどれだけ出るか……」

レギンへの宣戦布告を見ても、敵がファーロン王の名を使って味方を集めるだろうことは容易に想像できる。レギン対ガヌロンならば、ガヌロンに味方するものはまずいない。しかし、レギン対ファーロンとなれば、ファーロンにつく者は間違いなく現れる。

「視野が狭くなっていたみたいだわ……。あなたには感謝しないといけないわね」

グラシアはため息をついて、自分の過失を認めた。婚約者の家族や縁戚から、ファーロン王に従うという者が出たら、婚約を急ぐあまり判断を誤ったとしてベルジュラック家も非難をまぬがれないだろう。

「気になさらないでください。グラシア様の考えも、リュディエーヌ殿とベルジュラック家を思ってのことですから」

ティグルはそう言って彼女をなぐさめる。ラシュローが生きていたら、グラシアもここまで娘の婚約にこだわらなかったに違いない。そう思うと責めることはできなかった。

ところが、気遣う必要はなかったようだ。彼女はすぐに気を取り直して何やら考えはじめ、両眼を楽しそうに輝かせる。

「婚約を餌に、敵にまわりそうな者をあぶりだす手は使えるかもしれないわ」

さすが公爵夫人というべきだろうか。ティグルもリュディも唖然として、とっさに言葉が出てこない。さらにグラシアはティグルの顔を覗きこんで、とんでもない提案をしてきた。

「どうかしら。あなたさえよければ、私の養子にならない？」

「お、お母様⁉　何を言いだすんですか」

リュディがおもわず立ちあがって叫ぶ。グラシアは平然と言い返した。

「優れた若者を養子に迎えるのは当然のことでしょう。わけありのようだし、ベルジュラック家の人間になれば、いろいろと助けてあげられるわよ」

「いえ……せっかくのお誘いですが、遠慮させていただきます」

どうにか失礼にならぬよう、ティグルは頭を下げる。大貴族のしたたかさを思い知らされた気分だった。「残念ね」と、グラシアはあっさり引きさがる。

「ところで、ちょっと話は変わるのだけど、事故や病で顔や身体に大きな傷を負い、そのせいで縁談や婚約がなかったことになるという話、聞いたことあるかしら？」

「そうですね。貴族にかぎらず、珍しくない話かと」

「ええ。そこでティグルヴルムド卿、私はあなたの責任感に期待していいのかしら」

グラシアの言葉の意味がわからず、ティグルは眉をひそめる。

「どういう意味でしょうか？」

「あなたはリュディを戦場に連れていきたい。でも婚約はさせたくない。ならば、もしもリュディが戦場で二目と見られないような傷を負ったら、その責任を誰にとらせるか、私は考えなくてはならないの」

ティグルは言葉に詰まった。グラシアの言うことはもっともだ。

「たとえば、お腹に傷を負ったとしましょうか。普段は服で隠せるとしても、リュディがいずれ好きな殿方と結ばれるとき、その殿方には傷を見せることになってしまう……。それが原因で破談になるかもしれない。私の言ってること、わかるかしら」

そこまで言われては、ティグルも答えざるを得ない。

「わかりました。リュディが傷を負ったら、俺が責任をとります」

「けっこう。あなたの責任感に期待させてもらうわ」

グラシアはソファから立ちあがると、壁に立てかけていた布の包みを両手で抱える。リュディに差しだした。

リュディが包みを取り去ると、中から一振り（ひとふ）りの剣が現れる。

黄金の鍔に青玉をあしらい、反りのある刀身は黄金と白銀で構成され、独特の輪郭を描いている。武器ではなく飾りもののように思えるが、並の剣にはない力強さを感じさせた。

握りしめてみると、軽い。否、振るうのに必要なだけの重みがある。

「デジレさんにお願いしていた剣か？」

ティグルが訊くと、リュディはうなずいた。これならデュランダルを持ったシャルルとも戦えるだろう。ガヌロンにも通じるかもしれない。

「何という名前にするの？」と、グラシア。

「もう決めています。——『誓約の剣（セルマーヴェ）』です」

揺るがぬ決意を抱いて、リュディは答える。この剣で必ずガヌロンを討ちとるという誓いをこめた名だった。

「ありがとうございます、お母様」

誓約の剣を鞘におさめて、リュディは母に頭を下げる。グラシアは二人に言った。

「あなたたちに私の好きな言葉を贈るわ。——諦めなければ終わりじゃない」

その通りだと、ティグルは思った。これまで何度も厳しい現実を突きつけられてきた。それでも諦めず、前に進み続けた。だからこそ、いまがある。

この戦いも、決して諦めない。ティグルはあらためて決意を固めた。

二人はグラシアに礼を言って部屋を出ようとしたのだが、グラシアは娘を呼びとめた。

「ティグルヴルムド卿は、先に外で待っていてちょうだい。たいして時間はかからないわ」

ベルジュラック家のような貴族なら、他人には聞かせられないような話などいくらでもあるのだろう。ティグルは彼女に一礼して、廊下に出た。

はたして、百を数えるかどうかというところでリュディは出てくる。その顔には隠しきれない動揺が浮かんでいた。さすがに心配になって、ティグルは尋ねる。

「だいじょうぶか？　何か深刻なことでも……」

「い、いえ、だいじょうぶです！　何も問題はありません！」

リュディは顔を赤くして、勢いよく両手を振った。そのような反応をされるとよけい気になるものの、これ以上聞きづらい。

「わかった。だが、ひとりで抱えこまないでくれ。俺だって話を聞くぐらいはできる」

ティグルがそう言うと、リュディは呆れた顔でこちらを軽く睨んできた。

「誰のせいだと思ってるんですか……」

そのつぶやきに、ティグルはますます気になり、並んで廊下を歩きながら何度かリュディに聞いたのだが、彼女は怒ったように横を向いて答えてくれなかったのだった。

†

陽光が射しこむ訓練場の一隅で、二人の男女が向かいあっている。

リュディとロランだった。リュディは普段から使っている剣と、誓約の剣をそれぞれ左右の手で握りしめ、ロランはありふれたつくりの大剣を両手でかまえている。

「それが、バシュラルの剣を鍛え直したものか」

誓約の剣に視線を向けて、ロランが微笑を浮かべた。リュディも強気な笑みを返す。

リュディが床を蹴った。左右の剣を振るって、ロランに斬りつける。ロランは二本の軌道を正確に読み切り、一歩半ほど後ろにさがって斬撃をかわした。リュディは勢いよく前に出て距離を詰めると、さきほどとは異なる軌道で剣を振るう。

すんだ金属音が響いた。リュディの剣を、ロランが大剣の刃で弾き返したのだ。

「こちらもあるていどは動かねば、訓練にならんか」

つぶやくと同時に、ロランが動く。リュディの右側面にまわりこんで大剣を叩きつけた。リュディはとっさに床を転がってその一撃を避ける。剣で受けても、衝撃に耐えられずに姿勢を崩すと判断したのだ。

「すぐに立てねば、自分自身を追い詰めるだけだぞ」

リュディが身体を起こしたところで、ロランが猛然と突撃してくる。斬るのではなく、体当たりを仕掛けてくるつもりだ。リュディは逃げず、左右の剣でロランの大剣に斬りつけた。

衝撃とともに、リュディの身体が吹き飛んで床に叩きつけられる。だが、リュディはすぐに立ちあがって、二本の剣をかまえた。ロランは大剣こそかまえているが、体当たりを仕掛けた場所から動いていない。

「このあたりで止めておくか」

　大剣を肩に担いで、ロランが言った。リュディは剣を持った右手で前髪をかきあげる。

「外された肩が痛むんですか？」

「少しはな。だが――」

　肩に担いでいる大剣の刀身に、ロランは目を向ける。全体的に細かい傷だらけだが、とくに鋭い傷跡がひとつあった。

「これ以上続ければ、この剣が折れるかもしれん。デジレ殿はいい仕事をしたようだ」

　ロランの言葉に、リュディは嬉しそうにうなずいた。誓約の剣は軽く、鋭く、片手で振るっても振りまわされることがない。ガヌロンに通じるかはわからないが、戦場で活躍できることは間違いない。

「だが、二本の剣を同時に扱うのはなぜだ？　そのような戦い方はしていなかっただろう」

　率直な疑問をぶつけるロランに、リュディは真剣な表情で答える。

「まともなやり方では刃が届きません」

「なるほど」と、ロランは納得したように表情を緩めた。

「では、もう少し体術を鍛えた方がいいだろう。私とリュディエーヌ殿では体格が違うが、基本となる部分はそう異ならないだろうからな」

「ありがとうございます」

　再び二人は正面から向かいあう。ただし、剣を打ちあうようなことはせず、おたがいにゆっくりと剣を振るって、かまえや動きを研究していった。

暗くなってきたところで、ロランが「切りあげよう」と、提案する。そのときには、二人とも多量の汗を流していた。服が身体に張りついている。

「私はまだやれます」

「身体を休めるのも大事なことだ。まして、あなたは戦場へ向かうのだから」

諭(さと)すような口調でロランに言われると、リュディもそれ以上、我を通すことはできない。深く頭を下げて、礼を述べた。

†

出陣を明日に控えた夜、ザイアンは父であるテナルディエ公の部屋を訪ねた。突然、呼びだされたのである。

テナルディエ家の人間としてふさわしい振る舞いをするようにと激励されるのだろう。ザイアンはそのように考えていたが、少し違った。父は、葡萄酒を用意していたのだ。

「飲め」という短い一言とともに、渡された銀杯へ赤い液体が注がれる。ザイアンは戸惑い、ぎこちなく頭を下げることしかできなかった。

――こうして父上と二人で飲むのはいつ以来だ。

半年ぶりぐらいだろうか。とにかく父は多忙だった。

銀杯に口を付けながら、そっと父の様子をうかがっていると、急に名を呼ばれた。おもわず背筋を伸ばしてしまう。これはもう習性のようなものだ。何を言われるのだろうと心の中で身がまえたが、父が続けて発した言葉は思いもよらないものだった。

「おまえは妖術を信じるか？」

とっさにザイアンは答えられなかった。妖術などというものと無縁そうな父が、そのような質問をしてくることが理解できない。

いつものザイアンなら、父に何かを聞かれた場合、とっさに父の気に入りそうな答えをさがすのだが、今回はそうしなかった。驚きが、そうさせなかったのだ。

「妖術なのかはわかりませんが、いまだにあれは何だったのかと思うことはあります」

昨年の春、ムオジネル攻めのときに、テナルディエ公が従えていた地竜（スロー）たちが一体残らず何ものかに殺害されたことだ。

ザイアンが飛竜に乗るようになって一年半がたとうとしているが、竜の力強さを知るほど、いったいどのような存在が地竜たちを葬り去ったのか、気になる。

つっかえつっかえではあったが、そのような考えをザイアンは話した。テナルディエは厳（いか）めしい表情を微塵も変えずに、黙って耳を傾ける。聞き終えると、小さく唸った。

弱気な発言に聞こえて機嫌を損ねたのだろうかと冷や汗をかくザイアンに、テナルディエは頭を下げて、「すまんな」と詫びた。

突然、謝られて、ザイアンは困惑する。顔をあげて、テナルディエ公は説明した。

「ガヌロンは妖術を使うという話がある。私自身、妖術としか思えぬものをいくつか見た。そのことを知っていながら、私はおまえを指揮官に推したのだが、間違いだったやもしれぬ」

テナルディエがザイアンを推薦したのは、息子に機会を与えたかったからだが、それだけではない。ティグルへの対抗心のようなものがあった。自分の息子も、決してひけはとらないはずだという思いがあったのだ。

だが、もしもザイアンが命を落とせば、テナルディエは永久に後悔するだろう。

「何を弱気なことをおっしゃいますか、父上」

身を乗りだして、ザイアンは言った。

「敵に妖術があるなら、私には飛竜があります。とくにあの飛竜は、さきほど話したムオジネル攻めでも生き残った悪運の強いやつです。今度の戦でも生き延びるでしょう」

武勲をたてる機会を与えられたことを、ザイアンは緊張を覚えつつも喜んでいた。だから、そのようなことで謝られたくはなかったのだ。

「そうか。そうだな……」

いつになく穏やかな表情で、テナルディエはうなずいた。銀杯を呷る。

「ザイアンよ、テナルディエ家のことは考えずともよい。まずおまえ自身の武勲をたてよ」

ザイアンはしっかりうなずいた。

†

ミラの部屋をリュディが訪ねたのは、夜中といってもいい時間だった。

「すみません、こんな遅くに」

さすがに不機嫌そうな顔で応対したミラに、まずリュディは頭を下げてくる。二人とも薄地の夜着に身を包んでいた。

「大事な話があるんです」

「そう願いたいわね。ただの世間話でこんな時間に来られたら困るわ」

文句を言いながらも、ミラはリュディを部屋の中へ招き入れる。夜中であることに加え、水がないので紅茶は出さなかった。

ベッドに腰を下ろしたミラを、リュディはソファに座って見つめる。真剣な表情だった。

「ミラ、単刀直入に言います。私と共闘しませんか」

「何のこと？」

ミラは眉をひそめる。リュディは小さく息を吸って吐いた。左右で色の異なる瞳が輝く。

「あなたは、ティグルのことが好きですよね」

ミラは何度か瞬きをした。いまさら何を言うのだろう。

「私もティグルのことが好きです」

「知ってるわよ」

ミラの口調はさすがに呆れたものになる。だが、そこでさきほどのリュディの言葉を思いだした。共闘しないかと、彼女は言ったのだ。

「他に、ティグルを好きな……あるいは、狙っているひとがいるということ？」

ソフィーとの会話を思いだす。いまのティグルの立場を考えれば、声をかけてくる諸侯の令嬢が出てきてもおかしくない。大半が政略目的だとしても、ひとりか二人はティグルに好意を抱く者が出てくるかもしれない。

はたして、リュディはうなずいた。そこで、ミラは首をかしげる。

リュディはこう見えても、ベルジュラック公爵家の令嬢だ。家の権威で彼女に対抗できるのはテナルディエ家ぐらいであり、それを思えば諸侯の大半はティグルから手を引くはずだ。

そのリュディが自分に協力を求めるほど、手強い相手がいるというのか。

誰かしらと考えていると、リュディが答えを口にした。

「レギン殿下です」

沈黙が部屋の中に満ちた。

ミラは呆気にとられた顔で、リュディを見つめた。とっさに出そうになった大声を呑みこんだのは褒められていいだろう。

──嘘でしょう……⁉

この国の統治者となった娘が、ティグルに好意を抱いているというのか。

だが、言われてみると、思いあたる節はある。諸国への謝礼を決める会議でも、自分が紅茶をご馳走(ちそう)したときも、レギンはティグルにたいそう好意的だった。それを、ミラはブリューヌを救った英雄に対する信頼だと捉えていたが、認識が甘かったのかもしれない。

「本当なの？」

「母から聞かされました。母は殿下との会話で、それらしいことを察したと」

ミラの胸中で不安が湧きあがってくる。これは手強いどころではない。

「母によると、殿下はこの戦が終わったあと、ティグルに何らかの地位を与えて王宮に留め、仲を深めていくつもりのようです。来年の春、ヴァンセンヌで祝宴を開くつもりだとか」

ミラは息を呑んだ。そうなったら最悪の展開だ。自分が何もできないところですべてが決してしまう。それに、これはティグルも断れないだろう。統治者たる王女の要求なのだ。断るなら国を離れる覚悟がいる。そして、アルサスや家族のことを思えば、そんなことはできない。

リュディが話を続ける。

「殿下は、八年前にはすでに、ティグルへの好意を自覚していたそうです」

「八年前って、あの狩猟祭のことでしょう。でも、ティグルはそんなふうには……」

そこまで言って、ミラは認識のずれに気づかされた。

ティグルにとって、狩猟祭の出来事は、王子と二人でやったいたずらのようなものなのだ。

あとから王子が王女だったと聞かされても、ときめくわけではない。

一方、レギンにとっては、変わった男の子が新鮮な発見をさせてくれた出来事である。

——我が国の陛下がこのことを知ったら……。私に手を引けと命じるでしょうね。

戦姫と王女が男を取りあうなど、論外だろう。

「だから、私と共闘しないかというわけです」

リュディが身を乗りだして話を続ける。

「私はこの国の中で、時間稼ぎができます。代わりに、二人でティグルを共有しましょう」

ミラは唸った。この申し出をはねのけるのは勇気がいる。

「少し考えさせて」

そう答えるのが精一杯だった。

†

一筋の木漏れ日すら射さぬ暗い森の中に、巨大な何かがうずくまっている。

竜だ。体格は地竜とほぼ同じだが、地竜より二回り以上大きい。身体を覆う鱗は鉄の色をしている。異様なことに、額が縦に割れており、そこから血の色をした目玉が覗いていた。

竜ではなく、魔物だった。名をドレカヴァクという。

ドレカヴァクは傷だらけだった。顔や背中には深い裂傷がいくつも刻まれ、鱗もかなりの数が剥がれ落ちている。頭部の角には亀裂があり、爪も何本か折れていた。すべて、ガヌロンとの戦いによって負った傷である。

ふと、それまで巨岩のごとく微動だにしなかった魔物が、かすかに身じろぎをした。何ものかが近づいてくることに気づいたのだ。

暗がりの奥から現れたのは、人間だった。黒いローブをまとい、フードを目深にかぶって、顔には仮面をつけている。身体の輪郭から女性であることだけはわかった。

この女性もまた魔物である。名を、ズメイ。

ズメイはドレカヴァクの前まで歩いてくると、一切の感情をうかがわせない声で言った。

「手ひどくやられたものだな」

「コシチェイは異神の力を借りていた」

淡々と、ドレカヴァクは答える。コシチェイとはガヌロンのことだ。

三百年前、ガヌロンはコシチェイという魔物と戦い、喰らって己の体内に取りこんだ。そのような経緯から、魔物たちは彼のことをコシチェイと呼んでいる。

一呼吸分の間を置いて、ズメイは確認するように問いかけた。

「異神……海の向こうの神か？」

「おそらくアーケンだ。コシチェイの近くにいるものたちも、その眷属(けんぞく)──使徒だろう」

アーケンは冥府を支配する神で、キュレネー王国で信仰されている。その姿は蛇に酷似しているというが、真の姿はドレカヴァクもズメイも知らない。

「使徒たちが、なぜコシチェイと手を組んでいる？」

ズメイが首をかしげる。無意識の動きだった。

「人間らしくなったものだ」と、ドレカヴァクはいくばくかの蔑みをこめて笑う。それに対してズメイが何かを言う前に、竜の姿をした魔物は話を進めた。

「使徒たちの目的は、アーケンを地上によみがえらせることだ」

「なるほど……。この地へ来たのはそういうわけか」

ティル＝ナ＝ファを地上に降臨させることが、ズメイたちの目的である。そのために、彼らは必要な手を打ってきた。人間たちを争わせ、大量の血を流させ、屍の山を築かせたのも、女神に供物として捧げるためだ。この大地は、女神を降臨させる儀式を行うのにふさわしい場として完成しつつある。

そのことを、ガヌロンは使徒たちに教えたのだ。

──ムオジネル王国にいながら、やつらの動きをつかめなかったのはうかつだったな。

ズメイはアジ・ダハーカと名のり、占い師としてムオジネルの王宮に潜りこんでいた。ムオジネルを他国と争わせるか、内乱を起こすために暗躍していたのである。

しかし、ズメイは、ムオジネルと国交があるイフリキアやキュレネーといった国々には目を向けていなかった。ティル＝ナ＝ファの降臨には関係ないと思っていたのだ。彼らの動きを警戒していたら、もっと早く気づけたかもしれない。

ともかく使徒たちの目的がわかったことで、彼らとガヌロンの間にかわされた取り引きについても、ズメイは推測することができた。

ガヌロンは、アーケンを復活させるための手伝いをする。

その見返りに、使徒たちは三百年前に死んだ人間をよみがえらせる。これは、よみがえらせる術法の力を人間で試すという目的もあったのだろう。

「人間をよみがえらせれば、次は神の番か」

独り言のように、ズメイはつぶやいた。アーケンが地上によみがえれば、ティル＝ナ＝ファの降臨を行うどころではなくなる。何としてでも阻止しなければならない。

しかし、ズメイは静かな声でドレカヴァクに告げた。

「私は様子を見る」

「貴様も、女神の降臨を渇望していたと思ったが」

そう問いかけながら、ドレカヴァクの声に意外そうな響きはない。ズメイは答えた。

「使徒たちは、魔弾の王を我々の望む形で完成させるやもしれぬ」

ブリューヌの人間たちはもちろん、魔弾の王と戦姫たちも、ガヌロンと使徒たちを打倒しようとするだろう。当代の魔弾の王――ティグルヴルムド＝ヴォルンはなかなかの成長ぶりを見せているが、まだ完成には至っていないと、ズメイは考えている。

「貴様はどうするのだ。傷が完全に癒えるまでには、まだ時間がかかるだろうが」

ズメイが訊くと、ドレカヴァクは当然のように答えた。

「機を見てコシチェイを眠らせる。使徒たちも放ってはおかぬ」

「無理はせぬことだ。もう私と貴様、コシチェイしか残っていないのだから」

ズメイは彼に背を向けて、静かに歩きだす。ドレカヴァクは反応してこなかった。

使徒たちの存在は面倒だが、ドレカヴァクが彼らに意識を向けてくれるのはありがたい。その間に、自分はやるべきことができる。

――女神を降臨させる器を手に入れねば。

これまで魔物たちは、魔弾の王の肉体にティル＝ナ＝ファを降臨させようとしてきた。黒弓を通じて女神に接触できる魔弾の王は、神を宿す器として充分な素質を備えているからだ。

だが、魔弾の王でなくとも、強い心を持つ者ならば器となり得る。

そのような者を、ズメイはさがすつもりだった。

4　アーケンの使徒

夜も更けたころ、シャルルは素裸でベッドに腰を下ろして、地図を眺めていた。

ここはランブイエ城砦の一室だ。明かりは、ベッドのそばの燭台に灯された小さな炎だけである。だが、彼にはそれだけで充分だった。

シャルルの後ろで、何かがもぞもぞと動いた。さきほどまで彼が抱いていた娘だ。城砦の近くにある村の者で、気に入ったからというだけで口説いて、部屋に連れこんだ。当然、彼女もシャルルと同じく一糸まとわぬ姿であり、長い黒髪はおおいに乱れている。

彼女は薄地の毛布をたぐりよせて胸元を隠してから、シャルルに声をかけた。

「何をなさっているんですか……？」

「地図を見ている」

娘を振り返って、シャルルは手に持った地図をひらひらと振る。ブリューヌを中心に、近隣諸国を描いた大陸の地図だ。

「俺が最近まで見ていた地図はずいぶん古いやつでな、いまの地図とは似ても似つかん。どうしてそうなったのか、想像をかきたてられる」

娘は不思議そうに首をかしげる。彼女は今年で十六歳になるが、自分の村と、近くにある村や町しか知らない。地図を見て楽しいと思う感覚がわからなかった。

「少しつきあえ。なに、よくわからなくても聞くふりをしてりゃいい」

シャルルが言うと、娘はおとなしく身を寄せてくる。

彼女の頭を軽く撫でてから、シャルルは地図を指で示した。

「この国は、三百年前はいまより一回り以上小さかった。お隣のジスタートもだ。アスヴァールは島だけしか治めてなかった。ザクスタンなんて国はなかった。カディスはいつ滅んだんだっけかな……。他にも小さな国がたくさんあった。都市国家なんてのもあったな」

正直な感想としては、三百年も続いたばかりか、領土の拡大までしているのだから大成功ではないかというところだ。十年ともたなかった国を、シャルルはいくつも知っている。

「最初にこの国をつくった王様はな、三百年ももつなんて思っちゃいなかった。死んだあとのことなどどうにもなりゃしねえが、孫の代まで続いてくれりゃ万々歳ってところだな」

「じゃあ、最初の王様がいまの国を見たらとても驚いたのでしょうか」

「そうだなあ。十歳まで面倒を見ていた子供がいたとして、十年ばかり出稼ぎに行って帰ってきてみたら、二十歳になって見違えるほどに成長したその子供が出迎えてくれた、というぐらいには驚いたんじゃねえかな」

シャルルのたとえ話がおもしろいと思ったのか、娘は小さく吹きだした。

「十年でもいろいろ変わるんですから、三百年なんて、きっと何もかもが違うんでしょうね」

「ああ。でも三百年たとうと変わらねえものもある。男と女だ」

そう言うと、シャルルは地図を床に放って、娘を抱きよせる。唇を奪った。

そのまま彼女とベッドに倒れこもうとしたところで、扉が外から叩かれる。シャルルは動きを止め、深いため息をついた。娘から身体を離して立ちあがる。下着とズボンを穿いた。

「おまえはそのまま寝ていていいぞ。夜が明けたら帰れ」

娘に背中を向けたまま、そう告げると、わずかな間を置いて、「行ってらっしゃい」という小さな声が返ってきた。可愛い娘だと思いながら、シャルルは部屋を出る。

外で待っていたのはガヌロンだった。シャルルの姿を見て、顔をしかめる。

「まずは井戸だな。軽く汗を流せ。その間に着替えを用意する」

「着替えってことは、客か。こんな夜遅くに」

「諸侯が二人到着した。日が落ちてもかまわず馬を進ませて、いま着いたというわけだ。領地は小さく、抱えている兵も少ないが、おまえはねぎらってやりたいだろう」

ガヌロンの言葉に、シャルルは上機嫌でうなずいた。

「さすが、わかってるな。そういう連中の必死さに応えてやってこそ、次も見込める」

並んで廊下を歩きながら、シャルルは話題を変えた。

「それにしても、健康で若い身体というのはすばらしいな。すぐに勃ってくれるし、長くもってくれるし、一戦でくたびれちまうこともない」

「他の感想はないのか」

「真面目な話はさんざんしただろう。ただ、人間の身体ってのは三百年たとうと変わらないものだなとも思った。葡萄酒(ヴィノー)やチーズは昔にくらべてずいぶんうまくなったのに」

シャルルが生きていたころの葡萄酒は、もっと酸っぱかったり、苦みがあったりした。チーズにしても同様で、長期間保存するために塩気が強すぎたり、硬すぎたりしたものだ。

「犬や猫だって、三百年前と変わらぬだろう。人間もそうだというだけだ」

「おまえらしいもの言いだな」

シャルルは肩を揺らして笑う。また話題を変えた。

「これからどう動く？　いつまでもこの城砦にいるわけじゃねえだろう」

ランブイエ城砦は手堅いつくりの城砦だが、長期にわたって敵の攻撃を受けとめられるものではないというのが、シャルルの出した結論だ。間取りや隠し通路について、敵にすべて知られているという問題もある。援軍を見込めるのでもないかぎり、拠点にする意義は薄い。

そうなると、王都ニースを目指すか、ルテティアの中心都市であるアルテシウムまで退くかを選ぶことになる。どちらの手にもそれぞれ利点と欠点があった。

王都を目指しても、王女の軍と戦うには味方が足りない。不利な戦いを強(し)いられる。だが、食糧や武器の心配をせずにすむし、上手くいけば主導権をとることもできる。

アルテシウムまで退(しりぞ)けば、王女の軍に他の都市や町をおさえられ、包囲され、孤立する可能性が大きい。ただし、相手の補給線を伸ばすことができる。それに、アルテシウムの方がこの城砦より戦いやすいだろう。また、味方がいまより増えることも期待できる。

　ガヌロンはわずかに首を動かして、シャルルを見上げた。

「おまえは王都を目指したいのだろうな」

「その方が性に合うからな。やれるか？」

　シャルルの問いかけに、ガヌロンはふっと力の抜けた笑みを漏らす。彼にとって懐かしいやりとりだった。王になる前のシャルルは、多くの場合、「やれ」と命じてきた。王になってからは、「やれるか」と聞いてくるようになった。

「ひとつ手は考えてある」

　ガヌロンの提案は、この城砦を取り戻すべくやってくる王女の軍を引きつけた上で、彼らをかわして王都を目指すというものだ。

「それから、この城砦に向かってくるだろう魔弾の王に、使徒をぶつける」

　アーケンの降臨を求める使徒たちに、ガヌロンは邪魔者を排除してからだと答えた。魔弾の王を打ち倒すまで待てと。使徒たちにとっても、魔弾の王は目障(めざわ)りなはずだ。

　ガヌロン自身は、シャルルがよみがえった以上、もはやティル＝ナ＝ファのことなどどうでもいい。魔弾の王が命を落としても困ることはない。アーケンの三使徒と相打ちになってくれることが理想だが、どちらかが倒れるだけでも、シャルルの覇道がいくらか楽になる。

「両者の戦いの結果がわかり次第、この城砦を捨てるというわけか」

「そうだ。魔弾の王の存在は、この戦いを左右する」

「だが、あの使徒どもが三人……三体か？　三体がかりで襲いかかったら、あの若者でも危ういんじゃないか」

シャルルの見るところ、魔弾の王はまだ完成していない。完成していたら、アーケンの使徒と互角以上に戦い抜くだろうが、王宮で見たときのままだったら、負けるだろう。

「使徒どもはそのような真似をせん」と、ガヌロンは首を横に振った。

「やつらに接触してからいろいろと調べたが……。神に仕えるものとして、複数で戦うという真似ができんのだ。魔弾の王のことも見下していただろう」

「哀れなやつらだな。だが、監視を怠るなよ。魔物たちもな」

「わかっている。そのための、この身体だ」

二人は井戸のある中庭に出た。離れたところの篝火ぐらいしか明かりになるものがないにもかかわらず、シャルルはズボンと下着を脱ぎながら危なげなく歩いていく。

「――ガヌロン」

不意にシャルルは足を止め、背中を向けたままガヌロンに呼びかけた。

「おかげでやり残したことをやれそうだ。礼を言う」

「そんなものはいらん」

すげなく答えて、ガヌロンもまたシャルルに背を向ける。彼の着替えを用意するべく歩き去った。シャルルは井戸まで歩いていくと、水を湛えた深淵を覗きこむ。

「三百年か……。長い間ひとりにさせちまって、すまなかったな」

そのつぶやきは夜風にかき消されて、誰の耳にも届かなかった。

†

王都を進発したブリューヌ軍は、街道の分かれ道まで来たところで、予定通り二手にわかれた。ティグルヴルムド＝ヴォルン率いるヴォルン隊と、ザイアン＝テナルディエの率いるテナルディエ隊とにだ。

それぞれ兵力は約一万。諸侯の軍が八千五百、騎士が一千五百という構成だ。ただし、ヴォルン隊の方がテナルディエ隊よりいくつかの点で恵まれている。

ヴォルン隊には客将としてジスタートの戦姫リュドミラ＝ルリエがいるし、リュディエーヌ＝ベルジュラックも副官としてティグルのそばにいる。当然ながらラフィナックとガルイーニンもいっしょだ。

また、ナヴァール騎士団の副団長オリビエが、ヴォルン隊の騎士たちのまとめ役を務めることとなった。さらに、サイモンの率いるザクスタン傭兵約五百が、ヴォルン隊に加わっている。

一方、テナルディエ隊にはそれほど武勲や功績の目立った者はいない。これは、テナルディエ公が自分の派閥に属する諸侯で息子の足下を固めたからだ。勇敢さよりも忠実さを重視した人選だったといえる。

ただし、指揮官であるザイアンの補佐をするべき副官については異例の人選となった。

テナルディエ家の人間ではない。ラニオン騎士団の団長デフロットである。バシュラル軍との戦いでは、ナヴァール騎士団とともにレギン王女を守り、奮戦してきた男だった。

彼は戦場で部下たちと苦境に陥ったとき、ザイアンに命を助けられたことがあった。その恩についてはオージュールの戦いで返したのだが、今度の戦いでも力を貸すと、彼はテナルディエに申しでたのだ。

テナルディエに理由を問われて、デフロットはこう答えた。

「竜騎士の戦いぶりを近くで見るためだ。それに、多くの騎士は当然ながらベルジュラック家に従うだろうからな。ザイアン卿に味方する騎士がひとりぐらいいてもよかろう」

騎士は王家に忠誠を誓っている。彼らの俸給も、また王宮から支払われている。

王家を歯牙にもかけない言動をするテナルディエ公爵に従う騎士は、ほとんどいない。ネメタクムの近くに城砦を持ち、交流のある騎士団ぐらいだ。

テナルディエは承諾した。息子がつくった縁ならばという気持ちがあったのはたしかだ。

ちなみに、自分が指揮するテナルディエ隊に対してザイアンが最初にやったのは、各部隊の部隊長の選び直しだった。彼はデフロットに命じて、部隊長の候補者たちを王都の外に集めさせた。このとき、ザイアンは飛竜と、侍女のアルエットをそばに控えさせていた。

飛竜はともかく、侍女がいることについて、候補者の半分近くは冷笑を浮かべた。指揮官殿は、お気に入りの女を戦場に連れていくつもりらしいと思った者も少なくなかった。

候補者たちのまとう雰囲気から、彼らの内心を読みとったのだろう、ザイアンは意地の悪い笑みを浮かべて、彼らに告げた。

「これからおまえたちの勇気を試す。意気地のないやつに部隊長は任せん」

そして、ザイアンは飛竜に歩み寄ると、その前脚をゆっくりと撫でた。飛竜が怪訝そうにザイアンへ鼻面を近づけてきたときは、おもわず顔を強張らせたものの、それでも彼は二十を数えるほどの時間、飛竜の前脚を撫で続けた。

「──アルエット」

次いで、侍女を呼び、同じことをさせる。アルエットが歩み寄ると、飛竜は彼女の前に鼻面を突きだした。アルエットは飛竜の顎に両手を添えて、ぽんぽんと優しく叩く。

毎日、厩舎の掃除をしている彼女にとって、とくに勇気のいるような行動ではない。だが、そのようなことを知らない候補者たちからはざわめきがあがった。

ザイアンは候補者たちを見回して、「おまえたちの番だ」と高圧的に告げる。ザイアンだけならともかく、その侍女までが怯える様子もなく飛竜に触れたとなれば、彼らもひるむわけにはいかない。最前列に立っていたひとりの男が、大股で飛竜の前まで歩いていった。

飛竜は首を動かして、胡散臭いものを見る目を候補者の男に向ける。男は緊張に身を固くしながら、震える手を飛竜の顔へと伸ばした。

しかし、飛竜は首を持ちあげて、男の手をかわす。そうして呆気にとられた男を、鼻先で軽く突こうとした。急に迫ってきた飛竜の顎に男は驚き、短い悲鳴をあげて後ろへ跳ぶ。

嗜虐と愉悦に満ちた笑顔で男を一瞥したあと、ザイアンは候補者たちに視線を転じた。

「次は誰だ？」

そのような調子で候補者たちを次々に「選別」すると、四割ほどが合格した。そうして、ザイアンは己の軍を再編したのである。

このようなやり方に反感を持つ者もいたが、ザイアンが飛竜を従えていることは認めざるを得ない。さらに出陣の際、ザイアンは兵たちを激励した。

「俺が次におまえたちに問うのは、戦場での勇気だ。公爵閣下も期待しておられる」

これは、副官のデフロットの進言によるものだった。兵たちの矜持を傷つけたままで終わらせてはよくないと判断した彼が、ザイアンにそう言うよう強く勧めたのだ。この激励の効果はそれなりにあり、テナルディエ隊はザイアンの下でひとつにまとまりつつあった。

テナルディエ隊において、ザイアンは飛竜とともに最後方にいる。前方や中央に飛竜を配置すると、あからさまに不機嫌になるので、やむを得ない処置だった。

その最後方で、ザイアンは浮かない顔をしている。

ランブイエ城砦を攻略する方法について、自分で提案したことながら、いまごろになって不安になってきたのだ。

ザイアンが失敗すれば、ランブイエ攻略は失敗する。

これまでザイアンは、ほとんど単独で戦ってきた。アスヴァールでも、ブリューヌでも。任された役割も、飛竜を駆って突撃するというものであり、重要というほどではなかった。他の部隊との連携も、とくに考える必要はなかった。

だが、今度の戦ではそこに気をつけなければならない。最悪の場合、敵中で孤立する。

飛竜は強いが、無敵ではないことを、ザイアンはわかっている。オージュールの戦いでは、飛竜が苦手とするものを投げつけられて動けなくなったのだ。

自分にこのような役目が務まるのか。そう思うと、戦意などとうてい湧いてこなかった。


昼を過ぎて、ザイアンは行軍を止め、休憩を命じた。

兵たちは待っていたとばかりにパンやチーズをかじり、水で流しこむ。

ザイアンは水を飲んだだけですませ、食事をとらなかった。指揮官などはじめてのことで、パンもチーズも食べる気にならないのだ。

「緊張しておられるようだな」

　そんなザイアンに、副官のデフロットが声をかけてきた。ザイアンには指揮官としての経験が皆無なので、彼がテナルディエ隊を統率している。

「そんなわけないだろう。ただ、敵についてよくわからないのが気に入らないだけだ」

　憤然として、ザイアンは答えた。半分は強がりだが、半分は本心だ。

　父たちが見たというシャルルを名のる者を、ザイアンは見ていない。しかも、その人物はファーロン王に瓜二つで、ロランを退けるほど優れた戦士だという。

「私も気になってはいる。デラボルド伯爵を一撃で気絶させたという話だからな」

　デフロットの言葉に、ザイアンは眉をひそめた。

「その敵について、おまえはどう思っている？」

「いまは考えないようにしている。先入観を持つのは危険だ」

「面白みのない答えだな」

　ザイアンが鼻を鳴らすと、デフロットは口元に笑みをにじませる。

「別の話をひとつしようか。ザイアン卿は、あの侍女をもう少し大切に扱うべきだな」

「なぜだ？」と、ことさらにぶっきらぼうな口調で、ザイアンは訊いた。

「おぬしはあの侍女を利用しただろう」

「それが悪いとでもいうのか」

アルエットの話になると、どうしてもザイアンは冷静さを欠く。顔をしかめるザイアンに、デフロットは首を横に振った。

「それ自体をどうこう言うつもりはない。だが、勇敢だと評した者を邪険にするようでは、兵は従わなくなる。あの侍女を利用した意味もなくなってしまう」

ザイアンは小さく唸る。言われてみればその通りだ。

「わかった。この戦が終わったら、あいつをてきとうにねぎらっておく。あいつが喜ぶ顔なんぞまったく想像できんがな」

ザイアンの返答を聞いて、デフロットは口元に笑みをにじませた。無意識のうちにアルエットの反応を考えているザイアンを微笑ましく感じたのである。

「それと、無理でも食事はとっておくことだ。次の食事の機会などわからんものだからな」

デフロットが歩き去ったあと、入れ違いに歩いてくる影があった。アルエットだ。

彼女はザイアンに命じられて、飛竜の世話をするために従っていた。ザイアンも彼女を連れてくるべきか迷ったのだが、指揮官としての役目を考えると、ずっと飛竜のそばにいるわけにはいかないという事情が、決断を下させた。アルエットは拒まずに黙って従った。

アルエットはザイアンの前まで歩いてくると、手に持っていた皿を差しだす。それは粥のようなものだった。ザイアンは胡乱げな顔でアルエットと皿とを見つめる。

「何だ、これは」

「パンを細かく砕いて、チーズと煮ました。これなら食べやすいかと」

砕いた、というのは、行軍において運ばれるパンは固く焼き締めるものだからだ。

言うべきことは言ったという顔で、アルエットは口を閉じる。ザイアンは反射的に皿を退けようとしたが、手を動かすより先に腹が鳴った。身体は空腹を感じていたらしい。

――だが、煮たものなぞ、この暑い中で……。

とにかく皿を受けとって、木製の匙ですくって口に運ぶ。塩気とチーズの味とで、思ったより簡単に飲みこむことができた。それに、熱くない。

「つくってから冷めるまで置いておいたのか？」

「息を吹きかけて冷ましました」

「……おまえがか？」

おもわず尋ねると、アルエットはうなずいた。

「弟が小さいときによくやっていたので」

ザイアンは半分ほど食べた煮込みを見つめる。ぶっきらぼうな口調で言った。

「兵たちにも食わせてやれ。デフロットに作り方を教えれば、あとはあいつが勝手にやる」

副官を務めたいと申しでたのなら、それぐらいの才覚は要求してもいいだろう。残りを一気にかきこむと、ザイアンは空になった皿をアルエットに突きだした。

「おかわりですか」

「もういらん」と、声を荒らげかけてから、ザイアンはため息まじりに付け加える。

「味に不満はない」

アルエットは黙って皿を受けとった。

†

ヴォルン隊がテナルディエ隊とわかれて街道を進んでから、二日が過ぎた。

いまのところ行軍は順調だ。だが、早くも敵地に踏みこんだのだと思わせる出来事がひとつあった。今日の昼過ぎに、偵察から帰ってきたサイモンが次のような報告をしたのだ。

「無人の村が三つあった」

ティグルは、サイモン率いる傭兵隊に、街道から外れたところにある村や集落の様子を見てくれるよう頼んでいた。ガヌロンが村々を襲う可能性を捨てきれなかったのだ。昨日からではあるが、サイモンたちはその役目を真面目に務めている。

「無人の村というのは、どういうことだ？」

ティグルが聞くと、サイモンは肩をすくめて答えた。

「見てきたものを説明すると、家の大半が焼き払われ、井戸には豚や鶏の死体が投げこまれ、食糧はだいたい奪われていたというところだな。人間の死体はなかった」

ティグルは首をひねる。シャルルやガヌロンの手勢の仕業なのだろうか。サイモンの表情をうかがうと、彼は答えを持っているようだが、簡単に教えてくれる気はないらしい。

「葡萄酒を一瓶出そう」

降参すると、サイモンは笑って答えた。

「俺たちに村を利用させないための手だ。たぶん、敵さんは白々しくこう言ったんだ。近いうちに凶悪で残酷な軍が現れる。だから食糧を持てるだけ持って避難しろとな。それで、村人たちがいなくなったら家を焼いて、井戸を潰す」

「そうか」と、ティグルは唸った。軍は、何らかの事情がないかぎり、街道から外れた村や集落にまでは行かない。だが、偵察隊は別だし、そうした村から情報を得ることもある。

「対策としては、街道近くの村や町に、そういう連中がいることを教えるぐらいか。それにしても避難した村人たちはどこへ行ったんだろう」

「奴隷として売りとばされたか、鉱山などで働かされるか、荒れ地に移住させられたか。あまり深く考えない方がいいだろうな」

サイモンの言葉に、ティグルはため息をつく。厳しい戦いになりそうだった。

三日目になり、ヴォルン隊は、高い断崖に挟まれた峡谷を進んでいる。

峡谷といっても、一万の兵が余裕をもって行軍できるぐらいには広い。気になるのは、頭上に見える灰色の空だった。ここで雨が降ったら、さすがに行軍が厳しいものになる。雨をしのぐ場所もないため、峡谷を抜けるまで耐えなければならないのだ。

軍の中央で、ティグルは難しい顔をして考えを巡らせている。

ランブイエ城砦を攻めることについて、自分たちが囮役を務めることに不満はない。ガヌロンとシャルルが出てきたとき、ティグルたちが自由に動けるからだ。

──だが、ガヌロンに勝てるのか。

自分とミラとリュディの三人がかりでも、ガヌロンを追い詰めることはできなかった。加えて、今度はシャルルもいる。二人同時に襲いかかってきたら、かなわないだろう。

──賭けになるが、手がないわけじゃない。

ミラとリュディにガヌロンをおさえてもらい、その間にティグルがシャルルを倒すのだ。

シャルルの技量は尋常ではないが、ガヌロンのような不思議な力を、彼は持っていないようだった。あの気性を考えると、もしも持っていたら、ためらわずに使っていただろう。

シャルルの肉体が本当にファーロン王のものであれば、ミラやリュディに戦わせるわけにはいかない。自分がやるべきだ。

そのとき、偵察に出ていた兵士が戻ってきた。その顔は青ざめ、強張っている。

呼吸を整えようともせず、彼は声を震わせて報告した。

「か、怪物です……。恐ろしい数の骸骨や死体が、こちらに向かっています」

ティグルとミラ、リュディは顔を見合わせる。シャルルの抜け道で遭遇した怪物たちを思いだしたのだ。ティグルは馬の鞍に吊していた水筒を手に取って、兵士に渡す。彼が中の水を一息で飲み干すのを確認してから、落ち着いた口調で聞いた。

「ここからどれぐらいの距離だった?」

返答は、歩いて四半刻かかるかどうか、ということだった。かなり近い。

見たもののことは黙っておくようにと兵士に厳命して、下がらせる。ミラが唸った。

「私たちが先行して一掃するのは難しそうね」

「どうしますか、ティグル。あなたの弓の力で……」

リュディも判断に迷う顔でティグルを見る。ティグルはすぐには答えず、視線を転じる。鈍色(にびいろ)の甲冑に身を固めた兵たちの後ろ姿を見つめた。この峡谷の先にひとならざるものたちが待ち受けていることなど、彼らは想像もしていないだろう。

充分に幅のある峡谷とはいっても、後退が支障なく行えるわけではない。前後の動きに混乱が生じれば、身動きがとれなくなることも考えられる。

「――戦おう」

強い決意を瞳に宿して、ティグルは二人に答えた。

「オージュールの戦いに参加した兵たちは、怪物になったバシュラルを見ている。それに結びつけるんだ。ガヌロンに怪物をつくる力があると説明して、怪物と戦う者たちを募る」

「志願者だけで怪物たちを迎え撃つということですか？　充分に集まるでしょうか」

　リュディが懸念を口にする。もっともな心配だが、ティグルは首を横に振った。

「少なくてもいい。人間は怪物に立ち向かうことができる。それさえ示してくれれば、志願しなかった兵たちも続いてくれると思う」

「ちょっと強引だけど、悪い手じゃないわね」

　ミラが不敵な笑みを浮かべる。それから、弟に言い聞かせる姉のような口調で言った。

「私とリュディが志願者たちを率いて挑むわ。ティグルは他の兵たちといっしょにいて」

「待ってくれ。俺も――」

「あなたの矢の本数にはかぎりがあるでしょう」

　ティグルの言葉を遮って、リュディが笑いかける。

「兵たちを奮起させるのなら、あなたの弓の不思議な力を使うべきじゃありません。これは副官としての進言です」

　彼女の主張は正しかった。それに、志願しなかった兵たちを、誰かがけしかけなければならないのだ。ならば、その役目はティグルが務めるべきだろう。

「わかった」と、うなずくと、リュディは嬉しそうに笑った。

「進言って案外いいものですね。今度からティグルにあれこれ進言してみましょうか」

「軍に関わることしか聞かないぞ」

「私の士気を高めるのは軍にとって重要なことですよ」

ティグルは困ってミラに視線で助けを求める。ミラは肩をすくめてリュディに言った。

「じゃれあうのはあとにして、行軍を中断させなさい。時間がないんだから」

リュディが部隊長たちに集まるよう指示を出す。そうして彼女の意識が兵たちへと向いたところで、不意にミラがティグルに笑いかけた。

「客将をやる気にさせるのも軍にとって大事なことよ。覚えておきなさい」

ティグルはくすんだ赤い髪をかきまわす。ミラに対して大きな借りとなったようだった。

「若、若が戦姫さまの役に立ちたいように、戦姫さまも若の役に立ちたいんですよ」

ラフィナックがそう言ってティグルをなぐさめた。

ティグルの命令で、兵たちが行軍を止める。ティグルとミラ、リュディは馬を進ませ、先頭に出た。そのときには部隊長たちも最前列に集まっている。

兵たちを見回して、リュディは小さく息を吸った。

「この先に、敵が待ちかまえています」

よく通る声が峡谷に響き、後ろにいる兵たちの耳にも届く。

「ですが、相手は人間ではありません。恐ろしい怪物たちです」

ざわめきが起こった。戸惑いに満ちた空気が兵たちを包む。だが、リュディがバシュラルのことに言及すると、それは緊張と恐怖をはらんだものに変わった。

　驚愕する兵たちに、リュディは堂々と告げる。

「後退はしません。私たちは怪物たちを打ち倒して、峡谷を抜けます」

　兵たちはどよめいた。隣の戦友と顔を見合わせ、口々に話しあい、頭を抱える。

「俺たちに化け物と戦えというのか」

　兵のひとりが叫んだ。リュディは胸を張って、兵たちを見据える。

「その通りです」

　場が静まり返った。リュディの頬がかすかに紅潮しているのは、昂ぶる感情のためだ。

「ガヌロン公が怪物を従えているのは明白です。討ちとろうと思うなら、怪物たちとの戦いは避けて通れないでしょう。ですが、すべての兵に強制するつもりはありません。私とリュドミラ殿は怪物たちに挑みます。怪物に立ち向かうという者は、従いなさい」

　リュディが言い終えるのを待って、ティグルが前に進みでる。

「戦わない者は、俺とともにこの場で待機し、味方の帰りを待つ。先に言っておくが、怪物に立ち向かえないからといって、恥じる必要はない。俺たちはルテティア兵たちとも戦うことになる。そのときに勇気を発揮すればいい」

　沈黙が訪れる。だが、それは短いものだった。

　部隊長の何人かが、指揮官に従うと声をあげる。すると、さらに何人かが槍を突きあげ、甲冑を鳴らして、自分たちも戦うと叫んだ。熱気がうねりとなって、広がっていく。

リュディは部隊長たちに急いで再編制を命じた。

怪物たちと戦うと決意した者は二千余り。ティグルが待機すると言わなかったら、さらに一千以上が参加しただろう。「これぐらいがいいでしょうね」と、ミラは冷静に評した。

「行ってくるわ。急がなくてもいいけど、遅くなりすぎないようにね」

あえて軽い調子で、ミラはティグルに笑いかける。ティグルは真剣な顔で答えた。

「気をつけてくれ」

そして、ミラとリュディに率いられた二千余りの兵は、峡谷を進んでいった。


リュディとミラの率いるヴォルン隊約二千は、余裕をもった隊列で先へ進む。四半刻近くが過ぎたころ、先頭に立っているリュディは、遠くに怪物の群れを発見した。

身体の各所が腐り落ちている死体、錆びついた剣や亀裂の入った甲冑で武装している骸骨の集団が無言でたたずみ、彼らの頭上には黒い霧のようなものがいくつも浮かんでいる。

不快さに眉をひそめながら、リュディは敵の数を大雑把に確認した。

「二千というところでしょうか」

「浮いているのも合わせて、それぐらいね。骸骨たちはともかく……」

リュディの隣で、ミラも同じように渋面をつくっている。青い瞳を、空中に浮かぶものたちへと向けていた。

「浮いているやつは私に任せて。あなたは骸骨や死体たちを減らしてちょうだい」

ミラがラヴィアスを握りしめる。黒い霧のようなものたちは数百ほどで、骸骨や死体にくらべれば少ない。竜具を持つミラはそちらに専念して、少しでも数を減らすべきだった。

「お願いします」

リュディはいままで使ってきた長剣に手をかけたが、考え直して誓約の剣を抜き放つ。ロランとの訓練で何度も振るいはしたが、実戦で使うのはこれがはじめてだ。唾を呑みこむ。

――最初の相手が怪物だとは思いませんでしたが……。いえ、むしろ、ちょうどいい。

右手で手綱を握りしめ、誓約の剣を高々と掲げた。兵たちによく見えるように。

「突撃！」

叫び、馬を走らせる。ミラも飛びだした。兵たちが喊声をあげて二人に続く。

怪物たちとの距離が瞬く間に縮まっていき、その姿がはっきりと見えるようになる。不快さが増し、背中に怖気が走り、嫌悪と怒りと戦意が身体を熱くする。

槍を持って突きかかってきた骸骨を、ミラがラヴィアスのひと薙ぎで吹き飛ばした。間髪を容れずにすばやく手首を返し、空中から襲いかかる黒い霧を貫く。黒い霧の怪物は音もなく霧散して消滅した。

――負けていられませんね。

リュディも怪物たちの中に馬を躍りこませ、右に左に剣を振るう。死体の頭部を両断し、骸骨を肩から斜めに斬り伏せた。誓約の剣の軽やかですさまじい切れ味に目を瞠(みは)る。これなら甲冑ごと敵兵を斬ることも可能ではないかと思えた。

黒い霧の怪物が、リュディにも迫る。

――誓約の剣に力があるなら……！

リュディは奥歯を噛みしめて、黒い霧の怪物に挑みかかった。誓約の剣を振るう。水を切るような手応えを残して、黒い霧の怪物が霧散した。

「やった！」

ティグルやミラに頼らず、己の手で怪物を斬り裂いた。この剣は怪物に通じるのだ。

感激のあまり、動きが止まる。そこへ腐った死体と骸骨が襲いかかったが、ミラがラヴィアスの穂先から放射状に冷気を放って、怪物たちを吹き散らした。腐った肉片と骨片が飛散し、死体と灰色の骨が折り重なって地面を埋めていく。

片目をつぶってミラに謝意を示しつつ、リュディは誓約の剣を掲げて兵たちを振り返る。

「恐れるな！　戦友と肩を並べて立ち向かえ！」

戦姫ではないリュディの活躍は、兵たちの戦意をおおいに刺激した。腐った死体を槍で突き、骸骨を盾で殴りつけた。恐怖をねじふせるために怒鳴り、叫び、力任せに武器を振るう。一体、

また一体と怪物を滅ぼしていった。

だが、怪物たちを圧倒できたというわけではない。彼らは奮起したり、強気になったりすることはないが、驚くことも、勢いに呑まれることもない。前に出すぎてしまった者や、手を休めてしまった者に容赦なく襲いかかり、爪で引っ掻き、武器を叩きつける。

さらに、数体の黒い霧が兵たちに襲いかかった。黒い霧に覆いかぶさられた人間は、瞬く間に干からびて、悲鳴もあげずに倒れる。そして、黒い霧は次の犠牲者を狙うのだ。

各所で兵たちが黒い霧に殺され、隊列が乱れる。そこへ骸骨や死体が襲いかかる。リュディは歯噛みした。誓約の剣を振るいながら叫ぶ。

「怪物たちの脚を狙いなさい！」

一時しのぎであっても、とにかく死体と骸骨の動きを鈍(にぶ)らせる必要があった。

「——静かなる世界(アーイズビルク)よ」

ミラが竜技を放つ。彼女の周囲の地面が、骸骨や死体の足ごと凍りついた

リュディとミラは馬を進ませて次々に黒い霧を討ち滅らしていく。兵たちも、さきほどの命令に従い、戦い方を変えた。隣や後ろの味方と連携して、怪物たちの動きを止める。

後方にいた兵が叫んだ。

「味方です！　味方が来ました！」

ティグルとともに残った八千弱の兵たちが、ついに勇気を振り絞って動きだしたのだ。

「やってくれたんですね、ティグル」

リュディとミラとともに戦った兵たちは、疲労している。短い時間とはいえ、相手は人間ではなく怪物なのだ。精神的な消耗は大きかった。限界が近かったのである。

一方、ティグルに率いられて到着した兵たちは、たったいままで戦っていた味方の背中に勇気づけられていた。怪物が恐ろしいのは変わらない。だが、リュディたちはその怪物と正面から戦ったのだ。自分たちも負けられないと、奮いたった。

このとき、リュディとティグルは事前に打ちあわせたわけでもないのに、息の合った行動をとった。おたがい、縦に細長い隊列をいくつもつくり、リュディは兵たちを後退させ、ティグルは兵たちを前進させて、混乱することなく入れ替わったのだ。

「二人とも、無事か！」

ティグルが姿を見せる。リュディとミラはそれぞれ笑いかけた。

「間に合ってよかったわね。私たちだけで戦いを終わらせるところだったわ」

青い髪をなびかせてミラがからかうように言えば、リュディも息を弾ませる。

「怪物たちは私たちに任せて、ティグルはまわりの警戒をお願いします」

ティグルはうなずいた。怪物たちを囮として、ガヌロンが襲いかかってくる可能性はある。

その後も戦いはヴォルン隊の有利に進み、時間はかかったものの、怪物たちを一体残らず滅ぼした。敵はどれだけ減っても逃げようとしなかったので、ことごとく打ち倒すしかなかったのである。

戦いが終わったとき、ヴォルン隊の兵たちはひとり残らず疲れきっていた。リュディとミラも乱れた髪を直す余裕がないほど消耗し、馬上で馬にもたれている。身体は重く、武器を持った手は痺れを感じるほどだった。

だが、リュディは意地だけで身体を起こし、兵たちに前進を命じる。足下を見れば、怪物たちの骸が地面を埋めているのだ。かまわないから休みたいという者もいたが、一刻も早くここから離れたいという者の方が多かった。殿（しんがり）はティグルが務めた。

怪物たちを次々に滅ぼしたというリュディの活躍を聞いて、ティグルは驚いた。

「まるで黒騎士殿の勇戦ぶりを見ているかのようでした」

兵たちは熱狂覚めやらぬといった顔で、口々に彼女を賞賛する。リュディの姿に兵たちは勇気づけられ、戦意を奮いたたせたのだ。

一ベルスタ（約一キロメートル）ほど歩いたところで、リュディは休憩を告げる。兵たちは次々に地面に座りこみ、あるいは寝転がった。

リュディとミラも馬から下りる。地面に座りこみたかったが、馬を休ませる必要があった。鞍を外して身体を拭いてやる。それから食事をとった。

見上げれば、空がくすみはじめている。

「暗くなる前にこの峡谷を抜けて、野営に入りたいですね」

「そうね。怪談みたいに、夜になったら死者がよみがえるかもしれないし」

「冗談に聞こえませんよ」

疲れた表情で、リュディは抗議する。もしも怪物たちがよみがえってヴォルン隊を追ってきたら、自分たちは前に向かって敗走するしかないだろう。戦う余裕はない。

「ガヌロンは、どういうつもりで怪物たちに待ち伏せをさせたのだと思いますか？」

「ふつうに考えれば時間稼ぎと各個撃破だけど……」

ミラの返答は、やや歯切れが悪い。

ガヌロンとシャルルは、こちらが二手にわかれて城砦を目指していることに気づいているだろう。そこで、迂回や後退の難しいこの峡谷に怪物たちを配置したのだ。こちらが怪物たちにひるんで前進できずにいる間に、テナルディエ隊を攻撃して敗走させるというわけである。

その推測にリュディは納得したが、ミラが不安を抱えていることも理解した。怪物を従えているガヌロンが、はたしてまっとうな考え方をするものだろうか。自分たちには想像もできないような罠を仕掛けているのではないか。

「考えても仕方ありません。出たとこ勝負でいきましょう」

「せめて臨機応変といってほしいわね」

励ますように笑顔をつくったリュディに、ミラは苦笑で応じた。

ティグルは単騎で軍から離れ、峡谷の出口に向かって馬を進めている。戦いにほとんど参加しなかったので、偵察を行うことでリュディたちを補佐しようと思ったのだ。

――あの怪物たちの他に敵の部隊がいるというのが、いちばん怖いな。

リュディとミラはもちろん兵たちも疲れきっている。それでも敵が現れたら気力を振りしぼって戦うだろうが、劣勢に陥るのは間違いない。敵がいるかどうかだけでも確認できれば、彼女たちを安心させられる。

地面に傾斜がついて、左右の断崖が徐々に低くなってきた。出口に近づいているのだ。断崖の上に何度か視線を向けるが、敵兵や怪物が潜んでいる気配はない。周囲の物陰にも。

ほどなく、ティグルは峡谷を抜けた。

ぐるりと見回すと、右手には黒々とした森がわだかまり、中央から左手にかけては起伏のゆるやかな草原が広がっている。草原を二日ほど歩けばランブイエ城砦にたどりつくはずだ。

不意に、地面の片隅で何かが動いた。視界の端でそれを捉えたティグルは、一瞬の判断で鐙から足を外し、鞍に差した黒弓を掴みながら、馬から飛び降りる。

次の瞬間、馬が悲鳴をあげた。

地面に落ちたティグルは、そのまま地面を転がって馬から距離をとり、身体を起こす。

――何だ？

　ティグルの視線の先で、馬が口から白い泡を吹いて横倒しになる。異常な出来事だった。

――獣か？　だが、そんな気配は感じなかった。

　だとすれば、新手の怪物なのか。黒弓に矢をつがえながら、弧を描くように動いて馬の周囲を観察する。背中の陰で何かが跳ねた。

　それは、蠍だった。影でできているかのように真っ黒で、胴体は大人の握り拳ほど。その蠍は死体となった馬の上に飛び乗り、ティグルの方を向く。新たな獲物と定めたようだった。

――俺は蠍に詳しくないが……。

　ティグルが蠍について知ったのは、オルミユッツに滞在していたころだ。ムオジネルや、その国境近くにこのような生き物がいると教わった。

――尻尾の先の針が猛毒だとは聞いている。しかし、それはこんなに強力なのか？

　馬一頭を瞬時に殺すほどに。

　ティグルは少し考えて、黒弓に二本の矢をつがえる。弓弦を引き絞った瞬間、蠍が二十チェート（約二メートル）もの距離を跳躍して襲いかかってきた。同時に、馬の死体の陰からもう一匹の蠍が現れ、すさまじい速さで地面を進んでくる。

　ティグルは冷静に、二本の矢を放つ。それぞれの矢が空中と地面の蠍を打ち砕いた。蠍たちは粉々に吹き飛び、そして黒い灰となって散っていく。あとには何も残らなかった。

「危ないところだった……」

額に浮かんだ汗を、ティグルは拭う。この蠍もまた怪物だったのだ。しかも、小さく、気配を感じさせない分、骸骨などよりもよほど恐ろしい。

ティグルは森に目を凝らす。怪物たちを操っているものがいるとすれば、あの中のように思える。もし近くにいれば、たったひとりで馬を失ったティグルを襲わないはずがない。

ティグルは踵を返す。急いで軍に戻らなければならなかった。


休憩を終えたヴォルン隊は行軍を再開し、峡谷を抜けた。

むろん、ティグルは森の奥に何かが潜んでいるかもしれないということは伝えた。だが、安全を考えると峡谷に留まることはできなかったのだ。

そして、どうにか日が暮れる前に幕営を築くと、ティグルは新しい馬を用意してもらい、ラフィナックたちやオリビエにあとのことを任せて、ミラとリュディとともに軍を離れた。

急速に暗さを増していく空の下、黒い影となっていく森に向かって、三人は馬を進める。

「たしかに異様な気配を感じるわね」

ミラがラヴィアスをティグルたちに見せた。穂先に埋めこまれた紅玉が点滅している。警告を発しているのだ。魔物の気配を捉えたときに、この竜具が見せる反応だった。

「つまり、間違いなく何かがいるということですね」

リュディが胸に手をあてて呼吸を整える。ティグルは彼女に聞いた。

「このあたりについて、何か知っていることはあるか？　どんなことでもいい」

リュディは視線を空中にさまよわせて記憶をさぐる。

「そういえば三百年前、このあたりは邪教徒が支配していたそうです」

不吉な響きに、ティグルとミラは顔を見合わせた。リュディは説明を続ける。

「邪教徒たちは夏と冬が来るたびに祭儀を行い、人間を生け贄として捧げていました。その生け贄を、彼らは自分たちの領地の外からさらっていたんです。当然ながら近隣の豪族たちの怒りを買い、ある豪族に雇われた始祖シャルルによって滅ぼされたと」

「いわくつき、というわけか」

ティグルが用意していた松明(たいまつ)に火をつける。火は敵にとって目印となるが、明かりなしに夜の森を進むのは不可能だと割り切った。

森に馬を向けようとしたとき、森の前に黒い霧のようなものがわだかまっていることに気づいて、ティグルたちは身がまえた。峡谷で戦った黒い霧の怪物と同じものだ。しかし、一体だけというのが奇妙だった。

黒い霧が森の中へ入っていく。ティグルたちは顔を見合わせたが、怪物を追うことにした。

しばらくの間、ティグルたちは無言で馬を進めた。怪物はこちらへ向かってくることはなく、一定の距離を保(たも)って森の中を進んでいる。

「俺たちをどこかへ連れていこうとしているように思えるな」

「引き返しますか？」と、リュディ。ティグルは首を横に振った。

「乗ってやろう。どこかでやつらとは戦わなくてはならないんだ」

狩りをするために、夏の夜の森に入ったことは何度もある。明かりを見て寄ってくる虫もいれば、慌てて暗がりに逃げていく虫も数多くいた。寄ってくる虫にはけっこう悩まされた。

いまは、そのどちらもいない。つまり、自分たちが森に入る前からより闇の深いところへ逃げだしたか、あるいは土の中や葉の陰に身を隠しているのだ。

不意にミラが、「止まって」と槍を振った。

「ここから急な下り斜面になってるわ」

ティグルとリュディはミラの隣に馬を進ませる。彼女の言う通りだった。このまま気づかずに進んでいたら、体勢を崩して馬もろとも滑り落ちていただろう。

三人は馬から下りた。手綱を引きながら、斜面を慎重に下りていく。

ふと、ティグルは眉を寄せた。斜面を下りていった先に、建物らしき影がそびえている。危険な気配はその周囲に漂っていた。ミラとリュディも気配を感じとっているのだろう、緊張に顔を引き締めている。

斜面を下りて、三人は建物の前に立つ。松明の明かりで照らしてみると、石造りの建物だとわかった。壁には装飾がほどこされているが、風雨にさらされてすり減っている。

「さすがに何の模様かわかりませんね。そうとう古いものだとは思いますが」

リュディが残念そうにつぶやく。ミラが何気ない口調で言った。

「この建物、もしかしてリュディがさっき話した邪教徒たちの根城だったのかしら」

「その可能性はありますね」

壁に沿って歩き、角を一度曲がると、出入り口らしきものが見えた。

松明をもう一本増やして、ミラが持つ。三頭の馬をその場に残し、ティグルたちは建物の中へと足を踏みいれた。

「何もないな……」

建物の中はがらんとしていて、床には埃が積もっている。見上げると、天井がなかった。壁にも崩れている箇所がある。最近、ひとが使用したような形跡はない。ただ、さきほどから感じている危険な気配は強まっている。

奥の方へ足を向けたときだった。何の前触れもなく、暗がりの奥に二つの火が出現する。

三人が警戒しながらそちらへ歩みを進めると、二つの火はゆらめきながら降下した。音もなく床に沈みこむ。ミラとリュディが左右から火の沈んだところまで近づいてみると、火は消えたのではなかった。そこには地下への階段があり、火は半ばで動きを止めている。

「私たちを誘っているみたいね」

ミラの声が戦意を帯びる。引き返そうという気はなかった。ティグルとリュディも同様だ。

二つの火に導かれるかのように、三人は階段を下りていく。大気が冷たくなっていくのがわかった。

階段を降りたった先にあったのは、広大な空間だった。天井は高い。

中央近くまで歩いていくと、二つの火を背にして、ひとつの人影が床から湧きでたかのように現れた。黒いローブをまとい、フードを目深にかぶっている。

真っ先に反応したのはミラだった。松明を放りだし、ラヴィアスを両手で握りしめる。ティグルは黒弓を、リュディは使い慣れた長剣と誓約の剣を、左右の手にそれぞれ持った。

「こいつを知っているのか、ミラ」

「話したでしょう。オージュールで私たちの邪魔をした犬頭の怪物よ」

黒いローブの何ものかから目を離さずに、ミラは答える。だが、それはすぐに否定された。

「違いますよ。あなたと遊んであげたのはウヴァートです」

何ものかがフードを脱ぐ。そこから現れたのは、黒髪を額のところで切りそろえた妖艶な美女だった。肌は褐色で、蠍を模したものらしい黄金の額冠で頭部を飾り、目のまわりにうっすらと化粧をほどこしている。

「はじめまして。我が名はセルケト。偉大なるアーケンに仕え、舞を捧げるものです」

彼女の浮かべる艶やかな微笑に、ティグルたちは緊張と戦慄を感じた。この女性が恐ろしい怪物であることを、その雰囲気から察したのだ。

「アーケンというのは何ものだ？」

ティグルが率直に問いかけると、セルケトは無知を嘲笑うような表情を浮かべた。

「あまねく魂の眠る地の統治者、明けない夜と消えない闇を司る者、そして地上を永劫に支配する者です。もっとも、あなたには関わりのない方です、魔弾の王よ」

新たな衝撃がティグルたちを襲った。リュディがセルケトを鋭く睨みつける。

「あなたも魔物ですか」

セルケトは「不敬な」と、わずかに顔をしかめた。

「いいでしょう。あなたたちをここへ導いた者の思惑は見え透いていますが、生かしておく価値はない。その魂を肉体より刈り取って、闇と夜の狭間に閉じこめてさしあげましょう」

セルケトが黒いローブを脱ぎ捨てると、優美な曲線を描いた肢体が露わになった。

黒と黄金を組みあわせた大胆で扇情的な衣装を身につけた姿は、異国の踊り子を思わせる。首から胸元までを深紅の装飾で覆い、緑色をした薄絹の外套を羽織っていた。そして、刀身が奇妙に湾曲した剣を、左右の手に一振りずつ持っている。

「――行きなさい」

セルケトが薄絹の外套をふわりとなびかせると、彼女の周囲に何匹もの蠍が現れる。床に染みこんでいたのが、浮かびあがって身体を得たかのように。

「これがティグルの馬を殺したというやつね」

ミラが吐き捨てて、ラヴィアスの穂先を床に突きたてる。竜具から放たれた冷気は瞬時に広がって、蠍たちを床に凍りつかせた。

「上です！」と、リュディが叫ぶ。

セルケトは蠍を放つと同時に床を蹴り、かろやかに宙を舞い、身体をひねって踊るようにミラの頭上から襲いかかった。ミラは目を見開きつつ、ラヴィアスで迎え撃つ。

轟音が悲鳴をかき消す。ミラは吹き飛ばされて床に転がった。

「黒竜の武器に救われましたね」

ミラを助けるべくティグルは黒弓に矢をつがえ、リュディは横合いから斬りかかる。セルケトは視線だけをティグルたちに向けて、その場から動かない。黒弓につがえた矢の鏃（やじり）が、ラヴィアスから放たれた白い冷気をまとって輝く。

リュディの斬撃を、セルケトは右手の剣で受けとめ、弾き返す。そして、ティグルが放った矢を左手の剣で斬り飛ばした。

「他愛もない」

そこへ、今度はミラとリュディが左右から挑みかかった。槍と二本の剣がセルケトを襲う。だが、セルケトは両手に持った剣を縦横に振るって、ミラたちの攻撃を受けとめた。

「こんなのはどうでしょうか」

セルケトがミラを見る。口をすぼめたかと思うと、黒煙にも似た息を細く吹きだした。危険を感じたミラは、とっさにラヴィアスの力で冷気の薄膜を張り巡らせ、黒い息を阻む。

「毒ね……！」

ラヴィアスから警告を受けとって、ミラはセルケトを睨みつけた。「わかりましたか」と、美女の怪物は艶やかな笑みで応じる。

「まともに浴びたら、人間ではひとたまりもないものですよ」

言い終えるかどうかというところで、セルケトが反撃に転じた。その斬撃は決して速くはないが、舞うような動きと組みあわせると、意外に刃先が伸びてくる。ミラとリュディは徐々に防戦一方となった。

不意に、セルケトが大きく跳躍する。ミラたちを飛び越えて、ティグルに向かってきた。

ティグルはすばやく二本の矢をつがえる。一本はふつうの矢だが、もう一本は黒い鏃を持つ矢だった。森の中に踏みこむと決めたときに、すでにつくっておいたのだ。

セルケトがわずかに眉を動かす。だが、彼女は前進を止めずにティグルに迫った。

ティグルが矢を放つ。刹那(せつな)、セルケトは床を蹴って跳躍した。一瞬遅れて、ティグルも横に跳ぶ。転がったという方が正確かもしれない。

セルケトが床に降りたつ。ティグルは彼女と距離をとってから身体を起こした。黒弓に、黒い鏃の矢をつがえている。さきほど放った矢は一本だけだったのだ。

「どうしてその矢を放たなかったのですか？」

小首をかしげてセルケトが尋ねる。ティグルは強気な笑みを返した。

「おまえの反応を知りたかった」

「あら、そんなこと」と、セルケトは優しげな微笑を浮かべる。

「聞いてくだされればよかったのに。たしかにその矢は私に効きます。──あなたが見事、命中させることができれば。ただ、可能でしょうか？」

今度は低い姿勢から、セルケトが床を蹴った。猛獣のような速さでティグルに迫る。逃げられないと悟ったティグルは、左手に弓を握りしめて、セルケトにぶつかっていった。セルケトが左右の剣を振るう。

金属的な響きが二つ生じた。セルケトの刃は、ティグルに届いていない。左から迫った剣は黒弓で、右から迫った剣は右手で──正確には、とっさに取りだした黒い鏃で、ティグルが受けとめたのだ。

「器用な真似をするのですね」

セルケトが微笑を浮かべる。

「ですが、それでは動けないでしょう？」

その通りだった。少しでも手の力を緩めれば、刃がティグルの首をはねる。そして、セルケトは口をすぼめた。毒煙をティグルに吹きかけるつもりなのだ。

ティグルはおもいきって右脚を振りあげ、セルケトの腹部を蹴りつける。セルケトは小揺るぎもしなかったが、ティグルはその反動を利用して床に倒れた。

そこへ、追いついたミラとリュディが攻撃を仕掛ける。セルケトはミラの腕に浅く斬りつけながら、優雅に高々と跳躍して、ティグルたちから距離をとろうとした。

だが、ミラたちに彼女を逃がすつもりはなかった。ミラが姿勢を低くし、リュディがミラの肩を足場にして、跳躍する。セルケトに斬りかかった。

誓約の剣の切っ先が、彼女の肩をかすめる。セルケトはすかさず反撃しようとしたが、それより早くミラがラヴィアスを投げ放った。セルケトは攻撃を諦め、身をひねってラヴィアスをかわす。離れたところに降りたった。竜具がミラの手元に戻る。

ティグルは無言で笑みを返す。半分は虚勢だ。だが、もう半分は勝機を見出したがゆえのものだった。三人なら、この怪物と戦える。

このとき、ミラの腕に一筋の傷が生まれていた。セルケトの剣がかすめていたのだ。

次の瞬間、ミラはラヴィアスの穂先を己の腕に向けて、傷口を斬り裂いた。鮮血が噴きだす。

その後、ミラは傷口を凍らせたが、身体から大量の汗を噴きだした。

——まさか。

ティグルはミラの腕を見つめる。セルケトの剣もまた、蠍の尻尾のように毒を備えているのではないか。

「よく気づきましたね」

　セルケトが手近な壁に寄りかかりながら、艶やかに微笑む。

「そのままにしておけば身体中が痺れ、呼吸ができなくなり、最悪の場合は死んでいたところです。アーケンの使徒として、やはり戦いによって死へ誘うべきと思っていますが」

　言い終えたかどうかというところで、セルケトの身体が音もなく壁に溶けこんだ。まるで、壁が水か何かでできているかのように、彼女の身体が石の中へ潜っていく。

　ティグルと、そしてリュディはとっさの判断でミラに駆け寄る。二人でミラを抱きしめ、床を蹴って地面に転がった。直後、ミラの立っていた床から二本の刃が生えた。

「お見事です」

　くぐもった賞賛の声とともに、二本の刃が床の中に沈む。セルケトだった。

「どうしましょうか、ティグル……」

　リュディが苦しそうな顔でティグルに助けを求める。ティグルも彼女と同じ心境だった。二人の腕の中で、ミラは荒い呼吸を繰り返している。どこかに運んで休ませてやりたいが、どうすればよいのか思いつかない。

「ラヴィ、アス……」

　ミラが竜具を握りしめて、呼びかける。ラヴィアスが膨大な量の冷気を放った。それは床から壁へ、そして天井にまで広がり、薄氷でことごとくを覆い尽くす。

「浅知恵ですね」

壁の奥から、セルケトの声が聞こえた。ティグルとリュディは同じようにミラを抱えて、床を転がる。壁の一角を覆っていた薄氷が粉々に吹き飛んで、セルケトがその奥から飛びだす。彼女は床を覆っている薄氷も同じように吹き飛ばして、床の中へと消えた。

ミラがティグルたちを見上げる。青い瞳には、消えぬ戦意の輝きがあった。それを見て、ティグルは気を取り直す。毒に冒(おか)されても、ミラは戦っているのだ。

――ミラに応えるのが俺の務めだ。

黒弓に矢をつがえる。ティグルの考えが伝わったのか、リュディも二本の剣をかまえた。

一瞬の間を置いて、ミラが叫ぶ。

「天井！」

ほぼ同時に、天井を覆う薄氷を破って、セルケトがまっすぐ落下してきた。ティグルとリュディはミラを床に寝かせて、セルケトを迎え撃つ。

ティグルの放った矢が、セルケトの頬をかすめる。そして、リュディの剣はセルケトの二本の剣と激突し、セルケトは空中で姿勢を変え、大きく跳躍してティグルたちと距離をとった。

セルケトは口元から笑みを消して、床に倒れているミラを見つめる。

「なるほど……。あなたの冷気ですか」

わざとらしく薄絹の外套を揺らして、まとわりついていた氷の粒を払い落とした。ミラが床と壁と天井を冷気で覆ったのは、セルケトの行動を阻むためではない。セルケトにラヴィアス

の冷気をまとわりつかせることで、どこにいるかを把握するためだった。

「壁の中が好きみたいだけど、いくらでも潜っていいわよ」

ティグルに支えられて身体を起こしながら、ミラが皮肉を飛ばす。セルケトは微笑んだ。

「では、そうさせていただきます」

その直後、彼女の身体が床の中に沈みこむ。ミラは眉をひそめたが、ラヴィアスから冷気を放って床と壁と天井を再び薄氷で覆った。

しかし、ミラはすぐに顔をしかめる。ラヴィアスを逆手に持って足下を突いた。

次の瞬間、床と壁と天井を覆っていたすべての薄氷が吹き飛んだ。ティグルとリュディはその衝撃で吹き飛ばされる。そして、三人の足下から飛びだしたセルケトが、ミラに襲いかかった。ミラは竜具で斬撃を防いだものの、体勢を崩して床に倒れる。

「いかがですか？　戦姫ごときが対抗できると思いあがるのは不愉快だったので、いささか手荒にやらせていただきましたが」

リュディが二本の剣を握りしめてセルケトに斬りかかる。四本の白刃が激突して火花を散らした。セルケトは余裕の笑みを浮かべてリュディに話しかけた。

「あなたが何をしてこようと私には通じません。私は魔弾の王さえ仕留めればよいので、無益な真似はやめていただけませんか」

セルケトが攻勢に転じる。その途端、リュディは防戦一方となった。剣の技量についてはほぼ互角のようだが、セルケトの刃には毒がある。リュディは腰が引けてしまっていた。

ティグルは黒弓に矢をつがえながら走り、セルケトの側面にまわりこんで放つ。セルケトが右手の剣を振るって、矢を叩き落とす。隙ができた。

リュディは誓約の剣を振るおうとして、直感で危険を感じて飛び退る。直後、何かが風を切る音が聞こえた。

「あら、斬りかかってこないのですか」

セルケトが首をかしげる。

「私がやるわ……」

ミラが前に進みでる。ティグルは驚いた。

「下がっているんだ、ミラ」

「だいじょうぶよ。二人のおかげで充分に休めたから」

ミラの顔色は悪い。だが、身体の動きは鈍いものの、揺れるようなことはない。

リュディがミラの隣に並ぶ。二人がかりなら立ち向かえると思ったのだ。

セルケトは冷笑でミラに応じる。

「あなたの槍も、冷気の力も、私には通じないと、まだわからないのですか」

「わかっていないのはあなたの方よ」

ラヴィアスの穂先から冷気があふれる。それは攻撃的な意志を持ってセルケトに向かうのではなく、まず這うように床を覆い、次いで煙のように上へと立ちのぼっていった。

「リュディは動かないで」

ミラが床を蹴った。セルケトに正面から挑みかかる。セルケトはつまらなそうな表情を浮かべて、二本の剣で迎え撃った。

三つの刃を煌めかせて、熾烈な撃ち合いが繰り広げられる。二つの角度から息つく間もなく繰りだされるセルケトの斬撃を、ミラはかわし、でなければラヴィアスで弾き、受けとめた。

さらに、わずかな隙を見いだしては槍で突きかかる。

ティグルはあることに気がついた。ミラはいつのまにかラヴィアスの柄を短くしている。そして、セルケトとの間合いをさらに縮めていたのだ。

「すごいですね、ミラは……」と、リュディが感嘆のつぶやきを漏らす。

「セルケトの攻撃と同時に反応しています。どうやって相手の動きを読んでいるのか」

実のところ、ミラはセルケトの攻撃をほとんど見ていなかった。

この距離で戦うのなら、目で追っていてはとうてい間に合わないと悟ったのだ。そこで自分とセルケトの間に冷気をまき散らし、その冷気の流れで敵の動きを読むことにしたのである。

ラヴィアスの放った冷気だからこそ可能な芸当だった。

何かが弧を描き、冷気を貫いてミラに迫る。ミラはラヴィアスの穂先でそれを受けとめた。

それは、セルケトの髪だった。肩のあたりでそろえたように見えて、一房だけ鞭のように細長く伸ばしていたのだ。その先端には蠍の尾針を思わせるものがあった。

「見つかってしまいましたか」

「偉そうな態度をとる割に、姑息な真似をするのね」

「状況に応じて使いわけていると言っていただけませんか」

セルケトは笑みを絶やさない。そして、彼女は針が見つかったからといって、攻撃の仕方を大きく変えるつもりはないようだった。

「ミラの加勢に行ってきます」

何かを考えついたのか、リュディが駆けだす。ティグルはうなずいて彼女を見送った。

セルケトのような相手に接近戦を挑んでいるミラの消耗はかなり激しいはずだ。しかし、ミラまで巻きこむ可能性を考えると、この状況で黒い鏃の矢を射放つことはできない。リュディに頼るしかなかった。

ティグルは黒い鏃の矢と、鏃だけのものとを右手に握りしめる。自分がセルケトに決定的な打撃を与えるには、この二つを使うしかない。ならば、二人が隙をつくってくれるそのときまで、待つのだ。右手に力が入りすぎて、鏃がてのひらをわずかに傷つけ、血が流れ落ちた。

横合いから飛びこんできたリュディに驚いたのは、セルケトよりもむしろミラだった。

「下がって、リュディ！」

「だいじょうぶです！　しっかり見せてもらいましたから！」

勇ましくリュディは叫んで、二本の剣でセルケトに斬りつける。セルケトはわずかに視線を動かすと、再び舞うような動きで二人の攻撃を受けとめ、弾き返した。

セルケトの斬撃をしのいで、リュディは彼女の背後にまわりこむ。セルケトの髪が揺れ、唸りをあげて髪針が襲いかかった。

甲高い金属音が響き、髪針が宙に舞う。リュディが弾き返したのだ。

リュディは気合いの叫びとともに、髪針に斬りつける。だが、髪針は不規則な軌道を見せて斬撃をかわした。さらにリュディが追撃をかけると、左手の剣で押し返す。

その攻防を見ていたティグルは、リュディの狙いを悟った。彼女が髪針を狙ったのは、セルケトの反応を知るためだ。セルケトはあきらかに髪針をかばった。

ティグルはミラの名を叫んだ。ミラがそれに応えて、ラヴィアスの放つ冷気の一端をティグルへと向ける。鏃だけのものが冷気の力を得て、矢へと変わった。

ティグルはそれを二本とも黒弓につがえる。セルケトの視線が動いてこちらを見た。

同時に、ミラが竜技を解き放つ。

「――静寂より来たれ氷の嵐（ヴァルミテルツァ）」

冷気の奔流が巻き起こり、ミラたちの周囲に無数の氷片が舞い踊った。セルケトに直接撃ち放ったのではなく、自分たちを巻きこみつつ周囲に展開したのだ。

「これで私の動きを鈍らせようとでも？」

セルケトが呆れた顔になる。刹那、ティグルが矢を放った。

二本の矢はまっすぐセルケトに飛ぶのではなく、氷片に命中する。その氷片を砕きながら勢いをいささかも減じることなく軌道を変え、また別の氷片を砕いてさらに方向を転じた。

このとき、セルケトははじめて危機感を覚えた。二本の剣を振るって、氷片ごとミラとリュディを吹き飛ばす。しかし、二本の矢を退けることはできなかった。

二本の剣で、セルケトは己の髪針を守ろうとする。だが、二本の矢はそれぞれ剣を砕いた。

そこへ、リュディが斬りかかる。誓約の剣を、髪針に叩きつけた。

並の剣であれば、髪針に砕かれていただろう。だが、誓約の剣は髪針を粉砕した。

背筋を悪寒が貫くほどの悲鳴があがった。セルケトの足下から瘴気がまっすぐ噴きあがって柱となり、彼女を包みこむ。

二つ、三つ数えるほどで瘴気は霧散し、あとには傷だらけのセルケトが立っていた。頭部の額冠はほとんど吹き飛び、両手に握られた二本の剣は半ばから折れ砕けている。ぐらりと身体を傾かせて、彼女は床に倒れた。

ティグルは身体を引きずるようにして、彼女のそばまで歩いていく。目が合うと、セルケトは微笑んだ。

「見事でした。あなたの健闘と勝利を称えます……」

ティグルは訝（いぶか）しげな顔でセルケトを見下ろす。ミラとリュディもだ。人間たちの反応に、セルケトは言葉を続けた。

「死は、私たちにとって忌むべきものではない。大切な方の治める世界へ行けるのですから。私の手で地上に復活させることができないのは口惜しいことですが……」

それから、セルケトはティグルに微笑みかけた。

「人間の身で死から逃れることはかなわない。あなたもいずれ、我らが主のもとで永い眠りにつく。ですから、強き者でいてくださいね。我らが主もお喜びになるでしょう……」

セルケトの身体から幾筋もの瘴気がたちのぼる。見ると、彼女の肉体が少しずつ崩れ、失われていた。瘴気に変わっているのだ。肉体だけでなく、武器や装身具も。

三人が息を呑んで見つめる中で、セルケトの身体は音もなく消え去っていく。

──魔物に似ているが、違う。

ティグルが最初に思ったのは、そのことだった。ルサルカやレーシー、トルバランなどは、土塊となって崩れ去った。セルケトは違う。

「──軍に戻りましょうか」

気を取り直したように、リュディが言った。ティグルとミラはうなずく。

ひとまず、目前の脅威は排除したのだ。敵の目的ははっきりとしなかったが、ティグルを狙っているらしいことはわかった。

歩きだそうとして、ミラが膝をつく。身体に微量に残った毒が、彼女を苦しめているのだ。

ティグルはミラを支えようとしたが、今度は自分が体勢を崩して尻餅をついた。

――足に力が入らない……。

鏃がひとりでに手元に戻ってくるとはいえ、続けて使うのは想像以上に身体への負担が大きかった。だが、この力を用いなければ、セルケトを滅ぼすことができなかったのもたしかだ。

「ほら」と、ミラがティグルの右肩を支える。すると、リュディがティグルの左肩を支えた。

「馬に乗るのは難しいですか？　それなら私といっしょに乗りましょう」

「それよりは」と、ミラが口を挟む。

「ティグルをここで寝かせた方がいいわ。あなたに軍に戻って状況を伝えてもらって……」

「私もティグルが心配なので、残りたいんですが」

リュディが食い下がると、ティグルが言った。

「三人で休もう。二人だって疲れきってるだろう」

ミラとリュディは顔を見合わせる。もっともな話だった。ラフィナックとガルイーニンにそれとなく伝えているので、夜明けに戻れば混乱は生じないだろう。

建物を出ると、馬は三頭とも静かにたたずんでいた。そのそばで、三人は外套を地面に広げてその上に寝転がる。いまが夏であることに感謝した。

満天の星がティグルたちを見下ろしている。かすかに虫の鳴き声が聞こえて、ティグルは表情を緩めた。戦いが終わったことを実感したのだ。

左右から寄り添ってくる二人のぬくもりを感じながら、ティグルは眠りについた。

†

翌朝、目覚めてからも、まだ疲労が身体に重くのしかかっていたが、ティグルたちは馬を駆って軍に戻った。もっとも、急な傾斜をのぼるのは難しかったので、大きく迂回した。

「夜が明けて、あらためて見てみましたが、あの建物はおそらく神殿だったのですね」

馬を進めながら、リュディが言った。

「アーケンとかいう神の神殿だったということか？」

「それは違うと思うわ」

ティグルの疑問に、ミラが答える。

「それなら、あんなふうに廃墟のまま放っておかないでしょ。これはお母様から教えてもらったことだけど、古い時代の神殿にはひとならざるものが落ち着きやすいらしいわ」

いまひとつ意味がわからず、ティグルは首をひねった。リュディが応じる。

「何百年も前は、精霊や妖精が集まりやすいところに祠を建てたという話を私も聞いたことがあります。セルケトといいましたか、あの怪物がわざわざあの神殿の中でティグルの様子を見ていたのも、そのためだったのかもしれません」

話を聞きながら、ティグルは夢の中で見た、ティル＝ナ＝ファの巨大な像を思いだした。あの建物も神殿だといわれたら、そのように思える。

ブリューヌ、いや、大陸のどこかに、あの神殿はいまもあるのだろうか。そこに行けば、ティル＝ナ＝ファのことが、黒弓のことがより詳しくわかるのだろうか。

ティグルたちが軍に帰還したのは、もう朝と呼ぶには遅い頃合いだった。

三人を出迎えたラフィナックとガルイーニンは、そろって安堵の息を漏らす。軍にはとくに異状がないことを報告した。オリビエとサイモンが上手くやってくれているという。

「やはり魔物だったのですか？」

ラフィナックの質問に、ティグルは首を横に振る。

「俺たちがいままでに戦ってきた魔物とは違う何かだった。手強さでは、魔物を上回っていたと思う。危なかった」

正直に話す。この二人なら口の固さは保証つきだからだ。それに、自分たちに何か起きたときのために、知っておいてもらわなければならない。

「敵の言い方だと、狙いは俺のようだった。俺のことを魔弾の王と呼んでな」

「いまになって考えると、ガヌロンに利用されたのかもしれないわね。あの黒い霧の怪物はガヌロンの下僕でしょう。あなたなら危険と承知で来るだろうと」と、ミラ。

「たしかに、城砦へ行く方向ではありませんからね。あの場所にあのような神殿があるなんて知らなかったわけですし、気づかなければ素通りしていました」

リュディも賛同する。ティグルはくすんだ赤い髪をかきまわした。敵に乗せられて、ミラとリュディを巻きこんでしまったことになる。

「でも、収穫はありました」

リュディは戦意に満ちた明るい笑顔で言って、傍らに置いていた誓約の剣をつかむ。

「この剣ならガヌロン公とも戦える。怪物たちと斬り結んだときにも思いましたが、その確信を持つことができました。あの男は、必ず私の手で討ちとってみせます」

「あまり気負いすぎないようにね」

そっけない口調でそう言ったのはミラだ。

「それに、まずはランブイエでしょ。ガヌロン公もそこにいるかもしれないけど」

「そうだな。テナルディエ隊にも伝令を放ってみよう」

テナルディエ隊も敵の攻撃を受けている可能性は大きい。予定では、合流するのはもう少し先だったが、急ぐべきだろう。

ティグルが言い、ヴォルン隊は行軍を開始した。

そうして翌日の昼過ぎに、テナルディエ隊と合流を果たした。

5　腹立たしき勝利

テナルディエ隊の指揮官であるザイアンはきわめて不機嫌だった。

彼らが最初の襲撃を受けたのは、ランブイエ城砦まであと三日というところだ。そのころ、テナルディエ隊は山道を進んでおり、行軍速度を落として敵襲に備えていた。

予想通り、敵襲はあった。だが、シャルル軍の兵たちは、テナルディエ兵たちが皆、口をそろえて「非常に下品で不快きわまる」と言う攻撃をしてきたのである。

「連中、石と、中に糞を詰めた革袋を何百と投げつけてきた」

テナルディエ隊の副官を務めるデフロットが、感情を消し去った顔と声で説明する。ティグルとミラ、リュディの三人はおもわず顔をしかめた。

敵は打撃を与えるのではなく、精神的な消耗を強いてきたのだ。しかも怒りを煽っている。

「このような襲撃を今日までに敵は三度、仕掛けてきた。兵には二十人足らずの負傷者が出ただけだが……」

「そちらはどうだった」

ザイアンは苛立ちも露わに、リュディに尋ねる。リュディは峡谷で敵の襲撃を受けたことを話した。敵が人間ではなかったことも付け加える。兵たちが戦った以上、ここで隠しても遠からず知られるだろう。おかしいと思われても正直に説明するべきだった。

「怪物……？」

ザイアンは不思議そうに顔をしかめたが、ティグルがバシュラルのことに言及すると、一転して真剣な表情になる。オージュールの戦いで、ザイアンは怪物と化したバシュラルに、飛竜ごと体当たりを仕掛けた。そのときのことを思いだしたのだ。

「ランブイエがそういった怪物どもの巣になっている可能性もあるということか」

「警戒はしておくべきかと思います」

リュディの言葉に、ザイアンは渋面をつくった。

「だが、どうやってだ。おまえのところの兵たちのように、怪物どもと戦ったのであればともかく、我が軍の兵は嫌がらせしか受けていない。俺の飛竜もな」

実のところ、ザイアンが不機嫌な理由は、敵の襲撃を受けたからというだけではなかった。ザイアンは逃げる敵を飛竜で追って報復しようとしたのだが、デフロットに止められたのだ。飛竜の存在感をここで示すべきではないと。

城砦攻めにおける己の役割を自覚していたザイアンは、承知するしかなかった。

それだけでも怒りがおさまらないというのに、敵の襲撃の影響なのか飛竜が気分を害して、ザイアンに何度か唾を吐きかけた。

そのような次第で、ザイアンは落ち着いてなどいられなかったのだ。

「相手の出方を見るためにも、予定通り動くとしましょう」

リュディの言葉に、ザイアンは憮然とてうなずいた。このあと、ザイアンは飛竜を城砦から少し離れた丘に隠さなければならない。飛竜のそばにはアルエットと、彼女を守るための十人の兵がいる。必要なこととわかっていたが、愉快な気分になれなかった。

翌日、ブリューヌ軍はランブイエ城砦の前に到着した。


朝を過ぎて、太陽が大地を炙りながらじりじりと上昇している。

ランブイエ城砦には紅馬旗と、緑地に金色の一角獣を描いたガヌロン家の旗がいくつもひるがえっていた。あたかも自分たちこそが正統なブリューヌ軍であるといわんばかりである。

そして、城壁上の中央にはシャルルの姿があった。王宮に現れたときと同じ服装で、その上から革の胴着を着こんで宝剣を背負っている。

「よくぞ来た、叛徒たちよ！」

城砦に迫るブリューヌ軍に対して、彼は歓迎するように両手を広げた。その声は戦場によく通り、ブリューヌ兵たちを呑みこみかねない勢いがある。

「たったそれだけの兵でこの城砦を陥とそうとはいい度胸だ。秘策でもあるのか？　ともあれ攻めてくるがいい。ところで、糞を浴びた身体はよく洗っただろうな？」

　城壁上の騎士たちがどっと笑った。

　ザイアンは怒りを爆発させることもなく、愕然とした顔でシャルルを見上げている。デフロットもだ。二人は、このときはじめてシャルルを見たのである。ファーロン王に瓜二つとは聞いていたが、これほどまでとは思っていなかった。

　一方、すでにシャルルと対したことがあるティグルとミラ、リュディは冷静だったが、敵である騎士たちの士気の高さを感じとって、ひとつの不安を抱いた。

　シャルルの恐ろしさは、戦士としての強さなどではなく、思うように振る舞うだけで騎士や兵士たちの士気を高めることにあるのではないか。

　ティグルはリュディを振り返った。

「まずは威圧しよう。ザイアン卿の部隊にも角笛で伝えてくれ」

　リュディはうなずいて何人かの騎士を呼び、手際よく指示を出していく。

　しばらくして、角笛の音が響きわたった。テナルディエ隊からも角笛の音が返ってくる。

　軍旗が打ち振るわれ、ヴォルン隊とテナルディエ隊は武器を突きあげて鬨の声を轟かせた。

　さすがに約二万という数の威力は絶大で、大気の震えが肌に伝わってくる。敵の騎士たちも驚いたらしく、笑声が止んだ。不敵な笑みを崩さないのはシャルルだけだ。

「落ち着いてやつらの姿を見ろ！　梯子も投石機も破城槌もないではないか。やつらにこの城壁を越えることはできん！」

シャルルの叫びに、城壁上の騎士たちは喊声をあげて応える。だが、その声はさきほどよりいくらか小さくなっていた。ブリューヌ軍に圧倒された者たちが少なからずいたのだ。

ヴォルン隊とテナルディエ隊は、いよいよ戦いを開始する。

テナルディエ隊はデフロットの指揮の下、ランブイエ城砦の南から東にかけて展開した。ヴォルン隊は二手にわかれ、一隊は城砦の北側をおさえ、もう一隊は城砦の背後にそびえる山の近くに待機する。そうして、ティグルとザイアンは幕営(ばくえい)の設置を命じた。

ブリューヌ軍は城砦を完全に包囲して長期戦を仕掛け、食糧と水を断つつもりでいる。敵にそう思わせるのが狙いだった。

ティグルは北側をおさえる部隊の後方で、指揮をとっている。傍らにはミラとリュディがいた。ラフィナックとガルイーニンも後方に控えている。

「シャルルはどう動くかしらね」

城砦を見ながら、ミラが考えこむようにつぶやいた。

「ミラが敵の立場なら、こういうときはどうする？」

ティグルが聞くと、ミラは、「夜襲」と短く即答する。

「私たちがこの城砦に向かっているのは、とうに気づいていたはずよ。そこで、事前に少数の兵を山の中に潜ませておくの。明日か明後日の真夜中に城門を開き、南の部隊を攻める。山の中の兵も同時に動いて、二方向から襲いかかれば、勝てる可能性は大きいわ」

「どうして明日か明後日なんですか？　今夜でもよさそうに思えますが」

リュディが首をかしげる。ミラは苦笑まじりに答えた。

「城砦を囲んでいる側の緊張が、少しずつ緩んでいくからよ。もしも敵がこの手を使うなら、今日と明日はおとなしくしていると――」

ミラが言い終わらないうちに、ひとりの兵士が息せき切って報告に現れる。

「北側の城門が開いて、偽王が姿を見せました！」

リュディが無言で馬を走らせる。ティグルはミラとガルイーニンに部隊を任せ、ラフィナックをともなってリュディを追った。部隊の先頭に出たところで、ようやく彼女に追いつく。

リュディは馬を止めて、城砦を――正確には、開かれた城門と、その前にいるシャルルを見つめていた。シャルルは馬に跨がり、宝剣を肩に担いでこちらに微笑を向けている。

「さあ、我と思わん者は余の前まで来い！　国王に剣を向ける機会などめったにないぞ！」

デュランダルを高々と掲げて、シャルルはヴォルン隊の兵たちを挑発した。いまにも飛びだしていきそうなリュディを手でおさえながら、ティグルはシャルルの様子をうかがう。

「何を考えているんだ、あいつは」

「勢いに任せて兵たちをなだれこませたら、城門をおさえられませんかね」

呆れた顔で言うラフィナックに、ティグルは首を横に振った。

「あいつはロラン卿と同じか、それ以上に強い」

「ティグル」と、リュディが色の異なる左右の瞳に戦意をみなぎらせて訴えた。

「お願いです。行かせてください」

「リュディ、ここはこらえてくれ」

ティグルも必死に懇願する。リュディが有数の戦士であることは間違いないが、それでもロランにはかなわないだろう。ところが、リュディは思いがけないことを言った。

「私も、一騎打ちで勝てるとは思っていません。でも、やつを城砦から引き離し、こちらへ引きずりこんで孤立させることならできると思います」

ティグルはシャルルに視線を向け、考えを巡らせる。それがかなえば、こちらは自分とリュディ、そしてミラの三人がかりでシャルルに立ち向かうことができる。懸念は、ガヌロンが現れてシャルルに加勢することだが、その可能性はどのような場合でもつきまとうのだ。

「わかった」と、覚悟を決めて、リュディに任せようとしたときだった。

「おお、そこにいるのはベルジュラック家の娘と、ティグルじゃないか！」

こちらに気づいたシャルルが、デュランダルを肩に担いで馬を走らせてきた。

「ラフィナック、ミラを呼んできてくれ！」

鞍に差していた黒弓を握りしめ、矢筒から矢を取りだしながら、ティグルは叫んだ。リュディもまた長剣と誓約の剣（セルマーヴェ）をそれぞれ抜き放ち、兵たちに背を向けたまま、怒鳴る。

「あなたたちは下がりなさい！」

兵たちが慌てて後方に下がった。その小さな戦場にいるのはティグルとリュディ、そして猛々しく突進してきたシャルルだけとなる。

デュランダルの刃が唸りをあげて、リュディに襲いかかった。リュディは宝剣を受けようとせず、身をそらしてかわす。かわしながら、左右の剣を繰りだした。だが、体勢が崩れていたことに加え、シャルルがすばやく身体をひねったので、二つの斬撃はいずれも空を切る。

馬を操って間合いを詰めながら、リュディとシャルルは睨みあった。

両者の間で風が唸り、火花が散って、三つの刃が乱れ舞う。

リュディの剣は、シャルルを傷つけることができなかった。どのように斬りつけ、突きこんでも、シャルルは悠然とかわすか、デュランダルで受けとめるのだ。シャルルの身体に届く一閃があっても、その刃は革の胴着や服を切るのみに留まった。

一方、大気を破裂させる勢いで襲いくるシャルルの宝剣を、リュディは懸命にしのがなければならなかった。二本の長剣で相手を牽制しながら、直撃だけは避ける。白銀の髪が数本、宙に舞い、頬や腕に小さな傷がいくつも刻まれた。

——恐ろしい男だ。

黒弓につがえた矢を射放つ機会をうかがいながら、ティグルは驚嘆を禁じ得なかった。こうしてその戦いぶりを見ていると、シャルルの動きに際立ったところはない。膂力が優れているようにも、速さが抜きんでているようにも、また剣技が巧みなようにも見えない。

だが、彼は微塵も余裕を失わず、傷つくこともなく、大剣と馬を操っている。

リュディが呼吸を整えながら、シャルルと距離をとった。その瞬間を見逃さず、ティグルは矢を放つ。シャルルは宝剣を斜めにかざして、矢を弾き返した。

そこへリュディが馬を走らせ、一気に偽王に肉迫する。気合いの叫びとともに、鋭く斬りつけた。だが、シャルルはデュランダルで二本の白刃を受けとめ、押し返す。馬を進めて、リュディの右側へと回りこんだ。

「そちらの剣の方が軽そうだな」

リュディが右手で振るっているのは、昔から使っている長剣だ。この短い攻防で、シャルルは彼女の剣の強度をつかんだのだ。そして、デュランダルで叩き折れるとも確信した。

リュディの額に汗が浮かぶ。二本の剣を操って、どうにか持ちこたえているのだ。一本を失えば、瞬く間に追い詰められるだろう。

不意に、シャルルが攻撃の手を止めて後ろへ下がる。馬蹄の音を響かせて、ミラが駆けつけたのだ。リュディの隣に馬を立たせて、ミラがラヴィアスをかまえる。ティグルは胸を撫で下ろしながら、新たな矢を黒弓につがえた。

「今度は私が相手になるわ、偽王様」

戦意を帯びた眼光を、ミラがシャルルに叩きつける。シャルルは思案するように首を左右に傾けていたが、馬首を巡らせて宝剣を肩に担ぎ、背を向けた。

「今日はこのへんで終わりにしよう。またな」

首だけ振り返って、まるで友人に対するかのように明るく手を振ってみせる。ミラとリュディは唖然とし、ティグルはおもわず叫んでいた。

「逃げるつもりか！」

「俺はな、女を二人以上相手にするのはベッドの中だけと決めているんだ。おまえだってそうだろう、ティグル」

「どうして俺をあだ名で呼ぶ!?」

王宮で名のりはしたが、あだ名は教えていない。シャルルは笑って答えた。

「呼びづらいからてきとうに縮めただけだ。苦情は面倒な名をつけたおまえの親に言え」

言いたいことを言うと、シャルルは勢いよく馬を走らせて城門へと向かう。ティグルはその背中を狙って弓弦を引き絞ったが、思いとどまって弓弦から指を離した。

背後から狙うのは卑怯だと思ったのではない。ただ射放ってもあの男には当たらないと悟ったのだ。確実に矢を届かせるならば、決定的な隙を見出すか、二重三重に工夫がいる。

ミラもリュディも、シャルルを追おうとはしなかった。下手をすれば誘いこまれるとわかっているのだ。城門の向こうに偽王が姿を消すのを、三人は黙って見つめた。

城門が閉ざされる。ティグルは小さく息をつくと、リュディに笑いかけた。

「ひとまず君の手当てをしようか」

「ありがとうございます。でも、その前にやることがあるでしょう？」

それが何のことか、ティグルはすぐに思いあたった。

馬首を巡らせて、自軍の兵たちを睥睨する。黒弓を掲げて叫んだ。

「大言壮語を吐いた偽王は城壁の向こうへ逃げた！　緒戦は俺たちの勝利だ！」

それまで呆然としていた兵たちは、気を取り直して喊声をあげる。リュディはたしかに苦戦していたが、偽王は彼女を討ちとれずに逃げ帰った。自分たちは勝ったのだ。

ティグルはむろん、自分の言葉が虚勢であると知っている。だが、兵の士気を高めるために有効ならば、堂々と虚勢を張るべきだった。

喊声がやむと、ティグルは精一杯、威厳を繕って彼らに告げる。

「だが、まだ戦いははじまったばかりだ。気を緩めるな」

ティグルとミラ、リュディは、兵たちの間を通り抜けて部隊の後方へと戻る。

「若、ご無事でしたか」

姿を見せたラフィナックに「おかげで助かった」と、ティグルは礼を言った。ミラが駆けつけるのがもう少し遅かったら、どうなっていたかわからない。

「ラフィナック。ガルイーニン卿と協力して、他の部隊へ急ぎの伝令を出してくれ」

城門の奥に姿を消したシャルルは、とくに疲れているようには見えなかった。他の部隊にも同じ手を使うかもしれない。そうなったら、ブリューヌ軍はおもわぬ損害を被るだろう。

ラフィナックたちが駆けていったあと、ティグルとミラはリュディの手当てをすませる。そして、これからのことを話しあった。

「どう動くべきだと思う？」

「予定を変える必要はないわ。明日、隠し通路から侵入をはかって敵の注意を引きつけ、ザイアン卿に城壁を越えてもらう。今夜の警戒は厳重にする必要があるけど」

そう答えたのはミラだ。リュディもうなずいた。

「あらためて、シャルルは恐ろしい敵だと思い知らされました。私の技量を知られた以上、次の戦いは厳しいものとなるでしょう。ですが、あの男にも隙はあります」

ティグルとミラは驚きと興味の視線をリュディに向ける。リュディは胸を張って答えた。

「シャルルは戦いを楽しむ人間です。思えば、昔の記録にもそう思わせる記述がいくつかありました。自分の能力に対する自信からか、他に理由があるのかはわかりませんが……」

「やつを楽しませれば、隙を見つけることができるかもしれないというわけか？」

確認するようにティグルが尋ねる。ミラが腕組みをして唸った。

「次は私が戦った方がよさそうね。私の技量も、王宮で戦ったときに知られたでしょうけど、まだラヴィアスの力は見せてないわ」

たしかに竜技なら、シャルルの意表を突けるかもしれない。そう考えかけて、ティグルは記憶の底に引っかかりを覚えた。あることを思いだして、顔を青ざめさせる。

「思いだした。デュランダルにも、何か不思議な力がある……」

深刻な声音でのティグルの台詞に、ミラとリュディは同時に眉をひそめた。

「どういうこと？」

「初耳ですが。誰から聞いたんですか？」

「ロラン卿だ。アスヴァールの、デュリスの港町で話をしたときにそう聞いた」

ティグルの口から呻き声が漏れる。たったいままですっかり忘れていた。宝剣がロランの手にあるかぎり、気にする必要がなかったからだ。

「どんな力なのかは聞いていない。いや、ロラン卿の立場を考えれば、教えてくれはしなかっただろう。それに、あの町で戦ったトルバランはデュランダルのことを知っていた」

三人は顔を見合わせる。ティグルを励ますように、ミラが笑った。

「よくやったわ、ティグル。いまここで思いだしてくれたのは大助かりよ」

「そうですね。何も知らないまま、敵にその力を使われたらと思うとぞっとします」

リュディも笑顔でうなずく。二人とも、もちろんティグルを励まそうという思いはあるが、口にしたのは本心だった。思いもよらない一撃ほど、戦場で恐ろしいものはない。

「ありがとう、二人とも」

気分を切り替えて、ティグルは礼を言う。落ちこんだままでは二人に申し訳ない。

「いまから王都に駆け戻るわけにもいかないからな。シャルルに挑むときは、なるべく三人でかかろう。ミラがつくった隙を、俺かリュディが突けるように」

ミラとリュディは力強くうなずいた。

この日はもう敵が城砦から出てこなかったので、戦闘はなかった。

おたがいに夜襲を警戒しながら、両軍は夜明けを迎えた。


翌日、まだ空が明るくならないうちからブリューヌ軍は動きだした。

山の近くに待機していたヴォルン隊が、暗がりにまぎれるようにして山の中に踏みこむ。そして、一部の部隊がひそかに離脱して、山のふもとにある隠し通路の出入り口へと向かった。

サイモンが率いる約五百の傭兵隊だ。

城砦の北側に幕営を築いた部隊でも、ティグルとミラ、リュディ、ラフィナックとガルイーニンの五人が静かに幕営を離れる。あとの指揮は、ナヴァール騎士団の副団長を務めるオリビエがとることになっていた。

当初の予定では、ティグルたちが隠し通路を攻める部隊に加わることはなかった。だが、昨日のシャルルとの戦いが、考えを変えさせた。

「私たちの存在が知られたことを活用すべきよ」

夕食の際、ミラがそう言ったのだ。隠し通路から侵入しようとする部隊にティグルたちがいれば、敵も隠し通路に兵を集中させざるを得ない。とくにシャルルと、それからガヌロンを足止めできれば理想的だ。ザイアンと飛竜による奇襲が成功しやすくなる。

伝令の報告では、ザイアンは昨夜のうちに、丘の陰に隠している飛竜のもとに待機しているという。自分たちはせいぜい暴れて敵の注意を引かねばならない。

薄闇に覆われた空の下、ティグルたちはサイモン率いる傭兵隊と合流を果たした。敵に見つからないよう、誰も明かりをつけていないので、おたがい黒い影にしか見えない。

「すまないな。こんな危険なことをさせて」

「指揮官が動くとあっちゃあな。その分、報酬ははずんでもらう」

ランブイエ騎士団のオストリーから教えてもらった場所をさがす。すぐに隠し通路の出入り口は見つかった。土をかぶせ、大人の頭ほどの石をいくつか置いて隠してあったのだ。周囲に足跡はなく、最近ここを使った者はいないように思われた。

土や石を取り除いていくと、土を念入りに突き固めた階段が出現する。

鉄の兜をかぶり、革鎧を着こみ、手斧と、鉄で補強した盾を持った十人の傭兵が、偵察を兼ねて階段を下っていった。そのあとにティグルたち五人が続く。

「へまをするなよ」

出入り口に立っているサイモンが、それとわかりにくい激励の言葉をかけてきた。隠し通路に入る傭兵は、二百人だ。残りの約三百人はサイモンとともに、この出入り口を守る。

階段は、半ばから石造りのものへと変わった。傭兵たちが用意していた松明(たいまつ)に火を灯し、暗闇を打ち消す。階段を降りたつと、まっすぐ延びた通路が視界に飛びこんできた。

天井は木材を組みあわせた柱と梁によって支えられており、左右の壁は石材を積みあげて崩れないようにしてある。通路の幅は、大人がすれ違えるほどに余裕があった。

「坑道に似ていますな」と、ガルイーニンが感心したようなつぶやきを漏らす。

リュディは鞘から長剣を抜いて、高く掲げた。切っ先が天井を軽く突く。

「戦うときに工夫がいりそうですね」

彼女の隣で、ミラはラヴィアスの柄を短くしていた。この竜具は使い手であるミラの意志によって、柄の長さを自在に変えられる。

ラフィナックは鉈を用意し、ガルイーニンは剣を抜いた。ガルイーニンの技量はミラやリュディにこそ及ばないが、このような場所で剣の扱いに苦労するようなことはない。

ティグルたちは慎重に、しかし急ぎ足で通路を進んだ。幅に余裕があるとはいえ、このような場所で予想外の事故が起きれば混乱は必至だ。焦りをおさえつつ、早く抜けるべきだった。

「ナヴァール城砦の隠し通路の方が、しっかりしていたな」

天井や壁を見ながら、ティグルは率直な感想を述べる。リュディが言葉を返した。

「あっちは西方国境を守る城砦ですからね。使えるお金が違います」

三百アルシン（約三百メートル）ほど進んだろうか。先頭を行く傭兵たちが足を止めた。ひとりがこちらを振り返って、「異臭がする」と告げる。

「ご苦労さま。ここからは私たちが前に出るわ」

ミラが進みでる。ティグルとリュディも彼女に続いた。ラフィナックとガルイーニンは傭兵たちから松明を受けとって、ティグルたちの後ろにつく。

――たしかに妙な臭いがする。油だな。

ティグルはミラとリュディに目配せした。

通路は変わらずまっすぐで、脇道などもない。灯りの届かない暗がりの奥に目を凝らすと、暗闇の中で何かが動いた。ティグルはすかさず黒弓に矢をつがえて射放つ。矢が消えたあたりから、かすかな悲鳴が聞こえた。

直後、暗闇に包まれていた通路に赤い光が弾ける。シャルル兵たちは床に油をまいており、こちらの侵入を察知して火を放ったのだ。

ミラのラヴィアスから冷気が放たれ、火をすさまじい勢いで消していく。通路の奥にいる敵兵たちはどよめき、味方は歓喜の声をあげた。

「敵はこの通路を埋めていなかったのね」

ティグルたちにとって最大の懸念だったそれが払拭された以上、あとは前進あるのみだ。ミラは傭兵たちに、盾をいくつか持ってくるよう頼んだ。

盾を受けとる前に、暗がりを貫いて何かが飛んできた。ミラとリュディが叩き落とす。硬い音を発して、それは床に転がった。ガルイーニンが慎重な手つきで拾いあげる。

ティグルたちは目を瞠った。初老の騎士の手にあるのは、弩の太矢だったのだ。

「ブリューヌ人なのに弩を使うなんて……。もしかして、敵も傭兵なんでしょうか？」

リュディが愕然とする。ティグルも衝撃を隠せなかった。

「まさか、シャルルが使えと命じたのか？」

ガヌロンが命じたとも、兵や騎士たちが自ら弩を手に取ったとも思えない。シャルルの命令以外に考えられなかったが、おとなしく従うとは、いったいどのような手を使ったのだろう。

だが、考えている余裕はなかった。地下通路特有の冷たい空気を裂いて、次々に太矢が飛んできたのだ。ミラとリュディが、傭兵たちから受けとった盾をかざしてそれらを防ぐ。

ティグルは黒弓に矢を三本ばかりまとめてつがえると、一気に放った。通路の奥から悲鳴があがる。人間が床に折り重なって倒れる音が続いた。敵のあげた声や音を頼りに、さらに三本の矢を射放つ。ティグルたちの後ろで、傭兵たちが感嘆の口笛を吹いた。

「思ったよりも敵はいろいろと仕掛けているな」

忌々しげにつぶやくティグルに、ミラが戦意に満ちた表情で応じる。

「ありがたいわね。叩き潰していく分だけ、敵は焦るはずよ」

「でも、どうして隠し通路を埋めてしまわなかったんでしょうか」

疑問を口にするリュディに、ガルイーニンが穏やかな声音で答えた。

「少しでも時間を稼ぐつもりだったのでしょう。リュドミラ様の竜具と、ティグルヴルムド卿の弓矢の技量のおかげで私たちは前進できていますが、それがなければ困難だったかと」

ガルイーニンが言い終えるのとほぼ同時に、甲冑を鳴らす音が響いた。

鈍色(にびいろ)の鎧で身を固めた騎士たちが、手斧や鎚矛を手に、大盾で己を守りながら通路に立ちふさがる。気配や音から考えて、かなりの数がいるようだった。

「今度は正面から戦おうというわけですか」

「――それなら、ようやく俺たちの出番だな」

ティグルたちを押しのけるようにして、傭兵たちが前に進みでる。どの顔にも凶暴な笑みが浮かんでいた。傭兵のひとりがティグルに笑いかける。

「しばらく休んでてくれ。あんたらの方が俺たちより強いんだろうが、隊長に言い訳できるていどには、ここらで働いておかなくちゃならん」

ティグルは「頼む」とだけ言って、彼らに道を譲った。ミラたちもティグルに倣う。

汗と革鎧の匂い、何よりも獰猛(どうもう)な殺気を振りまいて、傭兵たちは無造作に敵との距離を詰めていく。どちらからともなく駆けだして、武器を振りあげた。手斧や鎚矛が、松明の明かりを反射して煌(きら)めく。怒号と悲鳴が通路内に反響し、血飛沫(ちしぶき)が壁と床に飛び散った。

†

ランブイエ城砦近くの丘の陰で待機しているザイアンのもとに、テナルディエ隊の伝令がたどりついたのは、隠し通路で傭兵たちとシャルル配下の騎士たちが激突したころだった。

「ヴォルン隊が隠し通路に潜入しました」

顔を汗まみれにした若い伝令は、ザイアンにそう報告する。ティグルたちが隠し通路に足を踏みいれたのは半刻近く前なのだが、それを見届けたサイモンがヴォルン隊へ伝令を送り、ヴォルン隊がテナルディエ隊へ伝令を送り、テナルディエ隊が丘の陰に伝令を送った結果、これだけの時間がかかったのである。むしろ早く伝わったといっていい。

「ふん、ようやくか。遅かったな」

とうに朝食をすませ、地面に腰を下ろして自分の出番をいまかいまかと待ちわびていたザイアンは、悠然と立ちあがって服についた土埃を払った。

ここにはザイアン以外に飛竜とアルエット、そして十人の兵士がいる。

アルエットがここにいるのは戦いの直前まで飛竜の世話をするためであり、兵士たちの役目は彼女を守ることだった。ザイアンは飛竜のそばまで歩いていったが、鞍にまたがるための踏み台に乗ったところで、アルエットを振り返る。

「いいか、何もないとは思うが……何かあったらとにかく自分の身を優先して逃げろ」

「かしこまりました」

アルエットが頭を下げる。いつからか、それなりに喋るようになったなと、ザイアンはふと思った。他に何か言っておくべきことはあったかと考えていると、彼女が口を開いた。

「ご武運を」

ザイアンは目を丸くする。多量の驚きと微量の喜びと少量の不審に、つい問いかけた。

「おまえ、どうした……？　はじめての行軍で疲れたのか？」

アルエットは首をかしげる。素直に答えた。

「このように言えば喜ぶと、デフロットさまが」

「あの野郎のたわごとには二度と耳を貸さなくていい」

吐き捨てて、ザイアンはすばやく鞍に跨がる。慣れた手つきで鞍から伸びたベルトを腰や脚につけて、手綱を握りしめた。飛竜が首をまわし、両翼を大きく広げる。

羽ばたきが旋風を起こし、土と草を吹き散らした。踏み台が転がっていく。

飛竜の足が地面から離れた。アルエットは乱れ舞う金髪をおさえようともせず、ザイアンと飛竜を見上げている。

ひとつか二つ数えるほどの間に、飛竜は空高く舞いあがった。さきほどよりもはるかに近くなった朝の空を見上げて、ザイアンは緊張と昂揚感の入りまじった笑みを浮かべる。

身体を空に慣らすかのように、飛竜が大きく旋回する。それが三回目に達したところで、ザイアンは手綱を操った。飛竜が体勢を変え、風を切り、ランブイエ城砦に向かって飛ぶ。驚くべき速さで城砦の上空へと到達した。

飛竜を旋回させながら、ザイアンは地上を見下ろす。城砦にいる騎士や兵たちが、呆然と自分たちを見上げていた。武器を持って立ちつくしている騎士も数多くいる。

「少ないな……」

不審のつぶやきが、ザイアンの口から漏れた。ランブイエ城砦は二万の兵に包囲されているのだ。こちらが攻城兵器を持っていないとはいえ、各所で守りを固めるべきであり、城壁上はもちろん、中庭や廊下にも多くの兵や騎士がいなければならないはずだった。

「我が軍よりはるかに少ないとは聞いていたが、それだけじゃない。まるで——」

この城砦を守るつもりがないかのようだ。

——いや、そんなわけがあるか。

頭の中に浮かんだ考えを、ザイアンは振り払う。南の城門のそばに着地するべく、飛竜をゆっくりと城砦へ近づけていった。飛竜の頑丈な身体ならば、城壁や塔にぶつかってもさしたる影響はないだろうが、乗っているザイアンはただではすまない。

城門の内側を見ると、事前に聞いていた通り、太い閂を通す造りのものだ。そのそばに飛竜を着地させれば、敵兵は恐れて逃げるだろう。あとは自分が飛竜から降りて閂を外し、外にいる味方を呼びこめばいい。

だが、やはり敵の少なさが気になる。何らかの罠が仕掛けられているのではないか。

ためらっていると、「おい」と、城壁上からザイアンを呼ぶ声がした。

視線を転じる。デュランダルを肩に担いだシャルルが、好奇心に目を輝かせて自分たちを見上げていた。彼の周囲にいる騎士や兵たちは武器と盾をかまえ、顔を引きつらせているというのに、シャルルだけは未知の遊びを見つけた子供のように楽しそうな顔をしている。

——何だ、あいつは。

これまで見たことのない反応に、ザイアンは戸惑った。シャルルは口に片手をあてて、大声で呼びかけてくる。

「ここに降りてこい。そいつをもっとよく見せろ」

彼の周囲にいる者たちが短い悲鳴をあげた。彼らはシャルルに城壁から降りて安全な場所へ逃げるように懇願しているのだが、シャルルに聞く様子はない。それどころか嘲笑をにじませてザイアンを挑発してくる。

「もしかして、城壁に降りられるほど、その飛竜を乗りこなしていないのか？　さっきからずっとゆっくり飛んでいるものな。無茶なことを言ってすまなかった。では、城砦の外でいいから降りてくれ。こちらから行く」

ザイアンはかっとなった。ゆっくり飛んでいるのは、飛竜がこちらの指示に従っているからであり、むしろ乗り慣れている証だ。城壁の上は飛竜にとって狭い足場だが、いまの自分なら造作もなく着地させられる。

――いいだろう。おまえから潰してやる……！

考えてみれば、この偽王は敵軍の総指揮官だ。彼を討ちとれば、戦はこちらの勝利である。城門を開けるよりもよほど手っ取り早い。

ザイアンは手綱を操って、飛竜を急降下させる。城壁上を見事に滑らせた。兵たちと騎士たちは叫び声をあげて逃げ惑い、中には城壁から落ちる者も現れる。飛竜の起こした風に煽られて転がった者もいた。

城壁の端から端まで滑ったところで、飛竜は動きを止める。ザイアンは知らなかったが、それはシャルルがこの城砦を陥としたときに滑ったのと同じ場所だった。

ザイアンは大きく息を吐いて、城壁に視線を向ける。シャルルの姿は見当たらない。おそらく城壁から落ちたのだろう。ザイアンは口の端を吊りあげてせせら笑う。

「この俺に舐めた口をきくから――」

言葉は最後まで続かなかった。城壁の陰から、シャルルが姿を現したのだ。

飛竜が急降下したとき、シャルルはとっさに城壁から身を投げだし、胸壁につかまって難を逃れた。そして、飛竜が動きを止めたのを確認して戻ってきたのである。

「ほほう。近くで見ると、角といい、鱗といい、翼といい、実にすばらしいな。目つきもなかなかのものだ。今度、俺もガヌロンに駄々をこねてみるか」

城壁上を、シャルルは悠然と歩いてくる。ザイアンは恐怖を覚えた。この男は異常だ。普通ではない。一刻も早く離れなければ――。

ザイアンは手綱を握りしめて、飛竜を空へ飛ばそうとする。

シャルルが飛びかかってきたのはそのときだった。飛竜の巻き起こした突風に耐え、城壁上を走る。胸壁を踏み台にして跳躍し、飛竜の尻尾を抱きかかえた。

飛竜は悲鳴をあげ、ザイアンは絶叫した。

「何だ、何なんだ、おまえは！」

このような人間は見たことがない。ブリューヌでも、アスヴァールでも。はじめて見る飛竜に飛びつこうなどと、どうして考えられるというのか。

飛竜が飛翔する。シャルルは振りまわされる形になったが、尻尾を抱えて離さない。それどころか、飛んでいる感覚を楽しんですらいる。

「これが飛ぶということか。気に入った。こいつをよこせ」

「うるさい！　落ちろ！」

ザイアンはわめいた。飛竜も、尻尾につかまっている気味の悪い人間を振り落とすべく、城砦の上空をいびつな軌道で飛びまわる。しかし、シャルルは引き剥がされなかった。驚異的な膂力で飛竜の尻尾にしがみつく。

この光景には、敵も味方も呆然として動きを止め、ただ黙って見守った。城砦にいるシャルル兵たちも、城砦の外でテナルディエ隊を率いているデフロットも、ヴォルン隊を指揮しているオリビエも、空を眺めていることしかできなかった。

混乱しながらも、ザイアンは城砦の角にある塔に目をつけた。そこにシャルルを叩きつけてやろうと考え、飛竜に指示を出す。このとき、シャルルはじりじりと飛竜の尻尾をのぼり、脚に手を伸ばしていたのだが、飛竜の動きに気づいてあっさりと手を離した。

シャルルの身体が空中に浮かぶ。投げ放たれた石礫のように、すさまじい勢いで彼の身体は塔に叩きつけられるところだったが、シャルルはそれより早く背中の宝剣を抜き放った。

きりもみしながらも、デュランダルを腰だめにかまえて塔の壁に突っこむ。雷鳴のような破壊音を轟かせて壁を破壊し、シャルルは塔の中へ転がりこんだ。

ちょうどそのころ、ティグルたちと百九十人足らずの傭兵たちは、隠し通路を抜けて城砦の内部に足を踏みいれていた。突破するまでに、彼らは十人以上の傭兵を失っていた。

†

隠し通路を抜けて中庭へと出たティグルたちは、城砦を包む慌ただしい雰囲気に戸惑いを覚えながらも、ただちに三手にわかれた。北と東、南の城門を開けるためだ。

ティグルたちは六十人の傭兵を率いて、北の城門へ向かった。

空を見上げれば、飛竜が不規則な軌道を描いて飛んでいる。ザイアンに違いないが、どうしていまだに上空にいるのか。

——伝令が遅れたか？　それともシャルルの妨害を受けたか？

どちらもありそうに思える。だが、それについて考えている余裕はない。いまは城門を開けるのが先決だった。急がなければ、自分たちは敵中に孤立してしまう。

敵兵の数は少ない。しかも、自分たちを見つけても襲いかかってくることはなく、声をあげようとすらしない。もっと他に重要なことがあるといわんばかりに、どこかへ駆けていく。

「何なんでしょうね」と、ラフィナックが不安そうにつぶやいた。

「ティグル、あれを……！」

リュディが驚きの声をあげる。そちらを見たティグルは、目を瞠った。

塔の壁に大穴が開き、そこから黒煙が立ちのぼっている。

火事かと思ったが、周囲を見回せば、城壁や厩舎など、城砦の各所から黒煙が噴きあがっていた。赤い炎もところどころに見える。

「どういうことですか……？」

わけがわからないというふうに、リュディがつぶやいた。別行動をとっている傭兵たちが火を放ったのかと考えたが、それにしては黒煙の数が多すぎる。ザイアンもこのような真似はしないだろう。

——敵が火を放ったのか？　何のために？

せっかく手に入れた城砦を、どうして放棄しようとするのか。

「おお、隠し通路を抜けてきたのか」

横合いから、ティグルたちは声をかけられた。そちらを見ると、二階建ての建物の外側に据えつけられた階段に、シャルルが立っている。あの建物は武具庫だったはずだ。

奇妙なことに、シャルルの顔には血の跡があり、髪は乱れ、服も胴着もぼろぼろで、頭から灰を浴びたかのようにひどく汚れていた。その手にある宝剣だけが、燦然と輝いている。

シャルルの身に何があったのかは気になったが、ティグルは先に聞くべきことを聞いた。

「火を放ったのはおまえか？」

「ああ。おまえたちが二万の軍勢で来たことがわかったとき、こうすることを決めた。この城砦にいる兵と騎士の数は二百以下なんでな」

胸を張って、堂々とシャルルは答える。ティグルたちは愕然とした。隠し通路の仕掛けの数々も、この男にとっては抵抗しているふりを見せるためのものでしかなかったのだ。

「見た目以上に燃えているし、井戸はすべて潰させてもらった。おまえたちもさっさと城門を開けて、逃げた方がいいぞ」

ティグルは身体が熱くなるのを感じた。何としてでも一矢報いねば気がすまない。

黒弓に矢をつがえて射放つ。風を切って、矢はシャルルの額へと飛んでいった。だが、命中する寸前にシャルルは右手を伸ばし、矢をつかみとる。手の中で矢を回転させながら、左半身を前に出し、左腕をまっすぐ突きだした。まるで弓をかまえるように。

　笑みを浮かべて右腕を引き、ひゅっ、と口笛を吹いて、矢を放りだす。そうして、シャルルは武具庫の中へ姿を消した。

　ティグルは唖然として立ちつくす。いまのシャルルのかまえは、熟練の狩人のそれだった。身体の一部となるほどに弓を使い続けなければできないものだ。

「ティグル、急ぎましょう」

　ミラに呼びかけられて、ティグルは我に返る。そうだった。いまは城門に急がなければ。

　中庭を駆け、訓練場を横切る。北の城門が見えてきたときには、城砦の半ばが炎と煙に包まれていた。ティグルたちのすぐそばにも煙は押し寄せており、傭兵の中には顔をおさえて涙や鼻水を流している者や、煙を吸いこんでうずくまっている者がいる。

　城門を見て、リュディが絶句して立ちつくした。城門の前には土嚢が高く積みあげられ、その隙間から見える門は太い鉄鎖で固定されていたのだ。ティグルは呆れて毒づいた。

「何が、さっさと城門を開けて逃げろだ」

　ミラが足早に城門へと歩いていき、ラヴィアスを振るう。土嚢を吹き飛ばし、鎖を断ち切ろうとしたのだ。だが、金属的な響きとともに、ラヴィアスはあっさり弾き返された。

「そんな……」

　ミラの顔が蒼白になる。竜具を用いて断ち切れないなど、尋常の鎖ではない。

　後ろで見ていたティグルは、あることを思いだした。以前、魔物が、竜具の力をおさえこむ性質を持つ鎖を使ったことがあった。おそらく、この鎖は同じものなのだ。

　ティグルは黒弓に矢をつがえる。この力を他人に見せたくはなかったが、ためらっていたら煙がこちらまで流れてくる。

　こちらの動きに気づいたミラが、隣に並んだ。彼女のかまえるラヴィアスから冷気があふれて、ティグルの持つ矢へと注ぎこまれていく。鏃が白い輝きを放った。

　指を離す。弓弦が震え、矢を解き放った。

　冷気の嵐が巻き起こって、光が炸裂すると同時に、閂が鉄鎖もろとも砕け散る。城門も半ばまで吹き飛んだ。光と音がおさまったあと、城門の向こうには草原が広がっている。

「走って！」

　ティグルの手を引きながら、ミラが駆けだす。リュディたちも続いた。傭兵たちも助けあいながら、開けた城門に殺到する。

　城門を抜けて、充分に離れてから振り返ると、炎と黒煙に包まれる城砦の姿があった。

　その後、ティグルたちは東の城門と南の城門を開けるのを手伝い、そちらにいた傭兵たちを助けだした。そうして、戦は終わった。

エピローグ

炊事の煙が幾筋も立ちのぼって、藍色の空に消えていく。

ランブイエ城砦から五百アルシンほど離れたところに、ブリューヌ軍は幕営を築いていた。

夕食はパンと、魚スープだ。魚スープはジスタートにおいてありふれた料理のひとつで、桶と見まがうほどの深い鍋に水を張り、大口に切ったジャガイモや塩漬けの鮭などを入れて玉葱で甘みを加え、煮込んだものである。戦場では簡単に、そして大量につくることができた。

多くの兵は疲れきった顔でパンをかじり、魚スープを口に運んでいる。

一刻前まで、彼らは燃えあがるランブイエ城砦の消火作業に追われていた。作業といっても井戸を潰されており、もっとも近くの川も離れているため、ミラのラヴィアスだけが頼りとなった。兵たちも交替で懸命に土をかけたが、労力ほどの効果はなかった。

そして、どうにか火は消し止めたものの、城砦を使うことはできなくなったのである。

シャルルをはじめとする敵兵には、死者を除いてすべて逃げられた。消火作業を終えたあとで調べてみたところ、西側の城壁の近くの地面に、ひとが通れるほどの穴が見つかったのだ。その穴は地中に長く伸びており、山の中へ出られるようになっていた。

「事前に脱出路を用意していたんですね。でも、短期間でこのような抜け道をつくるなら、相応に人手が必要なはずです。二百人ていどじゃ足りないのに、どうやって……」

　首をかしげるリュディに、ティグルは悔しさをにじませながら答えた。

「おそらく、怪物たちを使ったんだ」

　峡谷で自分たちの行く手を阻んだ骸骨や死体たちを思いだす。彼らに命じれば、それほど手間はかからなかったのではないか。人間と違って疲労することもなく、食糧や水を欲することもないのだから。

　ティグルとミラ、リュディ、オリビエ、ザイアン、デフロットの六人は、指揮官用の幕舎に集まって話しあっている。

　天井から吊りさがったランプが、六人の顔をぼんやりと照らしていた。

「勝ちには違いないが、これほど腹立たしいのははじめてだ」

　ザイアンが吐き捨てる。ティグルも同感だった。ここまで来て、ブリューヌ軍は焼け落ちた城砦しか得られなかったのだ。しかも、終わってみれば敵に主導権を握られっぱなしだった。

「身軽になった。そう考えることにしよう」

　五人を見回して、ティグルは苦笑まじりに告げた。城砦を手に入れれば、守るために兵を割かねばならぬ。その手間を省くことができたのだ。敵に奪い返される恐れもない。

「ものは考えようだな」

　デフロットが辛らつなもの言いをした。だが、その顔には好意的な笑みが浮かんでいる。

「ところで、これからどうする？　進むのか？　それとも引き返すのか？」

地図を見つめて、オリビエが訊いた。

問題は敵の動きだ。シャルルはルテティアに引き返すかもしれないし、自分たちをかわして王都を目指すかもしれない。彼を追い、今度こそ打ち倒さなければならなかった。

「引きずりまわされるのだけは避けたいな」

いまのところ、死者は少ない。ティグルたちは大軍を維持できている。だが、大軍を長く維持するには、それだけ食糧と水が必要になる。右往左往していては、すぐに力尽きるだろう。シャルルはそこまで考えて、城砦に火を放ったのかもしれない。

「ランブイエに代わる拠点をさがすという手もあるわ」

ミラが控えめな口調で意見を述べる。リュディがうなずいた。

「ルテティアの近くで、私たちに協力してくれる諸侯の領地なら、拠点にできそうですね」

「情報を集めるか。それで、行けそうならアルテシウムへ」

ティグルはそう言った。シャルルが王都を目指すとしても、王都にはエレン、リーザ、オルガがいる。ロランとギネヴィアも。そう簡単にシャルルに敗北することはないはずだ。

始祖との戦いは、はじまったばかりであった。

あとがき

こんにちは。今年の夏も高火力で攻めてきましたね。このご時世でだいぶ運動不足が加速してしまっているのですが、少し歩いただけで汗が止まらなくなるとは思いませんでした。

おひさしぶりです、川口士(かわぐちつかさ)です。『魔弾の王と凍漣(ミーチェリア)の雪姫』九巻をお届けします。

前巻の最後でついにガヌロンが悲願を達成したわけですが、ティグルたちにとってかつてない強敵の登場です。

何といっても国を興した王様ですからね。それだけのバイタリティがあるのだから、これぐらい破天荒だろうと考えながら楽しく書きました。その分、時間についてはまたぎりぎりのぎりぎりまでいただくほどでしたが……。ともあれ、楽しんでいただければと思います。

さて、二つほど宣伝を。

的良みらんさんによるコミカライズ版『魔弾の王と凍漣の雪姫』の第一巻が、先週の八月十八日に発売しました！　ぜひ書店さんなどで手にとって、笑ったり怒ったり、ぐいぐい動きまわるティグルやミラ、エレンたちを楽しんでいただけたらと思います。僕も一作、ＳＳを寄稿させていただきました。

宣伝その二。本作と同日に、僕が原案を、瀬尾つかささんが執筆を、そして白谷こなかさんがイラストを担当する『魔弾の王と聖泉の双紋剣』六巻も発売します。アスヴァール編の後日談でもあり、新章へのプロローグともなる一冊、こちらもぜひ。巻末で対談もしました。

それでは謝辞を。レギン王女に始祖シャルル、さらに敵の美女まで描きだしてくれた美弥月いつか様、ありがとうございました！　今巻でとくにお気に入りはシャルルと敵の美女なんですが、やはりシャルルでしょうか。四十代（肉体が）のおじさんが敵というのは、この作品らしいかもしれない。

新編集のＨ様、そしてやはり今回も原稿チェック等々手伝ってくれたＴ澤さん、本当にご迷惑をおかけしました。

本作が書店に並ぶまでの諸工程に携わった皆様にもお礼を申しあげます。

最後に読者の皆様、今巻もティグルとミラの物語を読んでいただき、ありがとうございました。次巻は秋に出せればいいなと思っていますが、またおつきあいくだされ幸いです。

川口　士

的良みらんが贈る、新たな凍漣の物語――
凍漣の雪姫リュドミラの前に現れたのは、同じ戦姫であり長年の宿敵、銀閃の風姫エレン
エレンの目的は一体――

二人の争いは、ティグルを巻き込み新たな大騒動へ発展!?
人気作『魔弾の王と凍漣の雪姫』待望のコミック版
ニコニコ漫画「水曜日はまったりダッシュエックスコミック」にて好評連載中

凍漣の雪姫VS銀閃の風姫!?
エレンがティグルがついに出逢う
そのときリュドミラは――
いよいよコミックスも発売！
魔弾の王と凍漣の雪姫
1
コミック版
『魔弾の王と凍漣の雪姫１』
好評発売中！
presented by
的良みらん

魔弾の王VS魔弾の王
異国の地でティグルとリムは
かつてない敵との戦いに挑む

魔弾の王シリーズの人気スピンオフ
『魔弾の王と聖泉の双紋剣』
待望のコミカライズスタート！
ニコニコ漫画「水曜日はまったり
ダッシュエックスコミック」にて好評連載中

ダッシュエックス文庫

魔弾の王と凍漣（ミーチェリア）の雪姫9

川口 士

2021年8月30日　第1刷発行

★定価はカバーに表示してあります

発行者　北畠輝幸
発行所　株式会社　集英社
〒101−8050　東京都千代田区一ツ橋2−5−10
03(3230)6229(編集)
03(3230)6393(販売／書店専用) 03(3230)6080(読者係)
印刷所　図書印刷株式会社

ISBN978-4-08-631434-3 C0193